鲁迅选集

鲁迅 著　　林贤治 评注

散文
散文诗
诗
书信

（增订版）

Selected Writings
of Lu Xun

Proses, Prose Poems,
Poems and Letters

南方出版传媒
花城出版社
中国·广州

图书在版编目（CIP）数据

鲁迅选集.散文、散文诗、诗、书信/鲁迅著；林贤治评注. -- 广州：花城出版社，2022.1
ISBN 978-7-5360-9467-3

Ⅰ.①鲁… Ⅱ.①鲁… ②林… Ⅲ.①鲁迅著作－选集 Ⅳ.①I210.2

中国版本图书馆CIP数据核字(2021)第180109号

出 版 人：肖延兵
策划编辑：张　懿
责任编辑：林　菁
技术编辑：凌春梅
装帧设计：李炜平

书　　名	鲁迅选集.散文、散文诗、诗、书信 LUXUN XUANJI SANWEN SANWNESHI SHI SHUXIN	
出版发行	花城出版社 （广州市环市东路水荫路11号）	
经　　销	全国新华书店	
印　　刷	深圳市福圣印刷有限公司 （深圳市龙华区龙华街道龙苑大道联华工业区）	
开　　本	880毫米×1230毫米　32开	
印　　张	14.875　2插页	
字　　数	350,000字	
版　　次	2022年1月第1版　2022年1月第1次印刷	
定　　价	89.80元	

如发现印装质量问题，请直接与印刷厂联系调换。
购书热线：020-37604658　37602954
花城出版社网站：http://www.fcph.com.cn

目 录

关于本书的说明 ·1

散文

狗·猫·鼠 ·5
阿长与山海经 ·16
从百草园到三味书屋 ·24
藤野先生 ·31
范爱农 ·39
记念刘和珍君 ·49
为了忘却的记念 ·56
忆韦素园君 ·69
忆刘半农君 ·77
关于太炎先生二三事 ·82
"这也是生活"…… ·87
女吊 ·93

我要骗人 ·101

死 ·107

散文诗

秋夜 ·119

影的告别 ·122

求乞者 ·125

复仇 ·127

复仇（其二） ·130

希望 ·133

雪 ·136

风筝 ·138

好的故事 ·142

过客 ·145

死火 ·152

失掉的好地狱 ·155

墓碣文 ·158

颓败线的颤动 ·160

这样的战士 ·164

聪明人和傻子和奴才 ·167

腊叶 ·170

淡淡的血痕中 ·172

一 觉 ·174

诗

莲蓬人 ·183

和仲弟送别元韵并跋 ·184

自题小像 ·186

哀范君三章 ·188

他们的花园 ·191

赠邬其山 ·193

无题二首 ·195

无题 ·197

送O.E.君携兰归国 ·198

无题 ·200

湘灵歌 ·202

送增田涉君归国 ·204

好东西歌 ·205

公民科歌 ·206

无题 ·208

偶成 ·209

自嘲 ·211

答客诮 ·213

所闻 ·214

无题二首 ·215

无题 ·217

赠画师 ·219

题《呐喊》 ·220

题《彷徨》 ·222

悼杨铨 ·224

题三义塔 ·226

无题 ·228

悼丁君 ·230

赠人 ·232

无题 ·234

酉年秋偶成 ·236

阻郁达夫移家杭州 ·237

闻谣戏作 ·239

戌年初夏偶作 ·241

秋夜有感 ·242

亥年残秋偶作 ·244

书信

致钱玄同 ·253

致宋崇义 ·256

致胡适 ·259

致孙伏园 ·261

致李秉中 ·264

致许广平 ·274

致赵其文 ·289

致台静农 ·291

致章廷谦 ·300

致韦素园 ·303

致黎烈文 ·306

致王志之 ·311

致曹聚仁 ·313

致林语堂 ·328

致榴花社 ·330

致胡今虚 ·332

致陶亢德 ·334

致魏猛克 ·336

致杨霁云 ·342

致郑振铎 ·361

致徐懋庸 ·373

致刘炜明 ·377

致萧军、萧红 ·381

致萧军 ·399

致赵家璧 ·408

致曹靖华 ·410

致李桦 ·427

致胡风 ·430

致唐英伟 ·436

致曹白 ·439

致李霁野 ·442

致王冶秋 ·444

致时玳 ·448

致山本初枝 ·452

致增田涉 ·461

关于本书的说明

鲁迅是现代中国的首席思想家和文学家。作为新文学运动的灵魂式人物，他一生独立不倚，坚韧不拔地同权力者及其文化代表势力作战，致力于传播西方进步的思想观念，瓦解横亘数千年的专制主义意识形态；并以富于个人风格的语言形式，把两者有机地统一起来。本书精选鲁迅文字遗产中的个人撰述部分，力求体现鲁迅思想的现代性，以及其表现的野性之美。

一、鲁迅生前喜欢按写作时间的先后编集，以便于"知人论世"；他的文集，实际上是一部相当完整的个人的精神传记。本书换一种编法，按文体分为五卷，计八辑；复以问题、主题、不同的思想范畴划界，居间分为若干组，每组之内，则仍按时间顺序排列。

二、鲁迅著作以"杂感"为最丰，其实，他的杂感包容了多种体裁。为方便读者阅读，本书除保留杂感的名目之外，另脱出评论、散文、序跋部分，独立成组。在这里，杂感仅取狭义的内容，当代文体概念中的随笔和杂文，庶几近之。

三、编选者附加的文字有三种：一为导读，分述正文中不同文体的思想内容、艺术形态及成就；二为断片式评论，关注的是局部和细部，间或有所生发；三为注释，除文字上的实证主义工作以外，尽可能提供更多一点的背景材料。

四、前言取断片形式，概述鲁迅的人格、思想、艺术、地位和影响。

散文

我们说鲁迅的散文，习惯地指他自己称之为"回忆文"的《朝花夕拾》集子内的文章，其实还有不少收在杂文集里，明显的如一些悼文，此外，还有题作"夜记"者，或相类似的文字。目前所见的"夜记"有三篇，据许广平回忆，鲁迅是准备写十多篇，一并以《夜记》为名出版的。后来书没有出成，但他确曾把一批较为散漫的文字集中另存一处；说明在他那里，有一类文字同杂文是有所区别的。

即使按照狭义的散文概念，这样的文字在鲁迅集中为数也不少，鲁迅的散文突出的是，所写全是关于"人事"的方面，表面看起来，题材显得相当狭窄。他始终远离自然，这却是的确的。即便文中夹杂写景的文字，也都是为了写所感，而与风月无关。例如《怎么写》所写的一段便如此：

寂静浓到如酒，令人微醺。望后窗外骨立的乱山中许多白点，是丛冢；一粒深黄色火，是南普陀寺的琉璃灯。前面则海天微茫，黑絮一般的夜色简直似乎要扑到心坎里。我靠了石栏远眺，听得自己的心音，四远还仿佛有无量悲哀，苦恼，零落，死灭，都杂入这寂静中，使它变成药酒，加色，加味，加香……

文字是漂亮极了的。就算这样的段落，作者也很悭吝，总是把笔端尽快地收束到人事中来。

鲁迅散文的一个显著的特点，就是自我经验的表现。日常生活中的自我表现在鲁迅散文中有三种不同的方式：一是个人回忆录，收入《朝花夕拾》里的文字，基本是按照个人生命史的线索，有组织地进行叙述的。这类文字，使用的是直叙和白描手法，形象的再现非常生动。然而，在由个人贯穿起来的若干个小小的镜面里，我们仍然可以从中窥见民间的形相，迅速而又迟缓地变动着的时代的面影。像《无常》中的迎神赛会，《二十四孝图》和《五猖会》中的旧式儿童教育，《琐记》中的《天演论》出版前后的知识社会氛围，《范爱农》中的革命的降临与终结，都因为个人的介入而表现得特别真切。第二类是纪念和悼亡的文字。比较《朝花夕拾》，这类文字的重心明显地从自我转向他人，久居于作者心中的敬爱者与挚爱者。《记念刘和珍君》《为了忘却的记念》《忆韦素园君》《忆刘半农君》《关于太炎先生二三事》，是其中的名篇。鲁迅对人物的评价，并不限于道德文章本身；他总是不忘把他们置放到历史的大背景下，从改革和进步的视角切入，来看待各自的缺失或贡献，憎爱分明，且极有分寸感。这里仅以《忆刘半农君》的结尾为例，他写道："我爱十年前的半农，而憎恶他的近几年。这憎恶是朋友的憎恶，因为我希望他常是十年前的半农，他的为战士，即使'浅'罢，却于中国更为有益。我愿以愤火照出他的战绩，免使一群陷沙鬼将他先前的光荣和死尸一同拖入烂泥的深渊。"明澈，婉转，博大，深沉。这部分文字，最充分地体现了作为战士者鲁迅的健全的理性和丰富的情感，是他的散文中以大提琴演奏的最具抒情的华章。第三类既非个人回忆，也非回忆他人，但又与此种种相关，还夹杂了许多别样的材料，而统一于作者即时的感悟。作者题为"夜记"者，盖属于这个部分。所谓"夜记"，鲁迅在一篇文章的附记里说是"将偶然的感想在灯下记出"的那种"随随便便，看起来不大头痛的文章"。大约"夜记"是介于散文与杂感之间的一种特殊品类，不同于正宗的散文，是由于它的"杂"；而不同于一般的杂感，则又因为它多少与自我的经历相关。《怎么写》如此，《在钟楼上》如此，《做古文和做好人的秘诀》也如此，连后来的《阿金》《我要骗人》《"这也是生活"……》《女吊》《死》也无不如此。这里有纪实，有时评；有生活，有哲学；有激愤，有幽默；有生之热情，又有对死的讥嘲。恰如一面大海，波谲云诡，吐纳万物而变幻莫测。这就是一个天才作家的创造力。

　　鲁迅写作散文，大抵处在激战或大病过后，或者经过一场劫难之后的精神休整时期。因此，相对获得一种"痛定"的闲静，有了抒情的余裕。他的散文是特别富于抒情气质的。这种情感，比较杂文的战斗豪情，偏于绵长、凝重和深沉，显示了精神渊深的方面。在大体上完成小说创作之后，他的寂寞感，内心深处的某种倾诉的欲望，多借了散文和通信的形式流露出来。扩大一点说，其实通信也是散文。唯是在他作着平静的叙述时，却因时时翻动的记忆而恩仇交迸，于是在柔肠中乃见侠骨的突暴的锋棱。

狗·猫·鼠[1]

从去年起,仿佛听得有人说我是仇猫的。那根据自然是在我的那一篇《兔和猫》;这是自画招供,当然无话可说,——但倒也毫不介意。一到今年,我可很有点担心了。我是常不免于弄弄笔墨的,写了下来,印了出去,对于有些人似乎总是搔着痒处的时候少,碰着痛处的时候多。万一不谨,甚而至于得罪了名人或名教授[2],或者更甚而至于得罪了"负有指导青年责任的前辈"[3]之流,可就危险已极。为什么呢?因为这些大脚色是"不好惹"[4]的。怎地"不好惹"呢?就是怕要浑身发热[5]之后,做一封信登在报纸上,广告道:"看哪!狗不是仇猫的么?鲁迅先生却自己承认是仇猫的,而他还说要打'落水狗'!"这"逻辑"的奥义,即在用我的话,来证明我倒是狗,于是而凡有言说,全都根本推翻,即使我说二二得四,三三见九,也没有一字不错。这些既然都错,则绅士口头的二二得七,三三见千等等,自然就不错了。

好一段"调笑令"!

我于是就间或留心着查考它们成仇的"动机"。这也并非敢妄学现下的学者以动机来褒贬作品[6]的那些时髦，不过想给自己预先洗刷洗刷。据我想，这在动物心理学家，是用不着费什么力气的，可惜我没有这学问。后来，在覃哈特[7]博士（Dr.O.Dhnhardt）的《自然史底国民童话》里，总算发见那原因了。据说，是这么一回事：动物们因为要商议要事，开了一个会议，鸟、鱼、兽都齐集了，单是缺了象。大会议定，派伙计去迎接它，拈到了当这差使的阄的就是狗。"我怎么找到象呢？我没有见过它，也和它不认识。"它问。"那容易，"大众说，"它是驼背的。"狗去了，遇见一匹猫，立刻弓起脊梁来，它便招待，同行，将弓着脊梁的猫介绍给大家道："象在这里！"但是大家都嗤笑它了。从此以后，猫和狗便成了仇家。

日耳曼人[8]走出森林虽然还不很久，学术文艺却已经很可观，便是书籍的装潢，玩具的工致，也无不令人心爱。独有这一篇童话却实在不漂亮；结怨也结得没有意思。猫的弓起脊梁，并不是希图冒充，故意摆架子的，其咎却在狗的自己没眼力。然而原因也总可以算作一个原因。我的仇猫，是和这大大两样的。

其实人禽之辨，本不必这样严。在动物界，虽然并不如古人所幻想的那样舒适自由，可是噜苏做作的事总比人间少。它们适性任情，对就对，错就错，不说一句分辩话。虫蛆也许是不干净的，但它们并没有自鸣清高；鸷禽猛兽以较弱的动物为饵，不妨说是凶残的罢，但它们从来就没有竖过"公理""正义"[9]的旗子，使牺牲者直到被吃的时候为止，还是一味佩服赞叹它们。人呢，能直立了，自然是一大进步；能说话了，自然又是一大进步；能写字作文了，自然又是一大进步。然而也就堕落，因为那时也开始了说空话。说空话尚无不可，甚至于连自己也不知道说着违心之论,则对于只能嗥叫的动物,实在免不得"颜厚有忸怩"[10]。假使真有一位一视同仁的造物主,高高在上,那么,对于人类的这些小聪明,也许倒以为多事,正如我们在万生园[11]里,看见猴子翻筋斗,母象请安,虽然往往破颜一笑,但同时也觉得不舒服,甚至于感到悲哀,以为这些多余的聪明,倒不如没有的好罢。然而,既经为人,便也只好"党同伐异",学着人们的说话,随俗来谈一谈,——辩一辩了。

　　现在说起我仇猫的原因来,自己觉得是理由充足,而且光明正大的。一,它的性情就和别的猛兽不同,凡捕食雀鼠,总不肯一口咬死,定要尽情玩弄,放走,又捉住,捉住,又放走,直待自己玩厌了,这才吃下去,颇与人们的幸灾乐祸,慢慢地折磨弱者的坏脾气相同。二,它不是和狮虎同族的么?可是有这么一副媚态!但这也许是限于天分之故罢,假使它的身材比现在大十倍,那就真不知道它所取的是怎么一种态度。然而,这些口实,仿佛又是现在提起笔来的时候添出来的,虽然也像是当时涌上心来的理由。要说得可靠一点,或者倒不如说不过因为它们配合时候的嗥叫,手续竟有这么繁重,闹得别人心烦,尤其是夜间要看书,睡觉的时候。当这些时候,我便要用长竹竿去攻击它们。狗们在大道上配合时,常有闲汉拿了木棍痛打;我曾见大勃吕该尔(P.Bruegeld.)

> 对现代评论派的讽刺。可谓意气纵横。

的一张铜版画 *Allegorie der Wollust*[12]上,也画着这回事,可见这样的举动,是中外古今一致的。自从那执拗的奥国学者弗罗特(S.Freud)提倡了精神分析说——Psychoanalysis,听说章士钊先生是译作"心解"的,虽然简古,可是实在难解得很——以来,我们的名人名教授也颇有隐隐约约,检来应用的了,这些事便不免又要归宿到性欲上去。打狗的事我不管,至于我的打猫,却只因为它们嚷嚷,此外并无恶意,我自信我的嫉妒心还没有这么博大,当现下"动辄获咎"之秋,这是不可不预先声明的。例如人们当配合之前,也很有些手续,新的是写情书,少则一束,多则一捆;旧的是什么"问名""纳采"[13],磕头作揖,去年海昌蒋氏在北京举行婚礼,拜来拜去,就十足拜了三天,还印有一本红面子的《婚礼节文》,《序论》里大发议论道:"平心论之,既名为礼,当必繁重。专图简易,何用礼为?……然则世之有志于礼者,可以兴矣!不可退居于礼所不下之庶人矣!"然而我毫不生气,这是因为无须我到场;因此也可见我的仇猫,理由实在简简单单,只为了它们在我的耳朵边尽嚷的缘故。人们的各种礼式,局外人可以不见不闻,我就满不管,但如果当我正要看书或睡觉的时候,有人来勒令朗诵情书,奉陪作揖,那是为自卫起见,还要用长竹竿来抵御的。还有,平素不大交往的人,忽而寄给我一个红帖子,上面印着"为舍妹出阁","小儿完姻","敬请观礼"或"阖第光临"这些含有"阴险的暗示"[14]的句子,使我不化钱便总觉得有些过意不去的,我也不十分高兴。

但是,这都是近时的话。再一回忆,我的仇猫却远在能够说出这些理由之前,也许是还在十岁上下的时候了。至今还分明记得,那原因是极其简单的:只因为它吃老鼠,——吃了我饲养着的可爱的小小的隐鼠。

听说西洋是不很喜欢黑猫的,不知道可确;但Edgar Allan Poe[15]的小说里的黑猫,却实在有点骇人。日本的猫善于成精,传说中的"猫婆"[16],那食人的惨酷确是更可怕。中国古时候虽然曾有"猫鬼"[17],近来却很少听到猫的兴妖作怪,似乎古法已经失传,老实起来了。只是我在童年,总觉得它有点妖气,没有什么好感。那是一个我的幼时的夏夜,我躺在一株大桂树下的小板桌上乘凉,祖母摇着芭蕉扇坐在桌旁,给我猜谜,讲故事。忽然,桂树上沙沙地有趾爪的爬搔声,一对闪闪的眼睛在暗中随声而下,使我吃惊,也将祖母讲着的话打断,另讲猫的故事了——

"你知道么?猫是老虎的先生。"她说。"小孩子怎么会知道呢,猫是老虎的师父。老虎本来是什么也不会的,就投到猫的门下来。猫就教给它扑的方法,捉的方法,吃的方法,像自己的捉老鼠一样。这些教完了;老虎想,本领都学到了,谁也比不过它了,只有老师的猫还比自己强,要是杀掉猫,自己便是最强的脚色了。它打定主意,就上前去扑猫。猫是早知道它的来意的,一跳,便上了树,老虎却只能眼睁睁地在树下蹲着。它还没有将一切本领传授完,还没有教给它上树。"

这是侥幸的,我想,幸而老虎很性急,否则从桂树上就会爬下一匹老虎来。然而究竟很怕人,我要进屋子里睡觉去了。夜色更加黯然;桂叶瑟瑟地作响,微风也吹动了,想来草席定已微凉,躺着也不至于烦得翻来复去了。

几百年的老屋中的豆油灯的微光下,是老鼠跳梁的世界,飘忽地走着,吱吱地叫着,那态度往往比"名人名教授"还轩昂。猫是饲养着的,然而吃饭不管事。祖母她们虽然常恨鼠子们啮破了箱柜,偷吃了东西,我却以为这也算不得什么大罪,也和我不相干,况且这类坏事大概是大个子的老鼠做的,决不能诬陷到我所爱的小鼠身上去。这类小鼠大抵在地上走动,只有拇指那么大,也不很畏惧人,我们那里叫它"隐鼠",与专住在屋上的伟大者是两种。我的床前就帖着两张花纸,一是"八戒招赘",满纸长嘴大耳,我以为不甚雅观;别的一张"老鼠成亲"却可爱,自新郎新妇以至傧相,宾客,执事,没有一个不是尖腮细腿,像煞读书人的,但穿的都是红衫绿裤。我想,能举办这样大仪式的,一定只有我所喜欢的那些隐鼠。现在是粗俗了,在路上遇见人类的迎娶仪仗,也不过当作性交的广告看,不甚留心;但那时的想看"老鼠成亲"的仪式,却极其神往,即使像海昌蒋氏似的连拜三夜,怕也未必会看得心烦。正月十四的夜,是我不肯轻易便睡,等候它们的仪仗从床下出来的夜。然而仍然只看见几个光着身子的隐鼠在地面游行,不像正在办着喜事。直到我熬不住了,快快睡去,一睁眼却已经天明,到了灯节了。也许鼠族的婚仪,不但不分请帖,来收罗贺礼,虽是真的"观礼",也绝对不欢迎的罢,我想,这是它们向来的习惯,无法抗议的。

老鼠的大敌其实并不是猫。春后,你听到它"咋!咋咋咋咋!"地叫着,大家称为"老鼠数铜

> "名人名教授",鼠辈不如也。

钱"的,便知道它的可怕的屠伯已经光降了。这声音是表现绝望的惊恐的,虽然遇见猫,还不至于这样叫。猫自然也可怕,但老鼠只要窜进一个小洞去,它也就奈何不得,逃命的机会还很多。独有那可怕的屠伯——蛇,身体是细长的,圆径和鼠子差不多,凡鼠子能到的地方,它也能到,追逐的时间也格外长,而且万难幸免,当"数钱"的时候,大概是已经没有第二步办法的了。

有一回,我就听得一间空屋里有着这种"数钱"的声音,推门进去,一条蛇伏在横梁上,看地上,躺着一匹隐鼠,口角流血,但两胁还是一起一落的。取来给躺在一个纸盒子里,大半天,竟醒过来了,渐渐地能够饮食,行走,到第二日,似乎就复了原,但是不逃走。放在地上,也时时跑到人面前来,而且缘腿而上,一直爬到膝髁。给放在饭桌上,便检吃些菜渣,舐舐碗沿;放在我的书桌上,则从容地游行,看见砚台便舐吃了研着的墨汁。这使我非常惊喜了。我听父亲说过的,中国有一种墨猴,只有拇指一般大,全身的毛是漆黑而且发亮的。它睡在笔筒里,一听到磨墨,便跳出来,等着,等到人写完字,套上笔,就舐尽了砚上的余墨,仍旧跳进笔筒里去了。我就极愿意有这样的一个墨猴,可是得不到;问那里有,那里买的呢,谁也不知道。"慰情聊胜无"[18],这隐鼠总可以算是我的墨猴了罢,虽然它舐吃墨汁,并不一定肯等到我写完字。

现在已经记不分明,这样地大约有一两月;有一天,我忽然感到寂寞了,真所谓"若有所失"。我的隐鼠,是常在眼前游行的,或桌上,或地上。而这一日却大半天没有见,大家吃午饭了,也不见它走出来,平时,是一定出现的。我再等着,再等它一半天,然而仍然没有见。

长妈妈,一个一向带领着我的女工,也许是以为我等得太苦了罢,轻轻地来告诉我一句话。这即刻使我愤怒而且悲哀,决心和猫们为敌。她说:隐鼠是昨天晚上被猫吃去了!

当我失掉了所爱的,心中有着空虚时,我要充填以报仇的恶念!我的报仇,就从家里饲养着的一匹花猫起手,逐渐推广,至于凡所遇见的诸猫。最先不过是追赶,袭击;后来却愈加巧妙了,能飞石击中它们的头,或诱入空屋里面,打得它垂头丧气。这作战继续得颇长久,此后似乎猫都不来近我了。但对于它们纵使怎样战胜,大约也算不得一个英雄;况且中国毕生和猫打仗的人也未必多,所以一切韬略,战绩,还是全都省略了罢。

但许多天之后,也许是已经经过了大半年,我竟偶然得到一个意外的消息:那隐鼠其实并非被猫所害,倒是它缘着长妈妈的腿要爬上去,被她一脚踏死了。

这确是先前所没有料想到的。现在我已经记不清当时是怎样一个感想,但和猫的感情却终于没有融和;到了北京,还因为它伤害了兔的儿女们,便旧隙夹新嫌,使出更辣的辣手。"仇猫"的话柄,也从此传扬开来。然而在现在,这些早已是过去的事了,我已经改变态度,对猫颇为客气,倘其万不得已,则赶走而已,决不打伤它们,更何况杀害。这是我近几年的进步。经验既多，一旦大悟，知道猫的偷鱼肉，拖小鸡，深夜大叫，人们自然十之九是憎恶的，而这憎恶是在猫身上。假如我出而为人们驱除这憎恶，打伤或杀害了它，它便立刻变为可怜，那憎恶倒移在我身上了。所以，目下的办法，是凡遇猫们捣乱，至于有人讨厌时，我便站出去，在门口大声叱曰："嘘！滚！"小小平静，即回书房，这样，就长保着御侮保家的资格。其实这方法，中国的官兵就常在实做的，他们总不肯扫清土匪或扑灭敌人，因为这么一来，就要不被重视，甚至于因失其用处而被裁汰。我想，如果能将这方法推广应用，我大概也总可望成为所谓"指导青年"的"前辈"的罢，但现下也还未决心实践，正在研究而且推敲。

> 社会的纵恶心理。

> 结尾留白，对于中国官兵乃至教授之类的行径便有了更多的思考空间。

一九二六年二月二十一日。

注　释

1　本篇最初发表于1926年3月10日《莽原》半月刊第1卷第5期。后编入回忆散文集《朝花夕拾》。

2　名人或名教授　指现代评论派陈西滢等人。在北京女师大风潮中，现代评论派站在学校当局一边，与学生为敌。当时，研究系报纸《晨报》却称，现代评论派中许多正人君子、名人名教授在组织公理维持会，以主持正义。周作人（岂明）于1926年1月20日《晨报副刊》上发表《闲话的闲话之闲话》一文，对现代评论派诬蔑攻击女师大学生的行径进行了揭露和批判，提到"北京有两位新文化新文学的名人名教授"；陈西滢即在30日同一副刊上发表回应的文章《〈闲话的闲话之闲话〉引出来的几封信》，在《致岂明》的信里说："我虽然配不上称为新文化新文学的名人名教授，也未免要同其余的读者一样，有些疑心先生骂的有我在里面，虽然我又拿不着把柄。"

3 "负有指导青年责任的前辈"　指徐志摩和陈西滢等人。原话见于徐志摩1926年2月3日在《晨报副刊》发表的《结束闲话，结束废话》一文。

4 "不好惹"　原话见于徐志摩1926年1月30日发表在《晨报副刊》的文章《关于下面一束通信告读者们》，其中说："说实话，他也不是好惹的。"他，指陈西滢。

5 浑身发热　见于陈西滢1926年1月30日发表在《晨报副刊》的《致志摩》一文："昨晚因为写另一篇文章，睡迟了，今天似乎有些发热。今天写了这封信，已经疲倦了。"

6 以动机来褒贬作品　见于陈西滢发表在1925年11月的《现代评论》第2卷第48期的《闲话·创作的动机与态度》："一件艺术品的产生，除了纯粹的创造冲动，是不是还常常夹杂着别种动机？是不是应当夹杂着别种不纯洁的动机？……看一看古今中外的各种文艺美术品，我们不能不说它们的产生的动机大都是混杂的。"

7 覃哈特（1870—1915）　今译德恩哈尔特，德国文史学家、民俗学者。

8 日耳曼人　古代居住在欧洲东北部的一些部落的总称。在西罗马帝国崩溃以后，各支日耳曼人同帝国领土上的原居民结合，形成近代英、德、荷兰、瑞典、挪威、丹麦等国家民族的祖先。

9 "公理""正义"　现代评论派陈西滢等经常使用"公理""正义"的语词

相标榜,可参看《华盖集·"公理"的把戏》。

10 "颜厚有忸怩" 虽然面皮厚,心里仍然感到不安。语见《尚书·夏书》中的《五子之歌》。

11 万生园 北京动物园的前称。

12 大勃吕该尔(1525—1569),通译勃鲁盖尔,欧洲文艺复兴时期法兰德斯的画家。Allegorie der Wollust,德语,意思是"情欲的喻言"。

13 "问名""纳采" 旧时议婚中的仪式。"问名"是问女方的姓名和出生时间;"纳采",是向女方送订婚的礼物。

14 "阴险的暗示" 原是陈西滢的话。他在《致岂明》一信中否认说过诬蔑女学生的话,说:"这话先生说了不止一次了,可是好像每次都在骂我的文章里,而且语气里很带些阴险的暗示。"

15 Edgar Allan Poe 爱伦·坡(1809—1849),美国诗人,小说家。他在小说《黑猫》中,描写了一个男人因杀死一只猫而被神秘的黑猫逼成谋杀犯的故事。

16 "猫婆" 日本民间传说有一个老太婆养了一只猫,年久成精,最后把老太婆吃掉,又变作她的形状去害人。

17 "猫鬼" 《北史·独孤信传》中记有猫鬼杀人的故事,可参看。

18 "慰情聊胜无" 晋代陶渊明诗《和刘柴桑》:"弱女虽非男,慰情良胜无。"

阿长与山海经[1]

长妈妈[2],已经说过,是一个一向带领着我的女工,说得阔气一点,就是我的保姆。我的母亲和许多别的人都这样称呼她,似乎略带些客气的意思。只有祖母叫她阿长。我平时叫她"阿妈",连"长"字也不带;但到憎恶她的时候,——例如知道了谋死我那隐鼠的却是她的时候,就叫她阿长。

我们那里没有姓长的;她生得黄胖而矮,"长"也不是形容词。又不是她的名字,记得她自己说过,她的名字是叫作什么姑娘的。什么姑娘,我现在已经忘却了,总之不是长姑娘;也终于不知道她姓什么。记得她也曾告诉过我这个名称的来历:先前的先前,我家有一个女工,身材生得很高大,这就是真阿长。后来她回去了,我那什么姑娘才来补她的缺,然而大家因为叫惯了,没有再改口,于是她从此也就成为长妈妈了。

虽然背地里说人长短不是好事情,但倘使要我

> 说到"憎恶",字里行间依然充溢着一种亲切感。

> 没有姓名的卑贱者。

说句真心话,我可只得说:我实在不大佩服她。最讨厌的是常喜欢切切察察,向人们低声絮说些什么事,还竖起第二个手指,在空中上下摇动,或者点着对手或自己的鼻尖。我的家里一有些小风波,不知怎的我总疑心和这"切切察察"有些关系。又不许我走动,拔一株草,翻一块石头,就说我顽皮,要告诉我的母亲去了。一到夏天,睡觉时她又伸开两脚两手,在床中间摆成一个"大"字,挤得我没有余地翻身,久睡在一角的席子上,又已经烤得那么热。推她呢,不动;叫她呢,也不闻。

"长妈妈生得那么胖,一定很怕热罢?晚上的睡相,怕不见得很好罢?……"

母亲听到我多回诉苦之后,曾经这样地问过她。我也知道这意思是要她多给我一些空席。她不开口。但到夜里,我热得醒来的时候,却仍然看见满床摆着一个"大"字,一条臂膊还搁在我的颈子上。我想,这实在是无法可想了。

但是她懂得许多规矩;这些规矩,也大概是我所不耐烦的。一年中最高兴的时节,自然要数除夕了。辞岁之后,从长辈得到压岁钱,红纸包着,放在枕边,只要过一宵,便可以随意使用。睡在枕上,看着红包,想到明天买来的小鼓,刀枪,泥人,糖菩萨……。然而她进来,又将一个福橘[3]放在床头了。

"哥儿,你牢牢记住!"她极其郑重地说。"明天是正月初一,清早一睁开眼睛,第一句话就得对我说:'阿妈,恭喜恭喜!'记得么?你要记着,这是一年的运气的事情。不许说别的话!说过之后,还得吃一点福橘。"她又拿起那橘子来在我的眼前摇了两摇,"那么,一年到头,顺顺流流……。"

对命运的敬畏。

梦里也记得元旦的,第二天醒得特别早,一醒,就要坐起来。她却立刻伸出臂膊,一把将我按住。我惊异地看她时,只见她惶急地看着我。

她又有所要求似的,摇着我的肩。我忽而记得了——

"阿妈,恭喜……。"

"恭喜恭喜!大家恭喜!真聪明!恭喜恭喜!"她于是十分喜欢似的,笑将起来,同时将一点冰冷的东西,塞在我的嘴里。我大吃一惊之后,也就忽而记得,这就是所谓福橘,元旦辟头的磨难,总算已经受完,可以下床玩耍去了。

她教给我的道理还很多,例如说人死了,不该说死掉,必须说"老掉了";死了人,生了孩子的屋子里,不应该走进去;饭粒落在地上,必须拣起来,最好是吃下去;晒裤子用的竹竿底下,是万不可钻过去的……。此外,现在大抵忘却了,只有元旦的古怪仪式记得最清楚。总之:都是些烦琐之至,至今想起来还觉得非常麻烦的事情。

然而我有一时也对她发生过空前的敬意。她常常对我讲"长毛"。她之所谓"长毛"者,不但洪秀全军,似乎连后来一切土匪强盗都在内,但除却革命党,因为那时还没有。她说得长毛非常可怕,他们的话就听不懂。她说先前长毛进城的时候,我家全都逃到海边去了,只留一个门房和年老的煮饭老妈子看家。后来长毛果然进门来了,那老妈子便叫他们"大王",——据说对长毛就应该这样叫,——诉说自己的饥饿。长毛笑道:"那么,这东西就给你吃了罢!"将一个圆圆的东西掷了过来,还带着一条小辫子,正是那门房的头。煮饭老妈子从此就骇破了胆,后来一提起,还是立刻面如土色,自己轻轻地拍着胸脯道:"阿呀,骇死我了,骇死我了……"

我那时似乎倒并不怕,因为我觉得这些事和我毫不相干的,我不是一个门房。但她大概也即觉到了,说道:"像你似的小孩子,长毛也要掳的,掳去做小长毛。还有好看的姑娘,也要掳。"

"那么,你是不要紧的。"我以为她一定最安全了,既不做门房,又不是小孩子,也生得不好看,况且颈子上还有许多灸疮疤。

"那里的话?!"她严肃地说。"我们就没有用么?我们也要被掳去。城外有兵来攻的时候,长毛就叫我们脱下裤子,一排一排地站在城墙上,外面的大炮就放不出来;再要放,就炸了!"

这实在是出于我意想之外的,不能不惊异。我一向只以为她满肚子是麻烦的礼节罢了,却不料她还有这样伟大的神力。从此对于她就有了特别的敬意,似乎实在深不可测;夜间的伸开手脚,占领全床,那当然是情有可原的了,倒应该我退让。

这种敬意,虽然也逐渐淡薄起来,但完全消失,大概是在知道她谋害了我的隐鼠之后。那时就极严重地诘问,而且当面叫她阿长。我想我又不真做小长毛,不去攻城,也不放炮,更不怕炮炸,我惧惮她什么呢!

但当我哀悼隐鼠,给它复仇的时候,一面又在渴慕着绘图的《山海经》[4]了。这渴慕是从一个远房的叔祖[5]惹起来的。他是一个胖胖的,

阿长与山海经　19

和蔼的老人，爱种一点花木，如珠兰，茉莉之类，还有极其少见的，据说从北边带回去的马缨花。他的太太却正相反，什么也莫名其妙，曾将晒衣服的竹竿搁在珠兰的枝条上，枝折了，还要愤愤地咒骂道："死尸！"这老人是个寂寞者，因为无人可谈，就很爱和孩子们往来，有时简直称我们为"小友"。在我们聚族而居的宅子里，只有他书多，而且特别。制艺和试帖诗[6]，自然也是有的；但我却只在他的书斋里，看见过陆玑的《毛诗草木鸟兽虫鱼疏》[7]，还有许多名目很生的书籍。我那时最爱看的是《花镜》[8]，上面有许多图。他说给我听，曾经有过一部绘图的《山海经》，画着人面的兽，九头的蛇，三脚的鸟，生着翅膀的人，没有头而以两乳当作眼睛的怪物，……可惜现在不知道放在那里了。

我很愿意看看这样的图画，但不好意思力逼他去寻找，他是很疏懒的。问别人呢，谁也不肯真实地回答我。压岁钱还有几百文，买罢，又没有好机会。有书买的大街离我家远得很，我一年中只能在正月间去玩一趟，那时候，两家书店都紧紧地关着门。

玩的时候倒是没有什么的，但一坐下，我就记得绘图的《山海经》。大概是太过于念念不忘了，连阿长也来问《山海经》是怎么一回事。这是我向来没有和她说过的，我知道她并非学者，说了也无益；但既然来问，也就都对她说了。

过了十多天，或者一个月罢，我还很记得，是她告假回家以后的四五天，她穿着新的蓝布衫回来了，一见面，就将一包书递给我，高兴地说道：

"哥儿，有画儿的'三哼经'，我给你买来了！"

我似乎遇着了一个霹雳，全体都震悚起来；赶紧去接过来，打开纸包，是四本小小的书，略略一翻，人面的兽，九头的蛇，……果然都在内。

这又使我发生新的敬意了,别人不肯做,或不能做的事,她却能够做成功。她确有伟大的神力。谋害隐鼠的怨恨,从此完全消灭了。

这四本书,乃是我最初得到,最为心爱的宝书。书的模样,到现在还在眼前。可是从还在眼前的模样来说,却是一部刻印都十分粗拙的本子。纸张很黄;图像也很坏,甚至于几乎全用直线凑合,连动物的眼睛也都是长方形的。

但那是我最为心爱的宝书,看起来,确是人面的兽,九头的蛇,一脚的牛,袋子似的帝江[9];没有头而"以乳为目,以脐为口",还要"执干戚而舞"的刑天。

此后我就更其搜集绘图的书,于是有了石印的《尔雅音图》[10]和《毛诗品物图考》[11],又有了《点石斋丛画》[12]和《诗画舫》[13]。《山海经》也另买了一部石印的,每卷都有图赞,绿色的画,字是红的,比那木刻的精致得多了。这一部直到前年还在,是缩印的郝懿行[14]疏。木刻的却已经记不清是什么时候失掉了。

我的保姆,长妈妈即阿长,辞了这人世,大概也有了三十年了罢。我终于不知道她的姓名,她的经历;仅知道有一个过继的儿子,她大约是青年守寡的孤孀。

仁厚黑暗的地母呵,愿在你怀里永安她的魂灵!

三月十日。

为大量的迷信故事和教条所无法泯灭的善良与爱。

一个底层极普通的劳动妇女,对作者来说,也就如仁厚黑暗的地母一般,一生覆盖着庇护着他的受伤的灵魂。

注　释

1　发表于1926年3月25日《莽原》半月刊第1卷第6期。后编入《朝花夕拾》。

2　长妈妈　作者家女工，绍兴东浦大门溇人，死于1899年4月。

3　福橘　福建产的橘子。因带"福"字，江浙民间便有在大年初一吃"福橘"的习俗，乃取吉利之意。

4　《山海经》　古代地理著作，记述山川、地理、民族、物产、祭祀、巫医等知识，其中还保存了不少神话传说。成书时间大约在公元前四世纪至二世纪之间。近代学者多数认为此书并非出于一时一人之手。

5　远房的叔祖　指周兆蓝，秀才。

6　制艺和试帖诗　科举考试规定的诗文形式。这里指的是坊间印行的八股文和试帖诗的范本。制艺，摘取四书五经中的文句命题作文；试帖诗，多数取古诗或成语命题，韵脚限制严格。

7　陆玑　字元恪，三国时吴国吴郡人。《毛诗草木鸟兽虫鱼疏》是一部解释《诗经》中动植物名称的书。《毛诗》即现在流行于世的《诗经》，因传为西汉初毛亨、毛苌所传，故称。

8　《花镜》　即《秘传花镜》，清代杭州人陈淏子著，是一部讲述花木园艺的书。

9　帝江　《山海经》中一种"其状如黄囊"的善歌舞的神鸟。

10　《尔雅音图》　宋人的一种注音并加插图的《尔雅》版本。《尔雅》，古代辞书。

11　《毛诗品物图考》　日本冈元凤著，是一部图绘《毛诗》的动植物并加考证的著作。

12　《点石斋丛画》　一部中国画家作品的画谱，也收入日本画家的作品。尊闻阁主人编，共十卷，1885年上海点石斋书局印行。

13　《诗画舫》　一部汇印明代隆庆、万历年间画家作品的画谱，共六卷，1879年上海点石斋书局曾翻印。

14　郝懿行（1757—1825）　字恂九，号兰皋，山东栖霞人。清代经学家。著有《尔雅义疏》《山海经笺疏》等。郝懿行疏，指《山海经笺疏》。

从百草园到三味书屋[1]

> 对作者来说,大自然只有在他关于童年的忆念中出现,是一个单纯、和平的梦境,与成年以后的叙事内容形成鲜明的对比。

我家的后面有一个很大的园,相传叫作百草园。现在是早已并屋子一起卖给朱文公[2]的子孙了,连那最末次的相见也已经隔了七八年,其中似乎确凿只有一些野草;但那时却是我的乐园。

不必说碧绿的菜畦,光滑的石井栏,高大的皂荚树,紫红的桑椹;也不必说鸣蝉在树叶里长吟,肥胖的黄蜂伏在菜花上,轻捷的叫天子(云雀)忽然从草间直窜向云霄里去了。单是周围的短短的泥墙根一带,就有无限趣味。油蛉在这里低唱,蟋蟀们在这里弹琴。翻开断砖来,有时会遇见蜈蚣;还有斑蝥,倘若用手指按住它的脊梁,便会拍的一声,从后窍喷出一阵烟雾。何首乌藤和木莲藤缠络着,木莲有莲房一般的果实,何首乌有拥肿的根。有人说,何首乌根是有像人形的,吃了便可以成仙,我于是常常拔它起来,牵连不断地拔起来,也曾因此弄坏了泥墙,却从来没有见过有一块根像人样。如果不怕刺,还可以摘到覆盆子,像小珊瑚珠攒成的小球,又酸又甜,色味都比桑椹要好得远。

长的草里是不去的,因为相传这园里有一条很大的赤练蛇。

长妈妈曾经讲给我一个故事听:先前,有一个读书人住在古庙里用功,晚间,在院子里纳凉的时候,突然听到有人在叫他。答应着,四面看时,却见一个美女的脸露在墙头上,向他一笑,隐去了。他很高兴;但竟给那走来夜谈的老和尚识破了机关。说他脸上有些妖气,一定遇见"美女蛇"了;这是人首蛇身的怪物,能唤人名,倘一答应,夜间便要来吃这人的肉的。他自然吓得要死,而那老和尚却道无妨,给他一个小盒子,说只要放在枕边,便可高枕而卧。他虽然照样办,却总是睡不着,——当然睡不着的。到半夜,果然来了,沙沙沙!门外像是风雨声。他正抖作一团时,却听得豁的一声,一道金光从枕边飞出,外面便什么声音也没有了,那金光也就飞回来,敛在盒子里。后来呢?后来,老和尚说,这是飞蜈蚣,它能吸蛇的脑髓,美女蛇就被它治死了。

> 渲染一种神秘之美。

结末的教训是:所以倘有陌生的声音叫你的名字,你万不可答应他。

这故事很使我觉得做人之险,夏夜乘凉,往往有些担心,不敢去看墙上,而且极想得到一盒老和尚那样的飞蜈蚣。走到百草园的草丛旁边时,也常常这样想。但直到现在,总还是没有得到,但也没有遇见过赤练蛇和美女蛇。叫我名字的陌生声音自然是常有的,然而都不是美女蛇。

冬天的百草园比较的无味;雪一下,可就两样了。拍雪人(将自己的全形印在雪上)和塑雪罗汉需要人们鉴赏,这是荒园,人迹罕至,所以不相宜,只好来捕鸟。薄薄的雪,是不行的;总须积雪盖了地面一两天,鸟雀们久已无处觅食的时候才好。扫开一块雪,露出地面,用一枝短棒支起一面大的竹筛来,下面撒些秕谷,棒上系一条长绳,人远远地牵着,看鸟雀下来啄食,走到竹筛底下的时候,将绳子一拉,便罩住了。但所得的是麻雀居多,也有白颊的"张飞鸟"[3],性子很躁,养不过夜的。

这是闰土[4]的父亲所传授的方法,我却不大能用。明明见它们进去了,拉了绳,跑去一看,却什么都没有,费了半天力,捉住的不过三四只。闰土的父亲是小半天便能捕获几十只,装在叉袋里叫着撞着的。我曾经问他得失的缘由,他只静静地笑道:你太性急,来不及等它走到中间去。

我不知道为什么家里的人要将我送进书塾里去了,而且还是全城中称为最严厉的书塾。也许是因为拔何首乌毁了泥墙罢,也许是因为将砖头抛到间壁的梁家去了罢,也许是因为站在石井栏上跳了下来罢,……都无从知道。总而言之:我将不能常到百草园了。Ade[5],我的蟋蟀们!Ade,我的覆盆子们和木莲们!……

出门向东,不上半里,走过一道石桥,便是我的先生[6]的家了。从一扇黑油的竹门进去,第三间是书房。中间挂着一块扁道:三味书屋;扁下面是一幅画,画着一只很肥大的梅花鹿伏在古树下。没有孔子牌位,我们便对着那扁和鹿行礼。第一次算是拜孔子,第二次算是拜先生。

第二次行礼时,先生便和蔼地在一旁答礼。他是一个高而瘦的老人,须发都花白了,还戴着大眼镜。我对他很恭敬,因为我早听到,他是本城中极方正,质朴,博学的人。

不知从那里听来的,东方朔[7]也很渊博,他认识一种虫,名曰"怪哉"[8],冤气所化,用酒一浇,就消释了。我很想详细地知道这故事,但阿长是不知道的,因为她毕竟不渊博。现在得到机会了,可以问先生。

"先生,'怪哉'这虫,是怎么一回事?……"我上了生书,将要退下来的时候,赶忙问。

"不知道!"他似乎很不高兴,脸上还有怒色了。我才知道做学生是不应该问这些事的,只要读书,因为他是渊博的宿儒,决不至于不知道,所谓不知道者,乃是不愿意说。年纪比我大的人,往往如此,我遇见过好几回了。

我就只读书,正午习字,晚上对课[9]。先生最初这几天对我很严厉,后来却好起来了,不过给我读的书渐渐加多,对课也渐渐地加上字去,从三言到五言,终于到七言。

三味书屋后面也有一个园,虽然小,但在那里也可以爬上花坛去折蜡梅花,在地上或桂花树上寻蝉蜕。最好的工作是捉了苍蝇喂蚂蚁,静悄悄地没有声音。然而同窗们到园里的太多,太久,可就不行了,

> 枯燥刻板的读书生活与儿童的天然乐趣相比照。

从百草园到三味书屋　27

先生在书房里便大叫起来：

"人都到哪里去了？！"

人们便一个一个陆续走回去；一同回去，也不行的。他有一条戒尺，但是不常用，也有罚跪的规则，但也不常用，普通总不过瞪几眼，大声道：

"读书！"

于是大家放开喉咙读一阵书，真是人声鼎沸。有念"仁远乎哉我欲仁斯仁至矣"的，有念"笑人齿缺曰狗窦大开"的，有念"上九潜龙勿用"的，有念"厥土下上上错厥贡苞茅橘柚"的……。[10]先生自己也念书。后来，我们的声音便低下去，静下去了，只有他还大声朗读着：

"铁如意，指挥倜傥，一座皆惊呢；金叵罗，颠倒淋漓噫，千杯未醉嗬……"

我疑心这是极好的文章，因为读到这里，他总是微笑起来，而且将头仰起，摇着，向后面拗过去，拗过去。

神态活现。

先生读书入神的时候，于我们是很相宜的。有几个便用纸糊的盔甲套在指甲上做戏。我是画画儿，用一种叫作"荆川纸"的，蒙在小说的绣像上一个个描下来，像习字时候的影写一样。读的书多起来，画的画也多起来；书没有读成，画的成绩却不少了，最成片段的是《荡寇志》[11]和《西游记》的绣像，都有一大本。后来，因为要钱用，卖给一个有钱的同窗了。他的父亲是开锡箔店的；听说现在自己已经做了店主，而且快要升到绅士的地位了。这东西早已没有了罢。

> 暗示成年以后的阶级分化，也即梦境的幻灭。

九月十八日。

注　释

1　发表于1926年10月《莽原》半月刊第1卷第19期。后编入《朝花夕拾》。

2　朱文公　即朱熹。

3　"张飞鸟"　即鹡鸰。因头部圆而黑，前额纯白，颇类张飞脸谱，所以浙东有的地方也叫作"张飞鸟"。

4　闰土　作者小说《故乡》中的人物。原型为章运水，绍兴道墟乡杜浦村（今属绍兴市上虞区）人。据有关的回忆录，小说中关于闰土的叙述大体符合生活中的实际情形，可参看。

5　Ade　德语，"再见"的意思。

6　我的先生　指寿怀鉴（1849—1929），字镜吾，青年时考取秀才后，以教书为业，直至终老。

7　东方朔　（前154—前93）西汉文学家，字曼倩，平原厌次（今山东惠民）人。他是汉武帝的侍臣，诙谐善谏。《史记·滑稽列传》附传说他"好古传书，爱经术，多所博观外家之语"；《汉书·艺文志》把他列为杂家。

8　"怪哉"　传说中的一种怪虫。可参看《古小说钩沉·小说》。

9　对课　旧时学塾教学生练习对仗的一门功课，可以当作做八股文、骈文或写律诗、楹联的基本功。

10 　这些都是旧时学塾读物中惯见的句子,其中夹杂一些误读的成分,如"上九潜龙勿用",原为"初九,潜龙勿用";"厥土下上上错厥贡苞茅橘柚",原为"厥田惟下下,厥赋下上上错……厥包橘柚锡贡"。

11 　《荡寇志》　即《续水浒传》,清代俞仲华著,写宋王朝剿灭梁山英雄的故事。书中把起义者当作草寇,故名。

藤野先生[1]

东京也无非是这样。上野[2]的樱花烂熳的时节，望去确也像绯红的轻云，但花下也缺不了成群结队的"清国留学生"的速成班[3]，头顶上盘着大辫子，顶得学生制帽的顶上高高耸起，形成一座富士山[4]。也有解散辫子，盘得平的，除下帽来，油光可鉴，宛如小姑娘的发髻一般，还要将脖子扭几扭。实在标致极了。

中国留学生会馆的门房里有几本书买，有时还值得去一转；倘在上午，里面的几间洋房里倒也还可以坐坐的。但到傍晚，有一间的地板便常不免要咚咚咚地响得震天，兼以满房烟尘斗乱；问问精通时事的人，答道，"那是在学跳舞。"

到别的地方去看看，如何呢？

我就往仙台[5]的医学专门学校去。从东京出发，不久便到一处驿站，写道：日暮里[6]。不知怎地，我到现在还记得这名目。其次却只记得水户[7]了，这是明的遗民朱舜水先生客死的地方。仙台是一个市镇，并不

> 起伏奇兀，意含对周围留学生同伴的憎恶，成为远避仙台及后来弃医从文的根据。作者的怀抱与性情，于此可见。

大;冬天冷得利害;还没有中国的学生。

　　大概是物以希为贵罢。北京的白菜运往浙江,便用红头绳系住菜根,倒挂在水果店头,尊为"胶菜";福建野生着的芦荟,一到北京就请进温室,且美其名曰"龙舌兰"。我到仙台也颇受了这样的优待,不但学校不收学费,几个职员还为我的食宿操心。我先是住在监狱旁边一个客店里的,初冬已经颇冷,蚊子却还多,后来用被盖了全身,用衣服包了头脸,只留两个鼻孔出气。在这呼吸不息的地方,蚊子竟无从插嘴,居然睡安稳了。饭食也不坏。但一位先生却以为这客店也包办囚人的饭食,我住在那里不相宜,几次三番,几次三番地说。我虽然觉得客店兼办囚人的饭食和我不相干,然而好意难却,也只得别寻相宜的住处了。于是搬到别一家,离监狱也很远,可惜每天总要喝难以下咽的芋梗汤。

　　从此就看见许多陌生的先生,听到许多新鲜的讲义。解剖学是两个教授分任的。最初是骨学。其时进来的是一个黑瘦的先生,八字须,戴着眼镜,挟着一叠大大小小的书。一将书放在讲台上,便用了缓慢而很有顿挫的声调,向学生介绍自己道:

　　"我就是叫作藤野严九郎[8]的……。"

　　后面有几个人笑起来了。他接着便讲述解剖学在日本发达的历史,那些大大小小的书,便是从最初到现今关于这一门学问的著作。起初有几本是线装的;

> 鲁迅文中常有这种说白菜芦荟似的闲笔,除表意之外,还可以制造某种散淡、迂徐的笔调,借以改变行文的节奏。

还有翻刻中国译本的,他们的翻译和研究新的医学,并不比中国早。

那坐在后面发笑的是上学年不及格的留级学生,在校已经一年,掌故颇为熟悉的了。他们便给新生讲演每个教授的历史。这藤野先生,据说是穿衣服太模胡了,有时竟会忘记带领结;冬天是一件旧外套,寒颤颤的,有一回上火车去,致使管车的疑心他是扒手,叫车里的客人大家小心些。

> 以藤野外表的随便、生活的潦草,同下文教学的严谨,以及对中国留学生的关切之情适成对照。

他们的话大概是真的,我就亲见他有一次上讲堂没有带领结。

过了一星期,大约是星期六,他使助手来叫我了。到得研究室,见他坐在人骨和许多单独的头骨中间,——他其时正在研究着头骨,后来有一篇论文在本校的杂志上发表出来。

"我的讲义,你能抄下来么?"他问。

"可以抄一点。"

"拿来我看!"

我交出所抄的讲义去,他收下了,第二三天便还我,并且说,此后每一星期要送给他看一回。我拿下来打开看时,很吃了一惊,同时也感到一种不安和感激。原来我的讲义已经从头到末,都用红笔添改过了,不但增加了许多脱漏的地方,连文法的错误,也都一一订正。

这样一直继续到教完了他所担任的功课:骨学,

血管学，神经学。可惜我那时太不用功，有时也很任性。还记得有一回藤野先生将我叫到他的研究室里去，翻出我那讲义上的一个图来，是下臂的血管，指着，向我和蔼的说道：

"你看，你将这条血管移了一点位置了。——自然，这样一移，的确比较的好看些，然而解剖图不是美术，实物是那么样的，我们没法改换它。现在我给你改好了，以后你要全照着黑板上那样的画。"

但是我还不服气，口头答应着，心里却想道："图还是我画的不错；至于实在的情形，我心里自然记得的。"

学年试验完毕之后，我便到东京玩了一夏天，秋初再回学校，成绩早已发表了，同学一百余人之中，我在中间，不过是没有落第。这回藤野先生所担任的功课，是解剖实习和局部解剖学。

解剖实习了大概一星期，他又叫我去了，很高兴地，仍用了极有抑扬的声调对我说道：

"我因为听说中国人是很敬重鬼的，所以很担心，怕你不肯解剖尸体。现在总算放心了，没有这回事。"

但他也偶有使我很为难的时候。他听说中国的女人是裹脚的，但不知道详细，所以要问我怎么裹法，足骨变成怎样的畸形，还叹息道，"总要看一看才知道。究竟是怎么一回事呢？"

科学的训练。

有一天，本级的学生会干事到我寓里来了，要借我的讲义看。我检出来交给他们，却只翻检了一通，并没有带走。但他们一走，邮差就送到一封很厚的信，拆开看时，第一句是：

"你改悔罢！"

这是《新约》[9]上的句子罢，但经托尔斯泰新近引用过的。其时正值日俄战争[10]，托老先生便写了一封给俄国和日本的皇帝的信，开首便是这一句。日本报纸上很斥责他的不逊，爱国青年也愤然，然而暗地里却早受了他的影响了。其次的话，大略是说上年解剖学试验的题目，是藤野先生在讲义上做了记号，我预先知道的，所以能有这样的成绩。末尾是匿名。

我这才回忆到前几天的一件事。因为要开同级会；干事便在黑板上写广告，末一句是"请全数到会勿漏为要"，而且在"漏"字旁边加了一个圈。我当时虽然觉到圈得可笑，但是毫不介意，这回才悟出那字也在讥刺我了，犹言我得了教员漏泄出来的题目。我便将这事告知了藤野先生；有几个和我熟识的同学也很不平，一同去诘责干事托辞检查的无礼，并且要求他们将检查的结果，发表出来。终于这流言消灭了，干事却又竭力运动，要收回那一封匿名信去。结末是我便将这托尔斯泰式的信退还了他们。

中国是弱国，所以中国人当然是低能儿，分数在六十分以上，便不是自己的能力了：也无怪他们疑

> 此即有名的"幻灯事件",因它而改变了作者的一生。

惑。但我接着便有参观枪毙中国人的命运了。第二年添教霉菌学,细菌的形状是全用电影[11]来显示的,一段落已完而还没有到下课的时候,便影几片时事的片子,自然都是日本战胜俄国的情形。但偏有中国人夹在里边:给俄国人做侦探,被日本军捕获,要枪毙了,围着看的也是一群中国人;在讲堂里的还有一个我。

"万岁!"他们都拍掌欢呼起来。

这种欢呼,是每看一片都有的,但在我,这一声却特别听得刺耳。此后回到中国来,我看见那些闲看枪毙犯人的人们,他们也何尝不酒醉似的喝采,——呜呼,无法可想!但在那时那地,我的意见却变化了。

到第二学年的终结,我便去寻藤野先生,告诉他我将不学医学,并且离开这仙台。他的脸色仿佛有些悲哀,似乎想说话,但竟没有说。

"我想去学生物学,先生教给我的学问,也还有用的。"其实我并没有决意要学生物学,因为看得他有些凄然,便说了一个慰安他的谎话。

"为医学而教的解剖学之类,怕于生物学也没有什么大帮助。"他叹息说。

将走的前几天,他叫我到他家里去,交给我一张照相,后面写着两个字道:"惜别",还说希望将我的也送他。但我这时适值没有照相了;他便叮嘱我将来照了寄给他,并且时时通信告诉他此后的状况。

我离开仙台之后，就多年没有照过相，又因为状况也无聊，说起来无非使他失望，便连信也怕敢写了。经过的年月一多，话更无从说起，所以虽然有时想写信，却又难以下笔，这样的一直到现在，竟没有寄过一封信和一张照片。从他那一面看起来，是一去之后，杳无消息了。

> 一种深情。

　　但不知怎地，我总还时时记起他，在我所认为我师的之中，他是最使我感激，给我鼓励的一个。有时我常常想：他的对于我的热心的希望，不倦的教诲，小而言之，是为中国，就是希望中国有新的医学；大而言之，是为学术，就是希望新的医学传到中国去。他的性格，在我的眼里和心里是伟大的，虽然他的姓名并不为许多人所知道。

> 无名的伟大：
> 鲁迅的价值观。

　　他所改正的讲义，我曾经订成三厚本，收藏着的，将作为永久的纪念。不幸七年前迁居[12]的时候，中途毁坏了一口书箱，失去半箱书，恰巧这讲义也遗失在内了。责成运送局去找寻，寂无回信。只有他的照相至今还挂在我北京寓居的东墙上，书桌对面。每当夜间疲倦，正想偷懒时，仰面在灯光中瞥见他黑瘦的面貌，似乎正要说出抑扬顿挫的话来，便使我忽又良心发现，而且增加勇气了，于是点上一枝烟，再继续写些为"正人君子"之流所深恶痛疾的文字。

> 爱与憎。

　　　　　　　　　　　十月十二日。

注　释

1. 本篇最初发表于1926年12月《莽原》半月刊第1卷第23期。后编入《朝花夕拾》。
2. 上野　东京的公园，以樱花著名。
3. 速成班　指东京弘文学院的日语速成班。当时中国留学生初到日本，一般先在这里学习日语。
4. 富士山　日本最高的山峰，位于本州岛中南部，被看作日本的一个象征。
5. 仙台　日本本州岛东北部的港口城市。作者于1904年到这里学医，1906年返回东京。
6. 日暮里　地名，位于东京北郊。
7. 水户　日本本州岛东部城市，应在东京与仙台之间。
8. 藤野严九郎（1874—1945）　日本福井县人。曾任仙台医学专门学校讲师，后升任教授，1915年回乡独立行医。鲁迅逝世后，他曾作《谨忆周树人君》一文，载于日本《文学指南》1937年3月号。
9. 《新约》　即《新约全书》，《圣经》的后部分。
10. 日俄战争　指1904年2月至1905年9月日本与沙俄为争夺在我国东北地区和朝鲜半岛的侵略权益而引发的战争。战争主要在我国境内进行。
11. 电影　指幻灯片。
12. 迁居　指1919年12月从绍兴搬迁到北京定居。

范爱农[1]

在东京的客店里,我们大抵一起来就看报。学生所看的多是《朝日新闻》和《读卖新闻》,专爱打听社会上琐事的就看《二六新闻》。一天早晨,辟头就看见一条从中国来的电报,大概是:

"安徽巡抚恩铭被Jo Shiki Rin刺杀,刺客就擒。"

大家一怔之后,便容光焕发地互相告语,并且研究这刺客是谁,汉字是怎样三个字。但只要是绍兴人,又不专看教科书的,却早已明白了。这是徐锡麟,他留学回国之后,在做安徽候补道,办着巡警事务,正合于刺杀巡抚的地位。

大家接着就预测他将被极刑,家族将被连累。不久,秋瑾姑娘在绍兴被杀的消息也传来了,徐锡麟是被挖了心,给恩铭的亲兵炒食净尽。人心很愤怒。有几个人便秘密地开一个会,筹集川资;这时用得着日本浪人[2]了,撕乌贼鱼下酒,慷慨一通之后,他便登程去接徐伯荪的家属去。

照例还有一个同乡会,吊烈士,骂满洲;此后便有人主张打电报到北京,痛斥满政府的无人道。会众即刻分成两派:一派要发电,一派不要发。我是主张发电的,但当我说出之后,即有一种钝滞的声音跟着起来：

"杀的杀掉了，死的死掉了，还发什么屁电报呢。"这是一个高大身材，长头发，眼球白多黑少的人，看人总像在渺视。他蹲在席子上，我发言大抵就反对；我早觉得奇怪，注意着他的了，到这时才打听别人：说这话的是谁呢，有么冷？认识的人告诉我说：他叫范爱农[3]，是徐伯荪的学生。

我非常愤怒了，觉得他简直不是人，自己的先生被杀了，连打一个电报还害怕，于是便坚执地主张要发电，同他争起来，结果是主张发电的居多数，他屈服了。其次要推出人来拟电稿。

"何必推举呢？自然是主张发电的人罗。"他说。我觉得他的话又在针对我，无理倒也并非无理的。

但我便主张这一篇悲壮的文章必须深知烈士生平的人做，因为他比别人关系更密切，心里更悲愤，做出来就一定更动人。于是又争起来。结果是他不做，我也不做，不知谁承认做去了；其次是大家走散，只留下一个拟稿的和一两个干事，等候做好之后去拍发。

从此我总觉得这范爱农离奇，而且很可恶。天下可恶的人，当初以为是满人，这时才知道还在其次；第一倒是范爱农。中国不革命则已，要革命，首先就必须将范爱农除去。

然而这意见后来似乎逐渐淡薄，到底忘却了，我们从此也没有再见面。直到革命的前一年，我在故乡

> 先叙往事，写出范爱农的愤世嫉俗的性情；这类人物，是尤不能见容于社会的。

做教员，大概是春末时候罢，忽然在熟人的客座上看见了一个人，互相熟视了不过两三秒钟，我们便同时说：

"哦哦，你是范爱农！""哦哦，你是鲁迅！"

不知怎地我们便都笑了起来，是互相的嘲笑和悲哀。他眼睛还是那样，然而奇怪，只这几年，头上却有了白发了，但也许本来就有，我先前没有留心到。他穿着很旧的布马褂，破布鞋，显得很寒素。谈起自己的经历来，他说他后来没有了学费，不能再留学，便回来了。回到故乡之后，又受着轻蔑，排斥，迫害，几乎无地可容。现在是躲在乡下，教着几个小学生糊口。但因为有时觉得很气闷，所以也趁了航船进城来。

他又告诉我现在爱喝酒，于是我们便喝酒。从此他每一进城，必定来访我，非常相熟了。我们醉后常谈些愚不可及的疯话，连母亲偶然听到了也发笑。一天我忽而记起在东京开同乡会时的旧事，便问他：

"那一天你专门反对我，而且故意似的，究竟是什么缘故呢？""你还不知道？我一向就讨厌你的，——不但我，我们。""你那时之前，早知道我是谁么？"

"怎么不知道。我们到横滨[4]，来接的不就是子英[5]和你么？你看不起我们，摇摇头，你自己还记得么？"

我略略一想，记得的，虽然是七八年前的事。那时是子英来约我的，说到横滨去接新来留学的同乡。汽船一到，看见一大堆，大概一共有十多人，一上岸便将行李放到税关上去候查检，关吏在衣箱中翻来翻去，忽然翻出一双绣花的弓鞋来，便放下公事，拿着子细地看。我很不满，心里想，这些鸟男人，怎么带这东西来呢。自己不注意，

范爱农　41

那时也许就摇了摇头。

　　检验完毕,在客店小坐之后,即须上火车。不料这一群读书人又在客车上让起坐位来了,甲要乙坐在这位上,乙要丙去坐,揖让未终,火车已开,车身一摇,即刻跌倒了三四个。我那时也很不满,暗地里想:连火车上的坐位,他们也要分出尊卑来……自己不注意,也许又摇了摇头。然而那群雍容揖让的人物中就有范爱农,却直到这一天才想到。岂但他呢,说起来也惭愧,这一群里,还有后来在安徽战死的陈伯平[6]烈士,被害的马宗汉[7]烈士;被囚在黑狱里,到革命后才见天日而身上永带着匪刑的伤痕的也还有一两人。而我都茫无所知,摇着头将他们一并运上东京了。徐伯荪虽然和他们同船来,却不在这车上,因为他在神户[8]就和他的夫人坐车走了陆路了。

　　我想我那时摇头大约有两回,他们看见的不知道是那一回。让坐时喧闹,检查时幽静,一定是在税关上的那一回了,试问爱农,果然是的。

　　"我真不懂你们带这东西做什么?是谁的?"

　　"还不是我们师母的?"他瞪着他多白的眼。

　　"到东京就要假装大脚,又何必带这东西呢?"

　　"谁知道呢?你问她去。"

　　到冬初,我们的景况更拮据了,然而还喝酒,讲笑话。忽然是武昌起义[9],接着是绍兴光复。第二天爱农就上城来,戴着农夫常用的毡帽,那笑容是从来没

此处写范爱农对革命的期待,结果为革命所弃,先扬后

有见过的。

"老迅,我们今天不喝酒了。我要去看看光复的绍兴。我们同去。"

我们便到街上去走了一通,满眼是白旗。然而貌虽如此,内骨子是依旧的,因为还是几个旧乡绅所组织的军政府,什么铁路股东是行政司长,钱店掌柜是军械司长……。这军政府也到底不长久,几个少年一嚷,王金发带兵从杭州进来了,但即使不嚷或者也会来。他进来以后,也就被许多闲汉和新进的革命党所包围,大做王都督。在衙门里的人物,穿布衣来的,不上十天也大概换上皮袍子了,天气还并不冷。

我被摆在师范学校校长的饭碗旁边,王都督给了我校款二百元。爱农做监学,还是那件布袍子,但不大喝酒了,也很少有工夫谈闲天。他办事,兼教书,实在勤快得可以。

"情形还是不行,王金发他们。"一个去年听过我的讲义的少年来访问我,慷慨地说,"我们要办一种报[10]来监督他们。不过发起人要借用先生的名字。还有一个是子英先生,一个是德清[11]先生。为社会,我们知道你决不推却的。"

我答应他了。两天后便看见出报的传单,发起人诚然是三个。五天后便见报,开首便骂军政府和那里面的人员;此后是骂都督,都督的亲戚,同乡,姨太太……。

> 抑,喜极而悲,不论对范爱农个人还是革命本身,都更见悲剧效果。

> 对辛亥革命的本质性描写。

这样地骂了十多天,就有一种消息传到我的家里来,说都督因为你们诈取了他的钱,还骂他,要派人用手枪来打死你们了。

别人倒还不打紧,第一个着急的是我的母亲,叮嘱我不要再出去。但我还是照常走,并且说明,王金发是不来打死我们的,他虽然绿林大学[12]出身,而杀人却不很轻易。况且我拿的是校款,这一点他还能明白的,不过说说罢了。

果然没有来杀。写信去要经费,又取了二百元。但仿佛有些怒意,同时传令道:再来要,没有了!

不过爱农得到了一种新消息,却使我很为难。原来所谓"诈取"者,并非指学校经费而言,是指另有送给报馆的一笔款。报纸上骂了几天之后,王金发便叫人送去了五百元。于是乎我们的少年们便开起会议来,第一个问题是:收不收?决议曰:收。第二个问题是:收了之后骂不骂?决议曰:骂。理由是:收钱之后,他是股东;股东不好,自然要骂。

我即刻到报馆去问这事的真假。都是真的。略说了几句不该收他钱的话,一个名为会计的便不高兴了,质问我道:

"报馆为什么不收股本?""这不是股本……。""不是股本是什么?"

我就不再说下去了,这一点世故是早已知道的,倘我再说出连累我们的话来,他就会面斥我太爱惜不值钱的生命,不肯为社会牺牲,或者明天在报上就可以看见我怎样怕死发抖的记载。

然而事情很凑巧,季茀[13]写信来催我往南京了。爱农也很赞成,但颇凄凉,说:

"这里又是那样,住不得。你快去罢……。"

我懂得他无声的话，决计往南京。先到都督府去辞职，自然照准，派来了一个拖鼻涕的接收员，我交出账目和余款一角又两铜元，不是校长了。后任是孔教会会长傅力臣。

报馆案[14]是我到南京后两三个星期了结的，被一群兵们捣毁。子英在乡下，没有事；德清适值在城里，大腿上被刺了一尖刀。他大怒了。自然，这是很有些痛的，怪他不得。他大怒之后，脱下衣服，照了一张照片，以显示一寸来宽的刀伤，并且做一篇文章叙述情形，向各处分送，宣传军政府的横暴。我想，这种照片现在是大约未必还有人收藏着了，尺寸太小，刀伤缩小到几乎等于无，如果不加说明，看见的人一定以为是带些疯气的风流人物的裸体照片，倘遇见孙传芳大帅，还怕要被禁止的。

我从南京移到北京的时候，爱农的学监也被孔教会会长的校长设法去掉了。他又成了革命前的爱农。我想为他在北京寻一点小事做，这是他非常希望的，然而没有机会。他后来便到一个熟人的家里去寄食，也时时给我信，景况愈困穷，言辞也愈凄苦。终于又非走出这熟人的家不可，便在各处飘浮。不久，忽然从同乡那里得到一个消息，说他已经掉在水里，淹死了。

我疑心他是自杀。因为他是浮水的好手，不容易淹死的。

夜间独坐在会馆里，十分悲凉，又疑心这消息并不确，但无端又觉得这是极其可靠的，虽然并无证据。一点法子都没有，只做了四首诗[15]，后来曾在一种日报上发表，现在是将要忘记完了。只记得一首里的六句，起首四句是："把酒论天下，先生小酒人。大圜犹酩酊，微醉合沉沦。"中间忘掉两句，末了是"旧朋云散尽，余亦等轻尘。"

后来我回故乡去，才知道一些较为详细的事。爱农先是什么事也

> 范爱农的环境之一：朋友。

没得做，因为大家讨厌他。他很困难，但还喝酒，是朋友请他的。他已经很少和人们来往，常见的只剩下几个后来认识的较为年青的人了，然而他们似乎也不愿意多听他的牢骚，以为不如讲笑话有趣。

"也许明天就收到一个电报，拆开来一看，是鲁迅来叫我的。"他时常这样说。

> 对范爱农来说，希望一直作为一种悬念存在，先是寄托于革命，继而转托于朋友，然而均以绝望告终。

一天，几个新的朋友约他坐船去看戏，回来已过夜半，又是大风雨，他醉着，却偏要到船舷上去小解。大家劝阻他，也不听，自己说是不会掉下去的。但他掉下去了，虽然能浮水，却从此不起来。

第二天打捞尸体，是在菱荡里找到的，直立着。我至今不明白他究竟是失足还是自杀。

> 失足还是自杀？也是一种悬念。作者在另一处说过，死而不知道确切的死法是最可悲哀的。

他死后一无所有，遗下一个幼女和他的夫人。有几个人想集一点钱作他女孩将来的学费的基金，因为一经提议，即有族人来争这笔款的保管权，——其实还没有这笔款，大家觉得无聊，便无形消散了。

> 范爱农的环境之二：族人。

现在不知他唯一的女儿景况如何？倘在上学，中学已该毕业了罢。

> 结尾还是一种悬念。

十一月十八日。

注　释

1　发表于1926年12月《莽原》半月刊第1卷第24期。后编入《朝花夕拾》。

2　日本浪人　日本幕府时代失去禄位、四处流浪的武士。他们常受雇于人，从事各种冒险性活动。

3　范爱农（1883—1912）　名肇基，字斯年，号爱农，浙江绍兴人。留学日本时与鲁迅相识，归国后又与鲁迅在浙江山会初级学堂共事，后离职。1912年7月10日游湖时淹死。

4　横滨　日本本州岛中南部港口城市。

5　子英　姓陈，名睿（1882—1950），浙江绍兴人。鲁迅留日时的朋友。

6　陈伯平（1885—1907）　名渊，自号"光复子"，浙江绍兴人。曾两次赴日本学警务和制炸弹。1907年6月与马宗汉一同参加徐锡麟的起义活动，在战斗中阵亡。

7　马宗汉（1884—1907）　字子畦，浙江余姚人。曾到日本留学，回国后参加徐锡麟的起义活动，弹尽被捕，惨遭杀害。

8　神户　日本本州岛西南部港口城市。

9　武昌起义　即辛亥革命。1911年10月10日，由同盟会等在武昌发动的推翻清王朝的起义。

10　一种报　指《越铎日报》，1912年1月3日创刊。鲁迅是该报发起人之一，并撰写《〈越铎〉出世辞》。

11　德清　孙德卿（1868—1932），浙江绍兴人。开明绅士，曾参加反清革命运动。

12　绿林大学　新莽末年，王匡、王凤等聚众起义，占据绿林山（今湖北大洪山），号称"绿林兵"。后称侠盗土匪为"绿林"，即起源于此。王金发曾为浙东洪门会党平阳党首领,号称万人,故作者有此戏称。

13 **季茀** 许寿裳(1882—1948),教育家。字季黻,又作季茀、季市,号上遂,浙江绍兴人。作者留日时同学,后又在教育部及多所大学同事,两人交谊甚笃。1946年夏赴台湾,任编译馆馆长、台湾大学中文系主任。1948年2月18日,被刺杀于台北寓所。著有《亡友鲁迅印象记》和《我所认识的鲁迅》。

14 **报馆案** 指王金发所部士兵捣毁《越铎日报》报馆一案。

15 作者悼念爱农诗共三首。这里说"四首",当是误记。

记念刘和珍君[1]

一

中华民国十五年三月二十五日,就是国立北京女子师范大学为十八日在段祺瑞执政府前遇害的刘和珍杨德群[2]两君开追悼会的那一天,我独在礼堂外徘徊,遇见程君[3],前来问我道,"先生可曾为刘和珍写了一点什么没有?"我说"没有"。她就正告我,"先生还是写一点罢;刘和珍生前就很爱看先生的文章。"

这是我知道的,凡我所编辑的期刊,大概是因为往往有始无终之故罢,销行一向就甚为寥落,然而在这样的生活艰难中,毅然预定了《莽原》[4]全年的就有她。我也早觉得有写一点东西的必要了,这虽然于死者毫不相干,但在生者,却大抵只能如此而已。倘使我能够相信真有所谓"在天之灵",那自然可以得到更大的安慰,——但是,现在,却只能如此而已。

可是我实在无话可说。我只觉得所住的并非人

> 鲁迅有《而已集》。在他的文字中,作为语助词的"而已",恐怕是被重复最多的。此词以浓缩的意味,表明作者的精神处境。

间。四十多个青年的血,洋溢在我的周围,使我艰于呼吸视听,那里还能有什么言语?长歌当哭,是必须在痛定之后的。而此后几个所谓学者文人的阴险的论调,尤使我觉得悲哀。我已经出离愤怒了。我将深味这非人间的浓黑的悲凉;以我的最大哀痛显示于非人间,使它们快意于我的苦痛,就将这作为后死者的菲薄的祭品,奉献于逝者的灵前。

> 无论苦痛、悲哀或愤怒,这种情感的绞缠,表现在语调上,则显得极其黏稠、胶着,耐人咀嚼。

二

真的猛士,敢于直面惨淡的人生,敢于正视淋漓的鲜血。这是怎样的哀痛者和幸福者?然而造化又常常为庸人设计,以时间的流驶,来洗涤旧迹,仅使留下淡红的血色和微漠的悲哀。在这淡红的血色和微漠的悲哀中,又给人暂得偷生,维持着这似人非人的世界。我不知道这样的世界何时是一个尽头!

> 战士的哲学,乃以诗人的情感话语出之。

我们还在这样的世上活着;我也早觉得有写一点东西的必要了。离三月十八日也已有两星期,忘却的救主快要降临了罢,我正有写一点东西的必要了。

> 分别重复"这样的世界"(现状)与"写一点东西的必要"(反抗),构成一种内在的张力。

三

在四十余被害的青年之中,刘和珍君是我的学生。学生云者,我向来这样想,这样说,现在却觉得有些踌躇了，我应该对她奉献我的悲哀与尊敬。她不是"苟活到现在的我"的学生，是为了中国而死的中国的青年。

她的姓名第一次为我所见，是在去年夏初杨荫榆女士做女子师范大学校长，开除校中六个学生自治会职员的时候。其中的一个就是她；但是我不认识。直到后来，也许已经是刘百昭率领男女武将，强拖出校之后了，才有人指着一个学生告诉我，说：这就是刘和珍。其时我才能将姓名和实体联合起来，心中却暗自诧异。我平素想，能够不为势利所屈，反抗一广有羽翼的校长的学生，无论如何，总该是有些桀骜锋利的，但她却常常微笑着，态度很温和。待到偏安于宗帽胡同[5]，赁屋授课之后，她才始来听我的讲义，于是见面的回数就较多了，也还是始终微笑着，态度很温和。待到学校恢复旧观[6]，往日的教职员以为责任已尽，准备陆续引退的时候，我才见她虑及母校前途，黯然至于泣下。此后似乎就不相见。总之，在我的记忆上，那一次就是永别了。

描写刘和珍时，文中多处重复"常常微笑着，态度很温和"的句子，反衬屠伯的凶残卑劣。

四

我在十八日早晨，才知道上午有群众向执政府请愿的事；下午便得到噩耗，说卫队居然开枪，死伤至数百人，而刘和珍君即在遇害者之列。但我对于这些传说，竟至于颇为怀疑。我向来是不惮以最坏的恶意，来推测中国人的，然而我还不料，也不信竟会下劣凶残到这地步。况且始终微笑着的和蔼的刘和珍君，更何至于无端在府门前喋血呢？

然而即日证明是事实了，作证的便是她自己的尸骸。还有一具，是杨德群君的。而且又证明着这不但是杀害，简直是虐杀，因为身体上还有棍棒的伤痕。

但段政府就有令，说她们是"暴徒"！

但接着就有流言，说她们是受人利用的。

惨象，已使我目不忍视了；流言，尤使我耳不忍闻。我还有什么话可说呢？我懂得衰亡民族之所以默无声息的缘由了。沉默呵，沉默呵！不在沉默中爆发，就在沉默中灭亡。

> 重复以"但"起头，制造意外、惊诧之感。

五

但是，我还有要说的话。

我没有亲见；听说，她，刘和珍君，那时是欣然前往的。自然，请愿而已，稍有人心者，谁也不会料到有这样的罗网。但竟在执政府前中弹了，从背部入，斜穿心肺，已是致命的创伤，只是没有便死。同去的张静淑[7]君想扶起她，中了四弹，其一是手枪，立仆；同去的杨德群君又想去扶起她，也被击，弹从左肩入，穿胸偏右出，也立仆。但她还能坐起来，一个兵在她头部及胸部猛击两棍，于是死掉了。

始终微笑的和蔼的刘和珍君确是死掉了，这是真的，有她自己的尸骸为证；沉勇而友爱的杨德群君也死掉了，有她自己的尸骸为证；只有一样沉勇而友爱的张静淑君还在医院里呻吟。当三个女子从容地转辗于文明人所发明的枪弹的攒射中的时候，这是怎样的一个惊心动魄的伟大呵！中国军人的屠戮妇婴的伟绩，八国联军的惩创学生的武功，不幸全被这几缕血痕抹杀了。

多重转折与反讽。

但是中外的杀人者却居然昂起头来，不知道个个脸上有着血污……。

六

时间永是流驶，街市依旧太平，有限的几个生命，在中国是不算什么的，至多，不过供无恶意的闲人以饭后的谈资，或者给有恶意的闲人作"流言"的种子。至于此外的深的意义，我总觉得很寥寥，因为这实在不过是徒手的请愿。人类的血战前行的历史，正如煤的形成，当时用大量的木材，结果却只是一小块，但请愿是不在其中的，更何况是徒手。

一种政治哲学与历史哲学。

然而既然有了血痕了，当然不觉要扩大。至少，也当浸渍了亲族，师友，爱人的心，纵使时光流驶，洗成绯红，也会在微漠的悲哀中永存微笑的和蔼的旧

自我安慰而已。

影。陶潜说过,"亲戚或余悲,他人亦已歌,死去何所道,托体同山阿。"[8]倘能如此,这也就够了。

七

我已经说过:我向来是不惮以最坏的恶意来推测中国人的。但这回却很有几点出于我的意外。一是当局者竟会这样地凶残,一是流言家竟至如此之下劣,一是中国的女性临难竟能如是之从容。

我目睹中国女子的办事,是始于去年的,虽然是少数,但看那干练坚决,百折不回的气概,曾经屡次为之感叹。至于这一回在弹雨中互相救助,虽殒身不恤的事实,则更足为中国女子的勇毅,虽遭阴谋秘计,压抑至数千年,而终于没有消亡的明证了。倘要寻求这一次死伤者对于将来的意义,意义就在此罢。

苟活者在淡红的血色中,会依稀看见微茫的希望;真的猛士,将更奋然而前行。

呜呼,我说不出话,但以此记念刘和珍君!

四月一日。

文中多用"竟""居然"一类虚词,说明政府当局枪杀学生之惨无人道,出人意表。

情溢乎辞,而哲理自见;山重水复,峭拔幽深。堪称古今第一悼文。

注　释

1　发表于1926年4月12日《语丝》周刊第74期。后编入《华盖集续编》。

2　刘和珍（1904—1926）　江西南昌人，北京女子师范大学英文系学生。杨德群（1902—1926）　湖南湘阴人，北京女子师范大学国文系预科学生。

3　程君　程毅志，湖北孝感人，北京女子师范大学教育系学生。

4　《莽原》　文艺刊物。1925年4月创刊于北京。初为周刊，后改为半月刊，鲁迅编辑。1926年8月鲁迅离京后，由韦素园接编，至1927年12月停刊。

5　偏安于宗帽胡同　反对杨荫榆的女师大学生被赶出学校后，在西城宗帽胡同租赁房屋作为临时校舍，继续上课。

6　学校恢复旧观　女师大学生经过一年多的斗争，于1925年11月30胜利返回宣武门内石驸马大街原址，宣告复校。

7　张静淑（1902—1978）　湖南长沙人，北京女子师范大学教育系学生。

8　引自陶潜所作《挽歌》。

为了忘却的记念[1]

一

> 极力忘却而不能忘却。

我早已想写一点文字,来记念几个青年的作家。这并非为了别的,只因为两年以来,悲愤总时时来袭击我的心,至今没有停止,我很想借此算是竦身一摇,将悲哀摆脱,给自己轻松一下,照直说,就是我倒要将他们忘却了。

两年前的此时,即一九三一年的二月七日夜或八日晨,是我们的五个青年作家[2]同时遇害的时候。当时上海的报章都不敢载这件事,或者也许是不愿,或不屑载这件事,只在《文艺新闻》上有一点隐约其辞的文章。那第十一期(五月二十五日)里,有一篇林莽[3]先生作的《白莽印象记》,中间说:

> 他做了好些诗,又译过匈牙利和诗人彼得斐[4]的几首诗,当时的《奔流》的编辑者鲁迅接

到了他的投稿,便来信要和他会面,但他却是不愿见名人的人,结果是鲁迅自己跑来找他,竭力鼓励他作文学的工作,但他终于不能坐在亭子间里写,又去跑他的路了。不久,他又一次的被了捕。……

这里所说的我们的事情其实是不确的。白莽并没有这么高慢,他曾经到过我的寓所来,但也不是因为我要求和他会面;我也没有这么高慢,对于一位素不相识的投稿者,会轻率的写信去叫他。我们相见的原因很平常,那时他所投的是从德文译出的《彼得斐传》,我就发信去讨原文,原文是载在诗集前面的,邮寄不便,他就亲自送来了。看去是一个二十多岁的青年,面貌很端正,颜色是黑黑的,当时的谈话我已经忘却,只记得他自说姓徐,象山人;我问他为什么代你收信的女士是这么一个怪名字(怎么怪法,现在也忘却了),他说她就喜欢起得这么怪,罗曼谛克,自己也有些和她不大对劲了。就只剩了这一点。夜里,我将译文和原文粗粗的对了一遍,知道除几处误译之外,还有一个故意的曲译。他像是不喜欢"国民诗人"这个字的,都改成"民众诗人"了。第二天又接到他一封来信,说很悔和我相见,他的话多,我的话少,又冷,好像受了一种威压似的。我便写一封回信去解释,说初次相会,说话不多,也是人之常情,并且告诉他不应该由自己的爱憎,将原文改变。因为他的原书留在我这里了,就将我所藏的两本集子送给他,问他可能再译几首诗,以供读者的参看。他果然译了几首,自己拿来了,我们就谈得比第一回多一些。这传和诗,后来就都登在《奔流》第二卷第五本,即最末的一本里。

我们第三次相见,我记得是在一个热天。有人打门了,我去开门时,来的就是白莽,却穿着一件厚棉袍,汗流满面,彼此都不禁失笑。这时他才告诉我他是一个革命者,刚由被捕而释出,衣服和书籍全被没收了,连我送他的那两本;身上的袍子是从朋友那里借来的,没有夹衫,而必须穿长衣,所以只好这么出汗。我想,这大约就是林莽先生说的"又一次的被了捕"的那一次了。

我很欣幸他的得释,就赶紧付给稿费,使他可以买一件夹衫,但一面又很为我的那两本书痛惜:落在捕房的手里,真是明珠投暗了。那两本书,原是极平常的,一本散文,一本诗集,据德文译者说,这是他搜集起来的,虽在匈牙利本国,也还没有这么完全的本子,然而印在《莱克朗氏万有文库》(Reclam's Universal-Bibliothek)[5]中,倘在德国,就随处可得,也值不到一元钱。不过在我是一种宝贝,因为这是三十年前,正当我热爱彼得斐的时候,特地托丸善书店[6]从德国去买来的,那时还恐怕因为书极便宜,店员不肯经手,开口时非常惴惴。后来大抵带在身边,只是情随事迁,已没有翻译的意思了,这回便决计送给这也如我的那时一样,热爱彼得斐的诗的青年,算是给它寻得了一个好着落。所以还郑重其事,托柔石亲自送去的。谁料竟会落在"三道头"[7]之类的手里的呢,这岂不冤枉!

二

我的决不邀投稿者相见,其实也并不完全因为谦虚,其中含着省事的分子也不少。由于历来的经验,我知道青年们,尤其是文学青年们,十之九是感觉很敏,自尊心也很旺盛的,一不小心,极容易得到误解,所以倒是故意回避的时候多。见面尚且怕,更不必说敢有托付了。但那时我在上海,也有一个惟一的不但敢于随便谈笑,而且还敢于托他办点私事的人,那就是送书去给白莽的柔石。

我和柔石最初的相见,不知道是何时,在那里。他仿佛说过,曾在北京听过我的讲义,那么,当在八九年之前了。我也忘记了在上海怎么来往起来,总之,他那时住在景云里,离我的寓所不过四五家门面,不知怎么一来,就来往起来了。大约最初的一回他就告诉我是姓赵,名平复。但他又曾谈起他家乡的豪绅的气焰之盛,说是有一个绅士,以为他的名字好,要给儿子用,叫他不要用这名字了。所以我疑心他的原名是"平福",平稳而有福,才正中乡绅的意,对于"复"字却未必有这么热心。他的家乡,是台州的宁海,这只要一看他那台州式的硬气就知道,而且颇有点迂,有时会令我忽而想到方孝孺[8],觉得好像也有些这模样的。

他躲在寓里弄文学,也创作,也翻译,我们往来了许多日,说得投合起来了,于是另外约定了几个同意的青年,设立朝华社。目的是在绍介东欧和北欧的文学,输入外国的版画,因为我们都以为应该来扶植一点刚健质朴的文艺。接着就印《朝花旬刊》,印《近代世界短篇小说集》,印《艺苑朝华》,算都在循着这条线,只有其中的一本《拾谷虹儿画选》,是为了扫荡上海滩上的"艺术家",即戳穿叶灵凤这纸老虎而印的。

然而柔石自己没有钱,他借了二百多块钱来做印本。除买纸之外,大部分的稿子和杂务都是归他做,如跑印刷局,制图,校字之类。可是往往不如意,说起来皱着眉头。看他旧作品,都很有悲观的气息,但实际上并不然,他相信人们是好的。我有时谈到人会怎样的骗人,怎样的卖友,怎样的吮血,他就前额亮晶晶的,惊疑地圆睁了近视的眼睛,抗议道,"会这样的么?——不至于此罢?……"

不过朝花社不久就倒闭了,我也不想说清其中的原因,总之是柔石的理想的头,先碰了一个大钉子,力气固然白化,此外还得去借一百块钱来付纸账。后来他对于我那"人心惟危"⁹说的怀疑减少了,有时也叹息道,"真会这样的么?……"但是,他仍然相信人们是好的。

他于是一面将自己所应得的朝花社的残书送到明日书店和光华书局去,希望还能够收回几文钱,一面就拼命的译书,准备还借款,这就是卖给商务印书馆的《丹麦短篇小说集》和戈理基作的长篇小说《阿尔泰莫诺夫之事业》。但我想,这些译稿,也许去年已被兵火烧掉了。他的迂渐渐的改变起来,终于也敢和女性的同乡或朋友一同去走路了,但那距离,却至少总有三四尺的。这方法很不好,有时我在路上遇见他,只要在相距三四尺前后或左右有一个年青漂亮的女人,我便会疑心就是他的朋友。但他和我一同走路的时候,可就走得近了,简直是扶住我,因为怕我被汽车或电车撞死;我这面也为他近视而又要照顾别人担心,大家都苍皇失措的愁一路,所以倘不是万不得已,我是不大和他一同出去的,我实在看得他吃力,因而自己也吃力。

无论从旧道德,从新道德,只要是损己利人的,他就挑选上,自己背起来。

他终于决定地改变了,有一回,曾经明白的告诉我,此后应该转换作品的内容和形式。我说:这怕难罢,譬如使惯了刀的,这回要他耍棍,怎么能行呢?他简洁的答道:只要学起来!

他说的并不是空话,真也在从新学起来了,其时他曾经带了一个朋友来访我,那就是冯铿女士。谈了一些天,我对于她终于很隔膜,我疑心她有点罗曼谛克,急于事功;我又疑心柔石的近来要做大部的小说,是发源于她的主张的。但我又疑心我自己,也许是柔石的先前的斩钉截铁的回答,正中了我那其实是偷懒的主张的伤疤,所以不自觉地迁怒到她身上去了。——我其实也并不比我所怕见的神经过敏而自尊的文学青年高明。

她的体质是弱的,也并不美丽。

> "旧道德"与"新道德"。鲁迅并未完全否定旧道德,而承认其中存在某些合理的、可继承的成份。

三

直到左翼作家联盟成立之后,我才知道我所认识的白莽,就是在《拓荒者》上做诗的殷夫。有一次大会时,我便带了一本德译的,一个美国的新闻记者所做的中国游记去送他,这不过以为他可以由此练习德文,另外并无深意。然而他没有来。我只得又托了柔石。

但不久,他们竟一同被捕,我的那一本书,又被没收,落在"三道头"之类的手里了。

四

明日书店要出一种期刊,请柔石去做编辑,他答应了;书店还想印我的译著,托他来问版税的办法,我便将我和北新书局所订的合同,抄了一份交给他,他向衣袋里一塞,匆匆的走了。其时是一九三一年一月十六日的夜间,而不料这一去,竟就是我和他相见的末一回,竟就是我们的永诀。

第二天,他就在一个会场上被捕了,衣袋里还藏着我那印书的合同,听说官厅因此正在找寻我。印书的合同,是明明白白的,但我不愿意到那些不明不白的地方去辩解。记得《说岳全传》里讲过一个高僧,当追捕的差役刚到寺门之前,他就"坐化"[10]了,还留下什么"何立从东来,我向西方走"的偈子[11]。这是奴隶所幻想的脱离苦海的惟一的好方法,"剑侠"盼不到,最自在的惟此而已。我不是高僧,没有涅槃的自由,却还有生之留恋,我于是就逃走[12]。

这一夜,我烧掉了朋友们的旧信札,就和女人抱着孩子走在一个客栈里。不几天,即听得外面纷纷传我被捕,或是被杀了,柔石的消息却很少。有的说,他曾经被巡捕带到明日书店里,问是否是编辑;有的

以上描述作为作者"很好的朋友"和中国"很好的青年"的印象;富于道德感,质朴、认真、努力。因为"很好",所以对此丧失尤觉沉痛。

说,他曾经被巡捕带往北新书局去,问是否是柔石,手上上了铐,可见案情是重的。但怎样的案情,却谁也不明白。

他在囚系中,我见过两次他写给同乡[13]的信,第一回是这样的——

> 我与三十五位同犯(七个女的)于昨日到龙华。并于昨夜上了镣,开政治犯从未上镣之纪录。此案累及太大,我一时恐难出狱,书店事望兄为我代办之。现亦好,且跟殷夫兄学德文,此事可告周先生;望周先生勿念,我等未受刑。捕房和公安局,几次问周先生地址,但我哪里知道。诸望勿念。祝好!
>
> 赵少雄一月二十四日。

以上正面。

> 洋铁饭碗,要二三只
> 如不能见面,可将东西
> 望转交赵少雄

以上背面。

他的心情并未改变,想学德文,更加努力;也仍在记念我,像在马路上行走时候一般。但他信里有些

揭露中国从政治到刑事制度之阴险神秘,全属于"黑箱操作"。下半篇所叙青年朋友的被

话是错误的,政治犯而上镣,并非从他们开始,但他向来看得官场还太高,以为文明至今,到他们才开始了严酷。其实是不然的。果然,第二封信就很不同,措词非常惨苦,且说冯女士的面目都浮肿了,可惜我没有抄下这封信。其时传说也更加纷繁,说他可以赎出的也有,说他已经解往南京的也有,毫无确信;而用函电来探问我的消息的也多起来,连母亲在北京也急得生病了,我只得一一发信去更正,这样的大约有二十天。

天气愈冷了,我不知道柔石在那里有被褥不?我们是有的。洋铁碗可曾收到了没有?……但忽然得到一个可靠的消息,说柔石和其他二十三人,已于二月七日夜或八日晨,在龙华警备司令部被枪毙了,他的身上中了十弹。

原来如此!……

在一个深夜里,我站在客栈的院子中,周围是堆着的破烂的什物;人们都睡觉了,连我的女人和孩子。我沉重的感到我失掉了很好很好的朋友,中国失掉了很好的青年,我在悲愤中沉静下去了,然而积习却从沉静中抬起头来,凑成了这样的几句:

> 惯于长夜过春时,挈妇将雏鬓有丝。
> 梦里依稀慈母泪,城头变幻大王旗。
> 忍看朋辈成新鬼,怒向刀丛觅小诗。
> 吟罢低眉无写处,月光如水照缁衣[14]。

捕情形及死况,都在强调这"不明不白"。

但末二句，后来不确了，我终于将这写给了一个日本的歌人[15]。

可是在中国，那时是确无写处的，禁锢得比罐头还严密。我记得柔石在年底曾回故乡，住了好些时，到上海后很受朋友的责备。他悲愤的对我说，他的母亲双眼已经失明了，要他多住几天，他怎么能够就走呢？我知道这失明的母亲的眷眷的心，柔石的拳拳的心。当《北斗》创刊时，我就想写一点关于柔石的文章，然而不能够，只得选了一幅珂勒惠支（Kathe Kollwitz）夫人的木刻，名曰"牺牲"，是一个母亲悲哀地献出她的儿子去的，算是只有我一个人心里知道的柔石的纪念。

> 母亲的存在，益见青年牺牲的惨苦。

同时被难的四个青年文学家之中，李伟森我没有会见过，胡也频在上海也只见过一次面，谈了几句天。较熟的要算白莽，即殷夫了，他曾经和我通过信，投过稿，但现在寻起来，一无所得，想必是十七那夜统统烧掉了，那时我还没有知道被捕的也有白莽。然而那本《彼得斐诗集》却在的，翻了一遍，也没有什么，只在一首《Wahlspruch》（格言）的旁边，有钢笔写的四行译文道：

　　生命诚宝贵，
　　爱情价更高；
　　若为自由故，
　　二者皆可抛！

> 引裴多菲诗，显示青年之死乃是对自由思想的践约。

又在第二叶上，写着"徐培根"[16]三个字，我疑心这是他的真姓名。

五

前年的今日，我避在客栈里，他们却是走向刑场了；去年的今日，我在炮声中逃在英租界，他们则早已埋在不知那里的地下了；今年的今日，我才坐在旧寓里，人们都睡觉了，连我的女人和孩子。我又沉重的感到我失掉了很好的朋友，中国失掉了很好的青年，我在悲愤中沉静下去了，不料积习又从沉静中抬起头来，写下了以上那些字。

要写下去，在中国的现在，还是没有写处的。年青时读向子期《思旧赋》[17]，很怪他为什么只有寥寥的几行，刚开头却又煞了尾。然而，现在我懂得了。

不是年青的为年老的写记念，而在这三十年中，却使我目睹许多青年的血，层层淤积起来，将我埋得不能呼吸，我只能用这样的笔墨，写几句文章，算是从泥土中挖一个小孔，自己延口残喘，这是怎样的世界呢。夜正长，路也正长，我不如忘却，不说的好罢。但我知道，即使不是我，将来总会有记起他们，再说他们的时候的。……

末一节可谓悲愤交并。结句之"将来"，一来乃自我慰藉，二来暗自诅咒反动统治的覆亡。

二月七——八日。

注 释

1 发表于1933年4月1日《现代》第2卷第6期。后编入《南腔北调集》。

2 **五个青年作家** 指李伟森、柔石、胡也频、冯铿、殷夫等五人,都是"左联"成员。

3 **林莽** 即楼适夷(1905—2001),作家、翻译家。原名楼锡椿,浙江余姚人。1931年4月从日本留学归国。曾在"左联"党团工作,并参与编辑《前哨》和《文艺新闻》。抗战时,任《新华日报》副刊编辑,积极从事抗战文艺活动。1952年起,任人民文学出版社副社长兼副总编辑。

4 **彼得斐** 通译裴多菲。

5 **《莱克朗氏万有文库》** 德国莱克郎氏书店1867年出版的百科全书。

6 **丸善书店** 日本东京一家出售西文书刊的书店。

7 **"三道头"** 当时上海公共租界里的巡官,因制服袖上缀有三道倒"人"字形标志,被称作"三道头"。

8 **方孝孺(1357—1402)** 字希直,浙江宁海人。明建文帝朱允炆时的侍讲学士。建文四年(1402),建文帝的叔父燕王朱棣起兵攻入南京,自立为帝(即永乐帝),命他起草登基诏书,方孝孺坚决不从,遂遭杀害,凡灭十族,坐死者八百七十三人。著有《逊志斋集》。

9 **"人心惟危"** 语见《尚书·大禹谟》。危,险恶。

10 **"坐化"** 佛家语。佛家传说有些高僧在临终前盘膝端坐,安然而逝,称坐化。

11 **偈子** 佛经中的唱词,也指和尚的隽语。

12 作者因柔石被捕,于1931年1月20日和家属一起避居黄陆路花园庄。

13　同乡　指王育和（1903—1971），名乘中，又名清溪，浙江宁海人。当时是慎昌钟表行的职员，与柔石同住闸北景云里二十三号鲁迅旧寓。

14　缁衣　黑色的衣服。缁，黑色。

15　日本歌人　指山本初枝（1898—1966），日本女诗人。当时居住上海内山书店后门，与鲁迅私谊甚好。返国后通信较多。鲁迅逝世时，她闻讯大恸，每年鲁迅忌日，均作诗纪念。

16　"徐培根"　本名徐芝庭，浙江象山人，殷夫的长兄，曾留学德国，先后担任国民党军事委员会航空署署长等。

17　向子期（约227—272）　名秀，字子期，河内怀县（今河南武陟）人。魏晋时期文学家。竹林七贤之一，曾为《庄子》作注。他与嵇康、吕安友善，在嵇、吕二人被害后，作《思旧赋》悼念，共一百五十六字。

忆韦素园君[1]

我也还有记忆的,但是,零落得很。我自己觉得我的记忆好像被刀刮过了的鱼鳞,有些还留在身体上,有些是掉在水里了,将水一搅,有几片还会翻腾,闪烁,然而中间混着血丝,连我自己也怕得因此污了赏鉴家的眼目。

现在有几个朋友要纪念韦素园君,我也须说几句话。是的,我是有这义务的。我只好连身外的水也搅一下,看看泛起怎样的东西来。

怕是十多年之前了罢,我在北京大学做讲师,有一天,在教师豫备室里遇见了一个头发和胡子统统长得要命的青年,这就是李霁野。我的认识素园,大约就是霁野绍介的罢,然而我忘记了那时的情景。现在留在记忆里的,是他已经坐在客店的一间小房子里计画出版了。

这一间小房子,就是未名社[2]。

> 个人记忆与社会有关。

那时我正在编印两种小丛书,一种是《乌合丛书》,专收创作,一种是《未名丛刊》,专收翻译,都由北新书局出版。出版者和读者的不喜欢翻译书,那时和现在也并不两样,所以《未名丛刊》是特别冷落的。恰巧,素园他们愿意绍介外国文学到中国来,便和李小峰[3]商量,要将《未名丛刊》移出,由几个同人自办。小峰一口答应了,于是这一种丛书便和北新书局脱离。稿子是我们自己的,另筹了一笔印费,就算开始。因这丛书的名目,连社名也就叫了"未名"——但并非"没有名目"的意思,是"还没有名目"的意思,恰如孩子的"还未成丁"似的。

未名社的同人,实在并没有什么雄心和大志,但是,愿意切切实实的,点点滴滴的做下去的意志,却是大家一致的。而其中的骨干就是素园。

于是他坐在一间破小屋子,就是未名社里办事了,不过小半好像也因为他生着病,不能上学校去读书,因此便天然的轮着他守寨。

我最初的记忆是在这破寨里看见了素园,一个瘦小,精明,正经的青年,窗前的几排破旧外国书,在证明他穷着也还是钉住着文学。然而,我同时又有了一种坏印象,觉得和他是很难交往的,因为他笑影少。"笑影少"原是未名社同人的一种特色,不过素园显得最分明,一下子就能够令人感得。但到后来,我知道我的判断是错误了,和他也并不难于交往。他的不很笑,大约是因为年龄的不同,对我的一种特别态度罢,可惜我不能化为青年,使大家忘掉彼我,得到确证了。这真相,我想,霁野他们是知道的。

但待到我明白了我的误解之后,却同时又发见了一个他的致命伤:他太认真;虽然似乎沉静,然而他激烈。认真会是人的致命伤的么?至少,在那时以至现在,可以是的。一认真,便容易趋于激烈,发扬则送掉自己的命,沉静着,又啮碎了自己的心。

> 在一个苟且敷衍的社会里,认真是致命的。

这里有一点小例子。——我们是只有小例子的。那时候,因为段祺瑞总理和他的帮闲们的迫压,我已经逃到厦门,但北京的狐虎之威还正是无穷无尽。段派的女子师范大学校长林素园[4],带兵接收学校去了,演过全副武行之后,还指留着的几个教员为"共产党"。这个名词,一向就给有些人以"办事"上的便利,而且这方法,也是一种老谱,本来并不希罕的。但素园却好像激烈起来了,从此以后,他给我的信上,有好一晌竟憎恶"素园"两字而不用,改称为"漱园"。同时社内也发生了冲突,高长虹从上海寄信来,说素园压下了向培良的稿子,叫我讲一句话。我一声也不响。于是在《狂飙》上骂起来了,先骂素园,后是我。素园在北京压下了培良的稿子,却由上海的高长虹来抱不平,要在厦门的我去下判断,我颇觉得是出色的滑稽,而且一个团体,虽是小小的文学团体罢,每当光景艰难时,内部是一定有人起来捣乱的,这也并不希罕。然而素园却很认真,他不但写信给我,叙述着详情,还作文登在杂志上剖白。在"天才"们的法庭上,别人剖白得清楚的么?——我不禁长长的叹了一口气,想到他只是一个文人,又生着病,却这么拼命的对付着内忧外患,又怎么能够持久呢。自然,这仅仅是小忧患,但在认真而激烈的个人,却也相当的大的。

不久,未名社就被封[5],几个人还被捕。也许素园已经咯血,进了病院了罢,他不在内。但后来,被捕的释放,未名社也启封了,忽封忽启,忽捕忽放,我至今还不明白这是怎么的一个玩意。

我到广州,是第二年——一九二七年的秋初,仍旧陆续的接到他几封信,是在西山病院里,伏在枕头上写就的,因为医生不允许他起坐。他措辞更明显,思想也更清楚,更广大了,但也更使我担心他的病。有一天,我忽然接到一本书,是布面装订的素园翻译的《外套》[6]。我一看明白,就打了一个寒噤:这明明是他送给我的一个纪念品,莫非他已经自觉了生命的期限了么?

我不忍再翻阅这一本书,然而我没有法。

我因此记起,素园的一个好朋友也咯过血,一天竟对着素园咯起来,他慌张失措,用了爱和忧急的声音命令道:"你不许再吐了!"我那时却记起了伊孛生的《勃兰特》[7]。他不是命令过去的人,从新起来,却并无这神力,只将自己埋在崩雪下面的么?……

敏感于生命的讯息。

我在空中看见了勃兰特和素园,但是我没有话。

一九二九年五月末,我最以为侥幸的是自己到西山病院去,和素园谈了天。他为了日光浴,皮肤被晒得很黑了,精神却并不萎顿。我们和几个朋友都很高兴。但我在高兴中,又时时夹着悲哀:忽而想到他的爱人,已由他同意之后,和别人订了婚;忽而想到他竟连绍介外国文学给中国的一点志愿,也怕难于达到;忽而想到他在这里静卧着,不知道他自以为是在等候全愈,还是等候灭亡;忽而想到他为什么要寄给我一本精装的《外套》?……

壁上还有一幅陀思妥也夫斯基的大画像。对于这先生,我是尊敬,佩服的,但我又恨他残酷到了冷静的文章。他布置了精神上的苦刑,一个个拉了不幸的人来,拷问给我们看。现在他用沉郁的眼光,凝视着素园和他的卧榻,好像在告诉我:这也是可以收在作品里的不幸的人。

> 在这里,恨陀思妥也(耶)夫斯基,乃爱韦素园之故也。

自然,这不过是小不幸,但在素园个人,是相当的大的。

一九三二年八月一日晨五时半,素园终于病殁在北平同仁医院里了,一切计划,一切希望,也同归于尽。我所抱憾的是因为避祸,烧去了他的信札,我只能将一本《外套》当作唯一的纪念,永远放在自己的身边。

> 强调"小例子""小忧患""小不幸"对于韦素园个人"是相当的大的"。这里固然流露了作者对朋友的偏爱,但同时也表达了作者对社会的抗争。

自素园病殁之后,转眼已是两年了,这其间,对于他,文坛上并没有人开口。这也不能算是希罕的,他既非天才,也非豪杰,活的时候,既不过在默默中生存,死了之后,当然也只好在默默中泯没。但对于我们,却是值得记念的青年,因为他在默默中支持了未名社。

未名社现在是几乎消灭了,那存在期,也并不长久。然而自素园经营以来,绍介了果戈理(N.Gogol),陀思妥也夫斯基(F.Dostoevsky),安特列夫(L.Andreev),绍介了望·霭覃(F.van Eden),绍介了爱伦堡(I.Ehrenburg)的《烟袋》和拉夫列涅夫(B.Lavrenev)的《四十一》。还印行了《未名新集》,其中有丛芜的《君山》,静农的《地之子》和《建塔者》,我的《朝花夕拾》,在那时候,也都还算是相当可看的作品。事实不为轻薄阴险小儿留情,曾几何年,他们就都已烟消火灭,然而未名社的译作,在文苑里却至今没有枯死的。

是的,但素园却并非天才,也非豪杰,当然更不是高楼的尖顶,或名园的美花,然而他是楼下的一块石材,园中的一撮泥土,在中国第一要他多。他不入于观赏者的眼中,只有建筑者和栽植者,决不会将他置之度外。

文人的遭殃,不在生前的被攻击和被冷落,一瞑

仍说"大"与"小"。

之后,言行两亡,于是无聊之徒,谬托知己,是非蜂起,既以自衒,又以卖钱,连死尸也成了他们的沽名获利之具,这倒是值得悲哀的。现在我以这几千字纪念我所熟识的素园,但愿还没有营私肥己的处所,此外也别无话说了。

我不知道以后是否还有记念的时候,倘止于这一次,那么,素园,从此别了!

一九三四年七月十六之夜,鲁迅记。

> 由悲而愤,由爱及憎,深情然而激切,是典型的鲁迅风。
>
> 文章取断片式,随着记忆的零碎叙述,便于释愤抒情,但也分明地存有一种无由收拾的破碎感。

注　释

1　发表于1934年10月上海《文学》月刊第3卷第4号。后编入《且介亭杂文》。韦素园(1902—1932),安徽霍邱县人,未名社社员。翻译的作品有果戈理的中篇小说《外套》、俄国短篇小说集《最后的光芒》、北欧诗歌小品集《黄花集》等。

2　未名社　文学团体,1925年秋成立于北京,至1931年停止活动。主要成员有鲁迅、韦素园、韦丛芜、曹靖华、李霁野、台静农等。出版有《莽原》半月刊、《未名半月刊》和《未名丛刊》《未名新集》等。

3　李小峰(1897—1971)　翻译家,出版家。江苏江阴人。北京大学哲学系毕业,曾参加新潮社和语丝社,后为北新书局主要主持人。译有丹麦作家爱华尔德的童话《两条腿》等。鲁迅在1930年前的主要著译,都交由北新书局印行。后来李小峰改变了经营模式,书局大为商业化,鲁迅对此深为不满,尤其个人的大量版税被长期借故拖欠,致使延请律师,拟通过法律形式解决。此事经由李小峰请人出面调解了结。此后,两人之间仍有交往,鲁迅一些著作如《三闲集》《两地书》《伪自由书》等仍交北新书局出版。

4　林素园　福建人。1925年8月,北洋政府教育部为镇压学潮,下令停办北京女子师范大学,改为北京女子学院师范部,他被任为师范部学长;同年9月,亲率军警赴女师大实行武装接收。

5　未名社被封　1928年春,未名社因出版托洛茨基的《文学与革命》译本,于3月26日被查封,李霁野和台静农二人被捕。

6　《外套》　俄国作家果戈理的中篇小说,韦素园译,为《未名丛刊》之一,于1926年9月出版。

7　《勃兰特》　易卜生创作的诗剧。剧中主角勃兰特带领一群信徒上山寻找理想的境界,由于不堪登山之苦,人们对他的话产生怀疑,于是在途中把他击倒,最后死于雪崩。

忆刘半农君[1]

这是小峰出给我的一个题目。

这题目并不出得过分。半农去世,我是应该哀悼的,因为他也是我的老朋友。但是,这是十来年前的话了,现在呢,可难说得很。

我已经忘记了怎么和他初次会面,以及他怎么能到了北京。他到北京,恐怕是在《新青年》投稿之后,由蔡子民[2]先生或陈独秀先生去请来的,到了之后,当然更是《新青年》里的一个战士。他活泼,勇敢,很打了几次大仗。譬如罢,答王敬轩的双信,"她"字和"牠"字的创造,就都是的。这两件,现在看起来,自然是琐屑得很,但那是十多年前,单是提倡新式标点,就会有一大群人"若丧考妣",恨不得"食肉寝皮"的时候,所以的确是"大仗"。现在的二十左右的青年,大约很少有人知道三十年前,单是剪下辫子就会坐牢或杀头的了。然而这曾经是事实。

但半农的活泼,有时颇近于草率,勇敢也有失之

> 此文最见鲁迅"知人论世"的态度。

> 先说刘半农对社会的贡献,这是大的方面,是超乎友情之上的。

无谋的地方。但是，要商量袭击敌人的时候，他还是好伙伴，进行之际，心口并不相应，或者暗暗的给你一刀，他是决不会的。倘若失了算，那是因为没有算好的缘故。

《新青年》每出一期，就开一次编辑会，商定下一期的稿件。其时最惹我注意的是陈独秀和胡适之。假如将韬略比作一间仓库罢，独秀先生的是外面竖一面大旗，大书道："内皆武器，来者小心！"但那门却开着的，里面有几枝枪，几把刀，一目了然，用不着提防。适之先生的是紧紧的关着门，门上粘一条小纸条道："内无武器，请勿疑虑。"这自然可以是真的，但有些人——至少是我这样的人——有时总不免要侧着头想一想。半农却是令人不觉其有"武库"的一个人，所以我佩服陈胡，却亲近半农。

> 陈独秀、胡适、刘半农比较，颇为传神。

所谓亲近，不过是多谈闲天，一多谈，就露出了缺点。几乎有一年多，他没有消失掉从上海带来的才子必有"红袖添香夜读书"的艳福的思想，好容易才给我们骂掉了。但他好像到处都这么的乱说，使有些"学者"皱眉。有时候，连到《新青年》投稿都被排斥。他很勇于写稿，但试去看旧报去，很有几期是没有他的。那些人们批评他的为人，是：浅。

不错，半农确是浅。但他的浅，却如一条清溪，澄澈见底，纵有多少沉渣和腐草，也不掩其大体的清。倘使装的是烂泥，一时就看不出它的深浅来了；

> 辩护刘半农的浅。

如果是烂泥的深渊呢,那就更不如浅一点的好。

但这些背后的批评,大约是很伤了半农的心的,他的到法国留学,我疑心大半就为此。我最懒于通信,从此我们就疏远起来了。他回来时,我才知道他在外国钞古书,后来也要标点《何典》[3],我那时还以老朋友自居,在序文上说了几句老实话,事后,才知道半农颇不高兴了,"驷不及舌"[4],也没有法子。另外还有一回关于《语丝》的彼此心照的不快活[5]。五六年前,曾在上海的宴会上见过一回面,那时候,我们几乎已经无话可谈了。

近几年,半农渐渐的据了要津,我也渐渐的更将他忘却;但从报章上看见他禁称"蜜斯"[6]之类,却很起了反感:我以为这些事情是不必半农来做的。从去年来,又看见他不断的做打油诗,弄烂古文,[7]回想先前的交情,也往往不免长叹。我想,假如见面,而我还以老朋友自居,不给一个"今天天气……哈哈哈"完事,那就也许会弄到冲突的罢。

> 反感于刘半农"据了要津"之后的作为。

不过,半农的忠厚,是还使我感动的。我前年曾到北平,后来有人通知我,半农是要来看我的,有谁恐吓了他一下,不敢来了。这使我很惭愧,因为我到北平后,实在未曾有过访问半农的心思。

> 惭愧于刘半农的念旧之情。

现在他死去了,我对于他的感情,和他生时也并无变化。我爱十年前的半农,而憎恶他的近几年。这憎恶是朋友的憎恶,因为我希望他常是十年前的

> 仅以作者在刘半农个人身上所表现出来的爱憎而言,已堪称"伟大的朋友"。

半农,他的为战士,即使"浅"罢,却于中国更为有益。我愿以愤火照出他的战绩,免使一群陷沙鬼将他先前的光荣和死尸一同拖入烂泥的深渊。

八月一日。

注　释

1　发表于1934年10月上海《青年界》月刊第6卷第3期。后编入《且介亭杂文》。

　　刘半农(1891—1934),名复,江苏江阴人。曾为《新青年》编辑之一,是新文化运动时期的重要作家。历任北京大学教授、北平大学女子文理学院院长等职。后留学法国,研究音韵学。著有《半农杂文》《扬鞭集》,以及《中国文法通论》等。

2　蔡子民(1868—1940)　蔡元培,字鹤卿,号子民。浙江绍兴人,教育家,政治活动家。光复会创始人之一,后又参加同盟会,民国成立后被任命为教育总长。1916年任北京大学校长,支持新文化运动。1927年参加"清党"运动,曾任中华民国大学院院长、中央研究院院长等职。九一八事变后,主张对日抗战,与宋庆龄等发起成立中国民权保障同盟,任副主席。鲁迅逝世时,为治丧委员会成员,亲往执绋送殡。1938年,《鲁迅全集》出版,为之作序,称鲁迅为"新文学的开山"。

3　《何典》　又名《十一才子书·鬼话连篇录》。通俗章回体小说,共十回,清人张南庄(署名"过路人")编著,清光绪四年(1878)上海申报馆出版。小说通过鬼世界的恋爱故事，讽刺社会现实。1926年6月，刘半农将此书标点重印，鲁迅曾为其作题记一篇，收入《集外集拾遗》。

4　"驷不及舌"　语出《论语·颜渊》，据朱熹《集注》："言出于舌，驷马不能追之。"

5　1928年2月《语丝》第4卷第9期发表刘半农的《林则徐照会英吉利国王公文》，其中说林则徐被英人俘虏，"明正了典刑，在印度异尸游街"。读者洛卿来信指出说是史实性错误，《语丝》第14期发表了这封信，刘半农不再为《语丝》撰稿。

6　禁称"蜜斯"　见于1931年4月1日北平《世界日报》所载刘半农答记者的谈话，说他不赞成学生以"密斯"互称，并说他任北平大学女子文理学院院长时即曾加禁止云，主张以国语中的姑娘、小姐、女士代称"密斯"这一"带有奴性"称呼。密斯，英语Miss的音译，小姐的意思。

7　指刘半农于1933年至1934年间发表在《论语》《人间世》等刊物上的《桐花芝豆堂诗集》和《双凤凰砖斋小品文》等。

关于太炎先生二三事[1]

前一些时，上海的官绅为太炎先生开追悼会，赴会者不满百人，遂在寂寞中闭幕，于是有人慨叹，以为青年们对于本国的学者，竟不如对于外国的高尔基的热诚。这慨叹其实是不得当的。官绅集会，一向为小民所不敢到；况且高尔基是战斗的作家，太炎先生虽先前也以革命家现身，后来却退居于宁静的学者，用自己所手造的和别人所帮造的墙，和时代隔绝了。纪念者自然有人，但也许将为大多数所忘却。

> 唯作者立足于"大多数"，故高度评价章太炎在革命史上的业绩，以为比在学术史上还要大。

我以为先生的业绩，留在革命史上的，实在比在学术史上还要大。回忆三十余年之前，木板的《訄书》[2]已经出版了，我读不断，当然也看不懂，恐怕那时的青年，这样的多得很。我的知道中国有太炎先生，并非因为他的经学和小学，是为了他驳斥康有为和作邹容的《革命军》序，竟被监禁于上海的西牢。那时留学日本的浙籍学生，正办杂志《浙江潮》，其中即载有先生狱中所作诗，却并不难懂。这使我感动,也至今并没有忘记,现在抄两首在下面——

狱中赠邹容

邹容吾小弟,被发下瀛洲。快剪刀除辫,干牛肉作糇。
英雄一入狱,天地亦悲秋。临命须掺手,乾坤只两头。

狱中闻沈禹希[3]见杀

不见沈生久,江湖知隐沦,萧萧悲壮士,今在易京门。
螭魅羞争焰,文章总断魂。中阴当待我,南北几新坟。

  一九〇六年六月出狱,即日东渡,到了东京,不久就主持《民报》[4]。我爱看这《民报》,但并非为了先生的文笔古奥,索解为难,或说佛法,谈"俱分进化"[5],是为了他和主张保皇的梁启超斗争,和"××"的×××斗争[6],和"以《红楼梦》为成佛之要道"的×××斗争[7],真是所向披靡,令人神往。前去听讲也在这时候,但又并非因为他是学者,却为了他是有学问的革命家,所以直到现在,先生的音容笑貌,还在目前,而所讲的《说文解字》,却一句也不记得了。[8]

  民国元年革命后,先生的所志已达,该可以大有作为了,然而还是不得志。这也是和高尔基的生受崇敬,死备哀荣,截然两样的。我以为两人遭遇的所以不同,其原因乃在高尔基先前的理想,后来都成为事实,他的一身,就是大众的一体,喜怒哀乐,无不相通;而先生则排满之志虽伸,但视为最紧要的"第一是用宗教发起信心,增进国民的道德;第二是用国粹激动种性,增进爱国的热肠"(见《民报》第六本),却仅止于高妙的幻想;不久而袁世凯又攘夺国柄,以遂私

> 说章太炎"即离民众，渐入颓唐"，故一度为当权者所利用，但仍认为这是"白圭之玷"。对于师友之道，鲁迅从来注重大节，论章太炎是显著的例子之一。

图，就更使先生失却实地，仅垂空文，至于今，惟我们的"中华民国"之称，尚系发源于先生的《中华民国解》（最先亦见《民报》），为巨大的记念而已，然而知道这一重公案者，恐怕也已经不多了。既离民众，渐入颓唐，后来的参与投壶，接收馈赠，遂每为论者所不满，但这也不过白圭之玷，并非晚节不终。考其生平，以大勋章作扇坠，临总统府之门，大诟袁世凯的包藏祸心者，并世无第二人；七被追捕，三入牢狱，而革命之志，终不屈挠者，并世亦无第二人：这才是先哲的精神，后生的楷范。近有文侩，勾结小报，竟也作文奚落先生以自鸣得意，真可谓"小人不欲成人之美"[9]，而且"蚍蜉撼大树，可笑不自量"[10]了！

但革命之后，先生亦渐为昭示后世计，自藏其锋铓。浙江所刻的《章氏丛书》[11]，是出于手定的，大约以为驳难攻讦，至于忿詈，有违古之儒风，足以贻讥多士的罢，先前的见于期刊的斗争的文章，竟多被刊落，上文所引的诗两首，亦不见于《诗录》中。一九三三年刻《章氏丛书续编》于北平，所收不多，而更纯谨，且不取旧作，当然也无斗争之作，先生遂身衣学术的华衮，粹然成为儒宗，执贽愿为弟子者綦众，至于仓皇制《同门录》[12]成册。近阅日报，有保护版权的广告，有三续丛书的记事，可见又将有遗著出版了，但补入先前战斗的文章与否，却无从知道。

战斗的文章,乃是先生一生中最大,最久的业绩,假使未备,我以为是应该一一辑录,校印,使先生和后生相印,活在战斗者的心中的。然而此时此际,恐怕也未必能如所望罢,呜呼!

十月九日。

注　释

1　本篇最初印发于1937年3月10日在上海出版的《工作与学习丛刊》之一《二三事》。后编入《且介亭杂文末篇》。

2　《訄书》　章太炎早期的一部学术论著。在1902年的修订版中,他删去若干带有改良主义倾向的篇目,增加了一批宣传反清革命的论文,并加"前录"二篇:《客帝匡谬》和《分镇匡谬》。1914年重行增删,书名改作"检讨"。

3　沈禹希(1872—1903)　名荩,字禹希,湖南善化(今长沙)人。清末维新派。戊戌变法时,与谭嗣同等交往,失败后留学日本。1900年春返回上海,参加自立会,任自立军左军统领,事败后潜往北京,秘密进行反清活动。1903年揭露《中俄密约》,被捕杖死,由此激起各界对清政府的抨击。

4　《民报》　月刊,同盟会的机关杂志。1905年11月创刊于东京。章太炎曾任该报主编。

5　"俱分进化"　章太炎1906年9月在《民报》发表《俱分进化论》一文,提出"非由一方直进,而必由双方并进"的观点。

6　和"××"的×××斗争　"××"疑为"献策"二字,×××指吴稚晖。

章太炎1908年在《民报》先后发表答复吴稚晖的信,揭露吴在《苏报》案中的叛卖行为,其中都使用了"献策"一词。

7 ×××斗争　×××指蓝公武。蓝公武"以《红楼梦》为成佛之要道",见于蓝公武的《俱分进化论批评》和章太炎的《与人书》。蓝公武(1887—1957),江苏吴江人。早年留学日本和德国,曾任《国民公报》社长、《时事新报》总编辑等职。

8 1908年,鲁迅在东京时曾在章太炎处听讲小学。参见许寿裳《亡友鲁迅印象记·从章先生学》。

9 "小人不欲成人之美"　语出《论语·颜渊》:"君子成人之美,不成人之恶;小人反是。"

10 "蚍蜉撼大树,可笑不自量"　语见韩愈诗《调张籍》。

11 《章氏丛书》　内收章太炎著作十三种,于1919年刊行。《章氏丛书续编》内收章太炎著作七种,1933年刊行。

12 《同门录》　即同学姓名录。

"这也是生活"……[1]

这也是病中的事情。

有一些事，健康者或病人是不觉得的，也许遇不到，也许太微细。到得大病初愈，就会经验到；在我，则疲劳之可怕和休息之舒适，就是两个好例子。我先前往往自负，从来不知道所谓疲劳。书桌面前有一把圆椅，坐着写字或用心的看书，是工作；旁边有一把藤躺椅，靠着谈天或随意的看报，便是休息；觉得两者并无很大的不同，而且往往以此自负。现在才知道是不对的，所以并无大不同者，乃是因为并未疲劳，也就是并未出力工作的缘故。

我有一个亲戚的孩子，高中毕了业，却只好到袜厂里去做学徒，心情已经很不快活的了，而工作又很繁重，几乎一年到头，并无休息。他是好高的，不肯偷懒，支持了一年多。有一天，忽然坐倒了，对他的哥哥道："我一点力气也没有了。"

他从此就站不起来，送回家里，躺着，不想饮食，不想动弹，不想言语，请了耶稣教堂的医生来看，说是全体什么病也没有，然而全体都疲乏了。也没有什么法子治。自然，连接而来的是静静的死。我也曾经有过两天这样的情形，但原因不同，他是做乏，我是病乏的。

我的确什么欲望也没有,似乎一切都和我不相干,所有举动都是多事,我没有想到死,但也没有觉得生;这就是所谓"无欲望状态",是死亡的第一步。曾有爱我者因此暗中下泪;然而我有转机了,我要喝一点汤水,我有时也看看四近的东西,如墙壁,苍蝇之类,此后才能觉得疲劳,才需要休息。

象心纵意的躺倒,四肢一伸,大声打一个呵欠,又将全体放在适宜的位置上,然后弛懈了一切用力之点,这真是一种大享乐。在我是从来未曾享受过的。我想,强壮的,或者有福的人,恐怕也未曾享受过。

记得前年,也在病后,做了一篇《病后杂谈》,共五节,投给《文学》,但后四节无法发表,印出来只剩了头一节了。虽然文章前面明明有一个"一"字,此后突然而止,并无"二""三",仔细一想是就会觉得古怪的,但这不能要求于每一位读者,甚而至于不能希望于批评家。于是有人据这一节,下我断语道:"鲁迅是赞成生病的。"现在也许暂免这种灾难了,但我还不如先在这里声明一下:"我的话到这里还没有完。"

日常性。

有了转机之后四五天的夜里,我醒来了,喊醒了广平。

"给我喝一点水。并且去开开电灯,给我看来看去的看一下。"

"为什么？……"她的声音有些惊慌，大约是以为我在讲昏话。

"因为我要过活。你懂得么？这也是生活呀。我要看来看去的看一下。"

"哦……"她走起来，给我喝了几口茶，徘徊了一下，又轻轻的躺下了，不去开电灯。

我知道她没有懂得我的话。

街灯的光穿窗而入，屋子里显出微明，我大略一看，熟识的墙壁，壁端的棱线，熟识的书堆，堆边的未订的画集，外面的进行着的夜，无穷的远方，无数的人们，都和我有关。我存在着，我在生活，我将生活下去，我开始觉得自己更切实了，我有动作的欲望——但不久我又坠入了睡眠。

第二天早晨在日光中一看，果然，熟识的墙壁，熟识的书堆……这些，在平时，我也时常看它们的，其实是算作一种休息。但我们一向轻视这等事，纵使也是生活中的一片，却排在喝茶搔痒之下，或者简直不算一回事。我们所注意的是特别的精华，毫不在枝叶。给名人作传的人，也大抵一味铺张其特点，李白怎样做诗，怎样要颠，拿破仑怎样打仗，怎样不睡觉，却不说他们怎样不要颠，要睡觉。其实，一生中专门要颠或不睡觉，是一定活不下去的，人之有时能要颠和不睡觉，就因为倒是有时不要颠和也睡觉的缘

生活既有精华，也有枝叶。其中的一切相互关联，并无所谓"中心"，所以说，删夷枝叶者得不到花果。

"这也是生活"……

故。然而人们以为这些平凡的都是生活的渣滓,一看也不看。

于是所见的人或事,就如盲人摸象,摸着了脚,即以为象的样子像柱子。中国古人,常欲得其"全",就是制妇女用的"乌鸡白凤丸",也将全鸡连毛血都收在丸药里,方法固然可笑,主意却是不错的。

删夷枝叶的人,决定得不到花果。

为了不给我开电灯,我对于广平很不满,见人即加以攻击;到得自己能走动了,就去一翻她所看的刊物,果然,在我卧病期中,全是精华的刊物已经出得不少了,有些东西,后面虽然仍旧是"美容妙法","古木发光",或者"尼姑之秘密",但第一面却总有一点激昂慷慨的文章。作文已经有了"最中心之主题"[2]:连义和拳时代和德国统帅瓦德西睡了一些时候的赛金花,也早已封为九天护国娘娘了。[3]

尤可惊服的是先前用《御香缥缈录》[4],把清朝的宫廷讲得津津有味的《申报》上的《春秋》,也已经时而大有不同,有一天竟在卷端的《点滴》[5]里,教人当吃西瓜时,也该想到我们土地的被割碎,像这西瓜一样。自然,这是无时无地无事而不爱国,无可訾议的。但倘使我一面这样想,一面吃西瓜,我恐怕一定咽不下去,即使用劲咽下,也难免不能消化,在肚子里咕咚的响它好半天。这也未必是因为我病后神经衰

此篇实际上是对"国防文学"理论的一些机械论观点的批判。

弱的缘故。我想，倘若用西瓜作比，讲过国耻讲义，却立刻又会高高兴兴的把这西瓜吃下，成为血肉的营养的人，这人恐怕是有些麻木。对他无论讲什么讲义，都是毫无功效的。

我没有当过义勇军，说不确切。但自己问：战士如吃西瓜，是否大抵有一面吃，一面想的仪式的呢？我想：未必有的。他大概只觉得口渴，要吃，味道好，却并不想到此外任何好听的大道理。吃过西瓜，精神一振，战斗起来就和喉干舌敝时候不同，所以吃西瓜和抗敌的确有关系，但和应该怎样想的上海设定的战略，却是不相干。这样整天哭丧着脸去吃喝，不多久，胃口就倒了，还抗什么敌。

然而人往往喜欢说得稀奇古怪，连一个西瓜也不肯主张平平常常的吃下去。其实，战士的日常生活，是并不全部可歌可泣的，然而又无不和可歌可泣之部相关联，这才是实际上的战士。

鲁迅的战士哲学：注重"日常生活"及"相关性"。

八月二十三日。

注　释

1　发表于1936年9月5日上海《中流》半月刊第1卷第1期。后编入《且介亭杂文末编》。

2　"最中心之主题"　见于周扬的《关于国防文学》:"国防的主题应当成为汉奸以外的一切作家的作品之最中心的主题。"

3　瓦德西(A.von Waldersee,1832—1904),德国人,曾任侵华的八国联军总司令。赛金花,清末名妓。文中说赛金花被"封为九天护国娘娘",是针对夏衍的剧本《赛金花》中赛金花保护国民的情节,以及当时媒体对它的吹捧而说的。

4　《御香缥缈录》　原名《老佛爷时代的西太后》,清宗室德龄所作,1933年在美国出版。原文系英文,秦瘦鸥译为中文,先在《申报》副刊《春秋》连载,后由申报馆印行单行本。

5　《点滴》　《申报》副刊《春秋》上刊登短文的专栏。文中说到"吃西瓜"的内容,见于1936年8月12日该栏发表的姚明然的文章:"当圆圆的西瓜,被瓜分的时候,我便想到和将来世界殖民地的再分割不是一样吗?"

女吊[1]

大概是明末的王思任[2]说的罢:"会稽乃报仇雪耻之乡,非藏垢纳污之地!"这对于我们绍兴人很有光彩,我也很喜欢听到,或引用这两句话。但其实,是并不的确的;这地方,无论为那一样都可以用。

不过一般的绍兴人,并不像上海的"前进作家"那样憎恶报复,却也是事实。单就文艺而言,他们就在戏剧上创造了一个带复仇性的,比别的一切鬼魂更美,更强的鬼魂。这就是"女吊"。我以为绍兴有两种特色的鬼,一种是表现对于死的无可奈何,而且随随便便的"无常"[3],我已经在《朝花夕拾》里得了绍介给全国读者的光荣了,这回就轮到别一种。

"女吊"也许是方言,翻成普通的白话,只好说是"女性的吊死鬼"。其实,在平时,说起"吊死鬼",就已经含有"女性的"的意思,因为投缳而死者,向来以妇人女子为最多。有一种蜘蛛,用一枝丝挂下自己的身体,悬在空中,《尔雅》上已谓之

> 说女吊是一切鬼魂中更美、更强的鬼魂,原因就在于"带复仇性"。

> 女性自杀史。历史上,女性从来是被压迫的弱势者,这就是复仇的根据。

女吊 93

"蜺,缢女",可见在周朝或汉朝,自经的已经大抵是女性了,所以那时不称它为男性的"缢夫"或中性的"缢者"。不过一到做"大戏"或"目连戏"⁴的时候,我们便能在看客的嘴里听到"女吊"的称呼。也叫作"吊神"。横死的鬼魂而得到"神"的尊号的,我还没有发见过第二位,则其受民众之爱戴也可想。但为什么这时独要称她"女吊"呢?很容易解:因为在戏台上,也要有"男吊"出现了。

我所知道的是四十年前的绍兴,那时没有达官显宦,所以未闻有专门为人(堂会?)的演剧。凡做戏,总带着一点社戏性,供着神位,是看戏的主体,人们去看,不过叨光。但"大戏"或"目连戏"⁴所邀请的看客,范围可较广了,自然请神,而又请鬼,尤其是横死的怨鬼。所以仪式就更紧张,更严肃。一请怨鬼,仪式就格外紧张严肃,我觉得这道理是很有趣的。

也许我在别处已经写过。"大戏"和"目连",虽然同是演给神,人,鬼看的戏文,但两者又很不同。不同之点:一在演员,前者是专门的戏子,后者则是临时集合的 Amateur⁵——农民和工人;一在剧本,前者有许多种,后者却好歹总只演一本《目连救母记》。然而开场的"起殇",中间的鬼魂时时出现,收场的好人升天,恶人落地狱,是两者都一样的。

> 作者写到请怨鬼的仪式时,特别强调由此引起紧张严肃之有趣,这也是很有趣的。

当没有开场之前,就可看出这并非普通的社戏,为的是台两旁早已挂满了纸帽,就是高长虹之所谓"纸糊的假冠",是给神道和鬼魂戴的。所以凡内行人,缓缓的吃过夜饭,喝过茶,闲闲而去,只要看挂着的帽子,就能知道什么鬼神已经出现。因为这戏开场较早,"起殇"在太阳落尽时候,所以饭后去看,一定是做了好一会了,但都不是精彩的部分。"起殇"者,绍兴人现已大抵误解为"起丧",以为就是召鬼,其实是专限于横死者的。《九歌》[6]中的《国殇》云:"身既死兮神以灵,魂魄毅兮为鬼雄",当然连战死者在内。明社垂绝,越人起义而死者不少,至清被称为叛贼,我们就这样的一同招待他们的英灵。在薄暮中,十几匹马,站在台下了;戏子扮好一个鬼王,蓝面鳞纹,手执钢叉,还得有十几名鬼卒,则普通的孩子都可以应募。我在十余岁时候,就曾经充过这样的义勇鬼,爬上台去,说明志愿,他们就给在脸上涂上几笔彩色,交付一柄钢叉。待到有十多人了,即一拥上马,疾驰到野外的许多无主孤坟之处,环绕三匝,下马大叫,将钢叉用力的连连刺在坟墓上,然后拔叉驰回,上了前台,一同大叫一声,将钢叉一掷,钉在台板上。我们的责任,这就算完结,洗脸下台,可以回家了,但倘被父母所知,往往不免挨一顿竹篠(这是绍兴打孩子的最普通的东西),一以罚其带着鬼气,二以贺其没有跌死,但我却幸而从来没有被觉察,也许是因为得了恶鬼保佑的缘故罢。

这一种仪式,就是说,种种孤魂厉鬼,已经跟着鬼王和鬼卒,前来和我们一同看戏了,但人们用不着担心,他们深知道理,这一夜决不丝毫作怪。于是戏文也接着开场,徐徐进行,人事之中,夹以出鬼:火烧鬼,淹死鬼,科场鬼(死在考场里的),虎伤鬼……孩子们也可以自由去扮,但这种没出息鬼,愿意去扮的并不多,看客也不将它当作一回事。一到"跳吊"时分——"跳"是动词,意义和"跳加官"[7]之"跳"同——情形的松紧可就大不相同了。台上吹起悲凉的喇叭来,中央的横梁上,原有一团布,也在这时放下,长约戏台高度的五分之二。看客们都屏着气,台上就闯出一个不穿衣裤,只有一条犊鼻裈[8],面施几笔粉墨的男人,他就是"男吊"。一登台,径奔悬布,像蜘蛛的死守着蛛丝,也如结网,在这上面钻,挂。他用布吊着各处:腰,胁,胯下,肘弯,腿弯,后项窝……一共七七四十九处。最后才是脖子,但是并不真套进去的,两手扳着布,将颈子一伸,就跳下,走掉了。这"男吊"最不易跳,演目连戏时,独有这一个脚色须特请专门的戏子。那时的老年人告诉我,这也是最危险的时候,因为也许会招出真的"男吊"来。所以后台上一定要扮一个王灵官,一手捏诀,一手执鞭,目不转睛的看着一面照见前台的镜子。倘镜中见有两个,那么,一个就是真鬼了,他得立刻跳出去,用鞭将假鬼打落台下。假鬼一落台,就该跑到河边,洗去粉墨,挤在人丛中看戏,然后慢慢的回家。倘打得慢,他就会在戏台上吊死;洗得慢,真鬼也还会认识,跟住他。这挤在人丛中看自己们所做的戏,就如要人下野而念佛,或出洋游历一样,也正是一种缺少不得的过渡仪式。

这之后,就是"跳女吊"。自然先有悲凉的喇叭;少顷,门幕一掀,她出场了。大红衫子,黑色长背心,长发蓬松,颈挂两条纸锭,垂头,垂手,弯弯曲曲的走一个全台,内行人说:这是走了一个"心"字。为什么要走"心"字呢?我不明白。我只知道她何以要穿红衫。看王充[9]的《论衡》,知道汉朝的鬼的颜色是红的,但再看后来的文字和图画,却又并无一定颜色,而在戏文里,穿红的则只有这"吊神"。意思是很容易了然的;因为她投缳之际,准备作厉鬼以复仇,红色较有阳气,易于和生人相接近,……绍兴的妇女,至今还偶有搽粉穿红之后,这才上吊的。自然,自杀是卑怯的行为,鬼魂报仇更不合于科学,但那些都是愚妇人,连字也不认识,敢请"前进"的文学家和"战斗"的勇士们不要十分生气罢。我真怕你们要变呆鸟。

> 文中几处出现这种近于旁白的插话,犹如飞镖,令人猝不及防。

她将披着的头发向后一抖,人这才看清了脸孔:石灰一样白的圆脸,漆黑的浓眉,乌黑的眼眶,猩红的嘴唇。听说浙东的有几府的戏文里,吊神又拖着几寸长的假舌头,但在绍兴没有。不是我袒护故乡,我以为还是没有好;那么,比起现在将眼眶染成淡灰色的时式打扮来,可以说是更彻底,更可爱。不过下嘴角应该略略向上,使嘴巴成为三角形:这也不是丑模样。假使半夜之后,在薄暗中,远处隐约着一位这样的粉面朱唇,就是现在的我,也许会跑过去看看的,但自然,却未必就被诱惑得上吊。她两肩微耸,四顾,倾听,似惊,似喜,似怒,终于发出悲哀的声音,慢慢地唱道:

"奴奴本身杨家女[10],

呵呀,苦呀,天哪!……"

下文我不知道了。就是这一句,也还是刚从克士[11]那里听来的。但那大略,是说后来去做童养媳,备受虐待,终于弄到投缳。唱完就听到远处的哭声,这也是一个女人,在衔冤悲泣,准备自杀。她万分

女吊 97

惊喜,要去"讨替代"了,却不料突然跳出"男吊"来,主张应该他去讨。他们由争论而至动武,女的当然不敌,幸而王灵官虽然脸相并不漂亮,却是热烈的女权拥护家,就在危急之际出现,一鞭把男吊打死,放女的独去活动了。老年人告诉我说:古时候,是男女一样的要上吊的,自从王灵官打死了男吊神,才少有男人上吊;而且古时候,是身上有七七四十九处,都可以吊死的,自从王灵官打死了男吊神,致命处才只在脖子上。中国的鬼有些奇怪,好像是做鬼之后,也还是要死的,那时的名称,绍兴叫作"鬼里鬼"。但男吊既然早被王灵官打死,为什么现在"跳吊",还会引出真的来呢?我不懂这道理,问问老年人,他们也讲说不明白。

> 由于"被压迫者"与"凶手或其帮闲"的文化身份不同,所以对待报复的态度截然两样。"犯而勿校"或"勿念旧恶"一类论调,翻译起来,即今日学者之所谓"宽容";作者在此呼之为"人面东西",足见憎恶和鄙视的程度。

而且中国的鬼还有一种坏脾气,就是"讨替代",这才完全是利己主义;倘不然,是可以十分坦然的和他们相处的。习俗相沿,虽女吊不免,她有时也单是"讨替代",忘记了复仇。绍兴煮饭,多用铁锅,烧的是柴或草,烟煤一厚,火力就不灵了,因此我们就常在地上看见刮下的锅煤。但一定是散乱的,凡村姑乡妇,谁也决不肯省些力,把锅子伏在地面上,团团一刮,使烟煤落成一个黑圈子。这是因为吊神诱人的圈套,就用煤圈炼成的缘故。散掉烟煤,正是消极的抵制,不过为的是反对"讨替代",并非因为怕她去报仇。被压迫者即使没有报复的毒心,也决无被报复的恐惧,只有明明暗暗,吸血吃肉的凶手或其帮闲们,这才赠人以"犯而勿校"或"勿念旧恶"[12]的格言,——我到今年,也愈加看透了这些人面东西的秘密。

九月十九—二十日。

注　释

1　发表于1936年10月5日《中流》半月刊第1卷第3期。后编入《且介亭杂文末编》。

2　王思任(1575—1646)　字季重,浙江山阴(今绍兴)人,明末文人,官九江佥事。弘光元年(1645)清兵破南京,明朝宰相马士英逃往浙江,王思任在骂他的信中说:"叛兵至则束手无措,强敌来则缩颈先逃……且欲求奔吾越;夫越乃报仇雪耻之国,非藏垢纳污之地也。"清兵南下时,他闭门大书"不降"二字;未久,绍兴城破,逃迹山居,绝食而死。著有《文饭小品》等。

3　"无常"　佛家语。原指世间一切事物都在变异灭坏的过程中。这里借用民间传说,指的是"勾魂使者"。

4　"大戏"或"目连戏"　均为绍兴的地方戏。

5　Amateur　英语(源出拉丁语)中"业余"的意思,这里指业余演员或群众演员。

6　《九歌》　我国古代楚国人祭神的歌词,相传为屈原所作,计十一篇,其中《国殇》是献给阵亡将士的颂歌。

7 "跳加官"　旧时戏曲演出中，当节日或喜庆时，外加一种单人或多人表演。表演者戴笑容面具（名"加官脸"），穿红袍，手持写有"天官赐福"一类吉利话的条幅，边跳边向观众展示，称"跳加官"。

8 犊鼻裈　一种形状如犊鼻的短裤，绍兴一带称为牛头裤。

9 王充（27—约97）　东汉思想家和散文家。字仲任，会稽上虞（今浙江上虞）人。出身"细族孤门"，一生遭受豪强地主的打击，思想接近底层。著有论文集《论衡》。

10 杨家女　应为"良家女"。据目连戏的情节，女吊是幼年时父母双亡，被婶母领给杨家做童养媳，后又被婆婆卖入妓院，以致自缢身死的。

11 克士　周建人的笔名。周建人（1888—1984），字乔峰，作者的三弟。生物学家，社会活动家。曾任上海商务印书馆编辑，编写中学动植物教科书、自然科学研究丛书等；其间，还任《东方杂志》《妇女杂志》《自然》杂志编辑，普及科学知识。1949年后，历任中央人民政府出版总署副署长、高等教育部副部长、浙江省省长、全国人大常委会副委员长、全国政协副主席等职。

12 "犯而勿校"，语出《论语·泰伯》，原作"犯而不校"。"勿念旧恶"，语出《论语·公冶长》，原作"不念旧恶"。

我要骗人[1]

疲劳到没有法子的时候,也偶然佩服了超出现世的作家,要模仿一下来试试。然而不成功。超然的心,是得像贝类一样,外面非有壳不可的。而且还得有清水。浅间山[2]边,倘是客店,那一定是有的罢,但我想,却未必有去造"象牙之塔"的人的。

为了希求心的暂时的平安,作为穷余的一策,我近来发明了别样的方法了,这就是骗人。

去年的秋天或是冬天,日本的一个水兵,在闸北被暗杀了。[3]忽然有了许多搬家的人,汽车租钱之类,都贵了好几倍。搬家的自然是中国人,外国人是很有趣似的站在马路旁边看。我也常常去看的。一到夜里,非常之冷静,再没有卖食物的小商人了,只听得有时从远处传来着犬吠。然而过了两三天,搬家好像被禁止了。警察拼死命的在殴打那些拉着行李的大车夫和洋车夫,日本的报章,中国的报章,都异口同声的对于搬了家的人们给了一个"愚民"的徽号。这意

关于"超时代""非政治化""纯艺术"之类。

思就是说,其实是天下太平的,只因为有这样的"愚民",所以把颇好的天下,弄得乱七八糟了。

我自始至终没有动,并未加入"愚民"这一伙里。但这并非为了聪明,却只因为懒惰。也曾陷在五年前的正月的上海战争[4]——日本那一面,好像是喜欢称为"事变"似的——的火线下,而且自由早被剥夺[5],夺了我的自由的权力者,又拿着这飞上空中了,所以无论跑到那里去,都是一个样。中国的人民是多疑的。无论那一国人,都指这为可笑的缺点。然而怀疑并不是缺点。总是疑,而并不下断语,这才是缺点。我是中国人,所以深知道这秘密。其实,是在下着断语的,而这断语,乃是:到底还是不可信。但后来的事实,却大抵证明了这断语的的确。中国人不疑自己的多疑。所以我的没有搬家,也并不是因为怀着天下太平的确信,说到底,仍不过为了无论那里都一样的危险的缘故。五年以前翻阅报章,看见过所记的孩子的死尸的数目之多,和从不见有记着交换俘虏的事,至今想起来,也还是非常悲痛的。

虐待搬家人,殴打车夫,还是极小的事情。中国的人民,是常用自己的血,去洗权力者的手,使他又变成洁净的人物的,现在单是这模样就完事,总算好得很。

但当大家正在搬家的时候,我也没有整天站在路旁看热闹,或者坐在家里读世界文学史之类的心思。

> 一个怀疑论者的辩护词。

> "中国的人民,是常用自己的血,去洗权力者的手,使他又变成洁净的人物的",这是对中国历史的一个十分沉痛的总结。但当有人出来阻止这类洗手的事情时,反而遭到大家的唾弃,被目为肮脏人物。

走远一点,到电影院里散闷去。一到那里,可真是天下太平了。这就是大家搬家去住的处所[6]。我刚要跨进大门,被一个十二三岁的女孩子捉住了。是小学生,在募集水灾的捐款,因为冷,连鼻子尖也冻得通红。我说没有零钱,她就用眼睛表示了非常的失望。我觉得对不起人,就带她进了电影院,买过门票之后,付给她一块钱。她这回是非常高兴了,称赞我道,"你是好人",还写给我一张收条。只要拿着这收条,就无论到那里,都没有再出捐款的必要。于是我,就是所谓"好人",也轻松的走进里面了。

看了什么电影呢?现在已经丝毫也记不起。总之,大约不外乎一个英国人,为着祖国,征服了印度的残酷的酋长,或者一个美国人,到亚非利加去,发了大财,和绝世的美人结婚之类罢。这样的消遣了一些时光,傍晚回家,又走进了静悄悄的环境。听到远地里的犬吠声。女孩子的满足的表情的相貌,又在眼前出现,自己觉得做了好事情了,但心情又立刻不舒服起来,好像嚼了肥皂或者什么一样。

诚然,两三年前,是有过非常的水灾的,这大水和日本的不同,几个月或半年都不退。但我又知道,中国有着叫作"水利局"的机关,每年从人民收着税钱,在办事。但反而出了这样的大水了。我又知道,有一个团体演了戏来筹钱,因为后来只有二十几元,衙门就发怒不肯要。连被水灾所害的难民成群的跑到安全之处来,说是有害治安,就用机关枪去扫射的话也都听到过。恐怕早已统统死掉了罢。然而孩子们不知道,还在拼命的替死人募集生活费,募不到,就失望,募到手,就喜欢。而其实,一块来钱,是连给水利局的老爷买一天的烟卷也不够的。我明明知道着,却好像也相信款子真会到灾民的手里似的,付了一块钱。实则不过买了这天真烂漫的孩子的欢喜罢了。我不爱看人们的失望的样子。

倘使我那八十岁的母亲,问我天国是否真有,我大约是会毫不踌躇,答道真有的罢。

然而这一天的后来的心情却不舒服。好像是又以为孩子和老人不同,骗她是不应该似的,想写一封公开信,说明自己的本心,去消释误解,但又想到横竖没有发表之处,于是中止了,时候已是夜里十二点钟。到门外去看了一下。

已经连人影子也看不见。只在一家的檐下,有一个卖馄饨的,在和两个警察谈闲天。这是一个平时不大看见的特别穷苦的肩贩,存着的材料多得很,可见他并无生意。用两角钱买了两碗,和我的女人两个人分吃了。算是给他赚一点钱。

庄子曾经说过:"干下去的(曾经积水的)车辙里的鲋鱼,彼此用唾沫相湿,用湿气相嘘,"——然而他又说,"倒不如在江湖里,大家互相忘却的好。"[7]

可悲的是我们不能互相忘却。而我,却愈加恣意的骗起人来了。如果这骗人的学问不毕业,或者不中止,恐怕是写不出圆满的文章来的。

但不幸而在既未卒业,又未中止之际,遇到山本社长[8]了。因为要我写一点什么,就在礼仪上,答道"可以的"。因为说过"可以",就应该写出来,不要使他失望,然而,到底也还是写了骗人的文章。

写着这样的文章,也不是怎么舒服的心地。要说的话多得很,但得等候"中日亲善"更加增进的时光。不久之后,恐怕那"亲善"的程度,竟会到在我们中国,认为排日即国贼——因为说是共产党利用了排日的口号,使中国灭亡的缘故——而到处的断头台上,都闪烁着太阳的圆圈[9]的罢,但即使到了这样子,也还不是披沥真实的心的时光。

单是自己一个人的过虑也说不定:要彼此看见和了解真实的心,倘能用了笔、舌,或者如宗教家之所谓眼泪洗明了眼睛那样的便当的方法,那固然是非常之好的,然而这样便宜事,恐怕世界上也很少有。这是可以悲哀的。一面写着漫无条理的文章,一面又觉得对不起热心的读者了。

临末,用血写添几句个人的豫感,算是一个答礼罢。

> 在人们的生活质量差别极大的时代,在教育并未普及的时代,在言论出版自由不过是一句装门面的空话的时代,"要彼此看见和了解真实的心",不可能成为写作的现实,故作者称为"骗人"。

二月二十三日。

注　释

1　本篇最初发表于1936年日本《改造》月刊4月号。原为日文,后由作者译成中文,发表于1936年6月上海《文学丛报》第3期。后收入《且介亭杂文末编》。在《改造》发表时,文中"上海""死尸""俘虏"等词及"太阳的圆圈"一词悉被删去,《文学丛报》发表时经由作者补入。

2　浅间山　日本的火山,过去常有人去投火山口自杀。又为游览区,山下设有旅馆等。

3　指1935年11月9日晚,日本水兵中山秀雄在上海窦乐安路被暗杀。

4　上海战争　指1932年的"一·二八"淞沪抗战。

5 自由早被剥夺　1930年2月,鲁迅参加发起中国自由运动大同盟,国民党浙江省党部即呈请国民党中央通缉"堕落文人鲁迅"。文中可能专指此事。

6 指上海的"租界"。

7 分别见于《庄子》的《大宗师》和《天运》篇。

8 山本社长　山本实彦(1885—1952),日本《改造》杂志社社长。

9 太阳的圆圈　指日本的国旗。

死[1]

当印造凯绥·珂勒惠支（Kaethe Kollwitz）所作版画的选集时，曾请史沫德黎（A.Smedley）[2]女士做一篇序。自以为这请得非常合适，因为她们俩原极熟识的。不久做来了，又逼着矛盾先生译出，现已登在选集上。其中有这样的文字：

"许多年来，凯绥·珂勒惠支——她从没有一次利用过赠授给她的头衔[3]——作了大量的画稿，速写，铅笔作的和钢笔作的速写，木刻，铜刻。把这些来研究，就表示着有二大主题支配着，她早年的主题是反抗，而晚年的是母爱，母性的保障，救济，以及死。而笼照于她所有的作品之上的，是受难的，悲剧的，以及保护被压迫者深切热情的意识。

"有一次我问她：'从前你用反抗的主题，但是现在你好像很有点抛不开死这观念。这是为什么呢？'用了深有所苦的语调，她回答道，'也许因为我是一天一天老了！'……"

我那时看到这里，就想了一想。算起来：她用"死"来做画材的时候，是一九一〇年顷；这时她不过四十三四岁。我今年的这"想了一想"，当然和年纪有关，但回忆十余年前，对于死却还没有感到这么深切。大约我们的生死久已被人们随意处置,认为无足轻重,所以自己也看得随随便便,不像欧洲人那样的认真了。有些外国人说,中国人最怕死。这其实是不确的,——但自然,每不免模模胡胡的死掉则有之。

大家所相信的死后的状态,更助成了对于死的随便。谁都知道,我们中国人是相信有鬼(近时或谓之"灵魂")的,既有鬼,则死掉之后,虽然已不是人,却还不失为鬼,总还不算是一无所有。不过设想中的做鬼的久暂,却因其人的生前的贫富而不同。穷人们是大抵以为死后就去轮回[4]的,根源出于佛教。佛教所说的轮回,当然手续繁重,并不这么简单,但穷人往往无学,所以不明白。这就是使死罪犯人绑赴法场时,大叫"二十年后又是一条好汉",面无惧色的原因。况且相传鬼的衣服,是和临终时一样的,穷人无好衣裳,做了鬼也决不怎么体面,实在远不如立刻投胎,化为赤条条的婴儿的上算。我们曾见谁家生了小孩,胎里就穿着叫化子或是游泳家的衣服的么?从来没有。这就好,从新来过。也许有人要问,既然相信轮回,那就说不定来生会堕入更穷苦的景况,或者简直是畜生道,更加可怕了。但我看他们是并不这样想的,他们确信自己并未造出该入畜生道的罪孽,他们从来没有能堕畜生道的地位,权势和金钱。

然而有着地位,权势和金钱的人,却又并不觉得该堕畜生道;他们倒一面化为居士,准备成佛,一面自然也主张读经复古,兼做圣贤。他们像活着时候的超出人理一样,自以为死后也超出了轮回的。至于小有金钱的人,则虽然也不觉得该受轮回,但此外也别无雄才大略,只豫备安心做鬼。所以年纪一到五十上下,就给自己寻葬地,合寿材,又烧纸锭,先在冥中存储,生下子孙,每年可吃羹饭。这实在比做人还享福。假使我现在已经是鬼,在阳间又有好子孙,那么,又何必零星卖稿,或向北新书局去算账呢,只要很闲适的躺在楠木或阴沉木的棺材里,逢年逢节,就自有一桌盛馔和一堆国币摆在眼前了,岂不快哉!

就大体而言,除极富贵者和冥律无关外,大抵穷人利于立即投胎,小康者利于长久做鬼。小康者的甘心做鬼,是因为鬼的生活(这两字大有语病,但我想不出适当的名词来),就是他还未过厌的人的生活的连续。阴间当然也有主宰者,而且极其严厉,公平,但对于他独独颇肯通融,也会收点礼物,恰如人间的好官一样。

有一批人是随随便便,就是临终也恐怕不大想到的,我向来正是这随便党里的一个。三十年前学医的时候,曾经研究过灵魂的有无,结果是不知道;又研究过死亡是否苦痛,结果是不一律,后来也不再深究,忘记了。近十年中,有时也为了朋友的死,写点文章,不过好像并不想到自己。这两年来病特别多,一病也比较的长久,这才往往记起了年龄,自然,一面也为了有些作者们笔下的好意的或是恶意的不断的提示。

从去年起,每当病后休养,躺在藤躺椅上,每不免想到体力恢复后应该动手的事情:做什么文章,翻译或印行什么书籍。想定之后,就结束道:就是这

"要赶快做"。

样罢——但要赶快做。这"要赶快做"的想头,是为先前所没有的,就因为在不知不觉中,记得了自己的年龄。却从来没有直接的想到"死"。

直到今年的大病,这才分明的引起关于死的豫想来。原先是仍如每次的生病一样,一任着日本的S医师[5]的诊治的。他虽不是肺病专家,然而年纪大,经验多,从习医的时期说,是我的前辈,又极熟识,肯说话。自然,医师对于病人,纵使怎样熟识,说话是还是有限度的,但是他至少已经给了我两三回警告,不过我仍然不以为意,也没有转告别人。大约实在是日子太久,病象太险了的缘故罢,几个朋友暗自协商定局,请了美国的D医师[6]来诊察了。他是在上海的唯一的欧洲的肺病专家,经过打诊,听诊之后,虽然誉我为最能抵抗疾病的典型的中国人,然而也宣告了我的就要灭亡;并且说,倘是欧洲人,则在五年前已经死掉。这判决使善感的朋友们下泪。我也没有请他开方,因为我想,他的医学从欧洲学来,一定没有学过给死了五年的病人开方的法子。然而D医师的诊断却实在是极准确的,后来我照了一张用X光透视的胸像,所见的景象,竟大抵和他的诊断相同。

我并不怎么介意于他的宣告,但也受了些影响,日夜躺着,无力谈话,无力看书。连报纸也拿不动,又未曾炼到"心如古井",就只好想,而从此竟有时要想到"死"了。不过所想的也并非"二十年后又是一条好汉",或者怎样久住在楠木棺材里之类,而是临终之前的琐事。在这时候,我才确信,我是到底相信人死无鬼的。我只想到过写遗嘱,以为我倘曾贵为宫保[7],富有千万,儿子和女婿及其他一定早已逼我写好遗嘱了,现在却谁也不提起。但是,我也留下一张罢。当时好像很想定了一些,都是写给亲属的,其中有的是:

一，不得因为丧事，收受任何人的一文钱。——但老朋友的，不在此例。

二，赶快收敛，埋掉，拉倒。

三，不要做任何关于纪念的事情。

四，忘记我，管自己生活。——倘不，那就真是胡涂虫。

> 注重当下，生活第一。

五，孩子长大，倘无才能，可寻点小事情过活，万不可去做空头文学家或美术家。

六，别人应许给你的事物，不可当真。

> 据当事人回忆，原稿缺"空头"二字，此乃经冯雪峰建议所加，可见对没有才能而专用手段以逞雄的假冒"文学家或美术家"的厌恶。

七，损着别人的牙眼，却反对报复，主张宽容的人，万勿和他接近。

此外自然还有，现在忘记了。只还记得在发热时，又曾想到欧洲人临死时，往往有一种仪式，是请别人宽恕，自己也宽恕了别人。我的怨敌可谓多矣，倘有新式的人问起我来，怎么回答呢？我想了一想，决定的是：让他们怨恨去，我也一个都不宽恕。

> 拒绝恩赐，提防欺骗。

但这仪式并未举行，遗嘱也没有写，不过默默的躺着，有时还发生更切迫的思想：原来这样就算是在死下去，倒也并不苦痛；但是，临终的一刹那，也许并不这样的罢；然而，一世只有一次，无论怎样，总是受得了的……。后来，却有了转机，好起来了。到现在，我想这些大约并不是真的要死之前的情形，真的要死，是连这些想头也未必有的，但究竟如何，我也不知道。

> 彻底的反"宽容"论者。

九月五日。

注　释

1　发表于1936年9月20日《中流》半月刊第1卷第2期。后编入《且介亭杂文末编》。

2　**史沫德黎**（1890—1950）　通译史沫特莱，美国女作家，新闻记者。出身于工人家庭，当过烟厂工人、书刊推销员等。1919年赴欧，1928年以《法兰克福日报》特派记者身份前来中国，在上海参加中国进步文化运动。1929年年底开始与鲁迅交往。鲁迅逝世时，被列为治丧委员之一。抗战爆发后到延安，后在山西前线做战地救护工作。1941年因病回国，受到美国政府的迫害。1949年流亡英国，次年病逝于牛津。著有自传体小说《大地的女儿》，以及《中国的战歌》《伟大的道路》等。

3　1918年德国成立共和国以后，德国政府文化与教育部曾授予珂勒惠支以教授称号，普鲁士艺术学院聘请她为院士，又授予"艺术大师"称号，享有领取终身年金的权利。

4　**轮回**　佛家语。佛教宣扬说一切有生命的东西，如不寻求解脱，将在天、人、阿修罗（一种恶神）、地狱、饿鬼、畜生六道中不断生死相续，不断循环转化，有如车轮转动不停，谓之"轮回"，而称"六道轮回"。

5　**S医师**　即须藤五百三，日本军医，退职后到上海行医。

6　**D医师**　即托马斯·邓恩（1886—1948），美籍英国人。当时在上海行医，史沫特莱曾介绍他为作者看病。

7　**宫保**　即太子太保、少保的通称，一般都是对授予大臣的加衔，以表示荣宠。

散文诗

散文诗可以说是一种边缘文体，既具有诗的美质，又不受格律的拘限，而能享受散文的散漫自由。在中国古代，《庄子》或《楚辞》的个别断片，魏晋南北朝的一些小赋，如《小园赋》《枯树赋》之类，约略近之。但是，作为一种完整的文体形式毕竟是从异域移植过来的。中国现代散文诗的产生，从发表的作品看，当始于1918年，基本上与新文化运动同步。一批诗人如刘半农、沈尹默、郭沫若等，都曾有过尝试性写作，却十分幼稚。鲁迅的《野草》的出现，不能不说是一个奇迹。

鲁迅自称是一个散文式的人，他写过几首新诗，确是不押韵的，可是本质上是一个诗人。当他善感的心灵受到触动，或身在大苦闷中而意欲作诗的突围时，采用散文诗的形式是适宜的。在写作资源方面，毋庸置疑的是，他接受过尼采和波德莱尔的影响，用他的话说，是摄取了"'世纪末'的果汁"。尼采是旧轨道的破坏者，一生与"庸人"作战，著作多用箴言集成；波德莱尔写人间"罪恶的圣书"，没有尼采似的强者的力，而竟陷入颓唐。两人在鲁迅这里构成一种奇异的结合，他以一个东方人的巨大的创造力，吸纳了代表日神与酒神两种完全相悖的原质，使《野草》充满内在的张力，虽然篇幅有限，却显得更博大，更深邃，更富于瑰奇的色彩。

鲁迅从来视生命为第一义，重视无数个体生命的保存、充实和发展。他的小说和杂文，就是面对生命遭到压迫和残害所作的抗议性言说。《野草》同样表现出对生命的极度关注，不同的是更多地从客体返回主体，是作者对于生命的一个自我眷顾和反思。他明白地把世界分为"身外"和"身内"两部分，个体生命于是成了黑暗的承担者，或竟至于是黑暗本身。《野草》有两组词：人与兽，友与仇，爱与不爱，生与死，形与影，梦与醒，过去与未来，等等。它们不可分割地共同构成为一种关系，一种境遇，一种选择，概括起来就是：绝望与反抗。

绝望之为虚妄，正与希望相同。

匈牙利诗人裴多菲的诗句多次为鲁迅所称引，不妨看作《野草》全书的大纲，倘置换为鲁迅自己的说法，则是：

于浩歌狂热之际中寒；于天上看见深渊。于一切眼中看见无所有；于无所希望中得救。

鲁迅毫不讳言在他看来乃是实有的黑暗与虚无，却又认为，不是没有可能从反抗中得救。希望在这里被悬置起来了，反抗成了唯一可把握的现实。反抗若从外部看，或许是快意的，如《这样的战士》，有一种热情昂扬的调子。但是，更多的是一种挣扎，带着时间的重负和精神的创伤，如著名的《过客》，它有着加缪的《西绪弗斯神话》一般的意涵，却显得更加悲壮。如《复仇》，如《颓败线的颤动》，如《死后》，在报复中一样有着内心撕裂的痛楚。当作者专注于自我解剖时，那敞开的深渊般的黑暗，无疑地更为惊心动魄。《影的告别》《求乞者》《墓碣文》等样的文字占去全书大半，鲁迅虽谦称为"废弛的地狱边沿的惨白色小花"，却大可以移用雨果形容波德莱尔的话来说："创造了一种新的战栗。"在做绝望的抗战中，斗争双方并非是一个战胜另一个，而是永远地缠斗不休。存在者要自由生存，就不可能逃避斗争，一如不能逃避黑暗。鲁迅一面揭示生存的荒诞与生命的幽黯，一面依然抱着充沛的人文主义激情，这是他高出许多存在主义者的地方。他说，他的哲学包括在《野草》里面，这是一个自承为"奴隶"者的哲学，与一般的自由哲学家的哲学是很不一样的。

哲理性，即思与诗的结合，是《野草》的一大特点。它通过大量的象征、画面切割、即时场景的设置去表现，也有直接诉诸一种箴言式的话语的。而象征，又往往经由梦境的创造进行。《野草》二十三篇有九篇写到梦境，好梦如《好的故事》，噩梦如《墓碣文》，作者一面沉浸其中，一面又极力摆脱。我们都生活在弗洛伊德说的露出海面的冰山之上，作者则经常潜入海底，明显地比我们多出一个世界，多出另一层冲突。读者可以在梦幻中思考它精确而又众多的歧义，摸索它同现实的对应性联系，探测作者的灵魂的深度。

《野草》的语言风格也很有特色。激越、明快、泼辣、温润，它都具有；但是更多的是深沉悲抑，迂回曲折，神秘幽深。作者表现的主要是一种悲剧性情绪，它源自生命深处，许多奇幻的想象，其实都是由此派生而来，因此，最富含热情的语言也都留有寒冷的气息，恰如冰的火，火的冰。《死火》中描写死火："一切青白冰上，却有红影无数，纠结如珊瑚网。"《野草》的语言，正是那青白背景上的无数张开而又纠结在一起的猩红的珊瑚枝。

作为一部灵魂书，《野草》开辟的境界，在中国的精神史和文学史上，堪称"前无古人，后无来者"；并置于同时产生的如艾略特的《荒原》等西方现代文学经典之列，一样卓尔不凡。

秋夜

在我的后园,可以看见墙外有两株树,一株是枣树,还有一株也是枣树。

这上面的夜的天空,奇怪而高,我生平没有见过这样的奇怪而高的天空。他仿佛要离开人间而去,使人们仰面不再看见。然而现在却非常之蓝,闪闪地睐着几十个星星的眼,冷眼。他的口角上现出微笑,似乎自以为大有深意,而将繁霜洒在我的园里的野花草上。

我不知道那些花草真叫什么名字,人们叫他们什么名字。我记得有一种开过极细小的粉红花,现在还开着,但是更极细小了,她在冷的夜气中,瑟缩地做梦,梦见春的到来,梦见秋的到来,梦见瘦的诗人将眼泪擦在她最末的花瓣上,告诉她秋虽然来,冬虽然来,而此后接着还是春,胡蝶乱飞,蜜蜂都唱起春词来了。她于是一笑,虽然颜色冻得红惨惨的,仍然瑟缩着。

> 首句便以修辞重复格突出枣树。

> 天,在中国,由来是统治者的象征。在这里,是它布下鬼眼的星星,圆满的月亮,严凛的繁霜,还有夜游的恶鸟。

> 小粉红花,犹如柔弱的青年,唯做美梦以自慰。

> 枣树作为坚韧的战士形象出现，以一无所有的干子，默默地铁似的直刺奇怪而高的天空。

枣树，他们简直落尽了叶子。先前，还有一两个孩子来打他们别人打剩的枣子，现在是一个也不剩了，连叶子也落尽了，他知道小粉红花的梦，秋后要有春；他也知道落叶的梦，春后还是秋。他简直落尽叶子，单剩干子，然而脱了当初满树是果实和叶子时候的弧形，欠伸得很舒服。但是，有几枝还低亚着，护定他从打枣的竿梢所得的皮伤，而最直最长的几枝，却已默默地铁似的直刺着奇怪而高的天空，使天空闪闪地鬼䁖眼；直刺着天空中圆满的月亮，使月亮窘得发白。

鬼䁖眼的天空越加非常之蓝，不安了，仿佛想离去人间，避开枣树，只将月亮剩下。然而月亮也暗暗地躲到东边去了。而一无所有的干子，却仍然默默地铁似的直刺着奇怪而高的天空，一意要制他的死命，管他各式各样地䁖着许多蛊惑的眼睛。

哇的一声，夜游的恶鸟飞过了。

> 大类《狂人日记》的神秘而恐怖的氛围。

我忽而听到夜半的笑声，吃吃地，似乎不愿意惊动睡着的人，然而四围的空气都应和着笑。夜半，没别的人，我即刻听出这声音就在我嘴里，我也即刻被这笑声所驱逐，回进自己的房。灯火的带子也即刻被我旋高了。

> 小青虫，在探索中乱撞，牺牲于它所奔赴的目标者。

后窗的玻璃上丁丁地响，还有许多小飞虫乱撞。不多久，几个进来了，许是从窗纸的破孔进来的。他们一进来，又在玻璃的灯罩上撞得丁丁地响。一个从上面撞进去了,他于是遇到火,而且我以为这火是真的。两三个却休息在灯的纸罩上喘气。那罩是昨晚新换的罩,雪白的纸,折出波浪纹的叠痕,一角还画出一枝猩红色的栀子。

猩红的栀子开花时,枣树又要做小粉红花的梦,青葱地弯成弧形了……我又听到夜半的笑声;我赶紧砍断我的心绪,看那老在白纸罩上的小青虫,头大尾小,向日葵子似的,只有半粒小麦那么大,遍身的颜色苍翠得可爱,可怜。

我打一个呵欠,点起一支纸烟,喷出烟来,对着灯默默地敬奠这些苍翠精致的英雄们。

一九二四年九月十五日。

注 释

1 发表于1924年12月《语丝》周刊第3期。后编入散文诗集《野草》。

影的告别[1]

> 文章上半篇出现多个"我不愿",下半篇则重复使用"我愿意",突出行动主体,这也就是作者所称的"个人主义"罢。

> 影(我)在黑暗里会沉没,在光明中会消失——这是一个矛盾——只好暂存于明暗之间;然而,影(我)又不安于这种境遇,而宁愿在黑暗里沉没。

人睡到不知道时候的时候,就会有影来告别,说出那些话——

有我所不乐意的在天堂里,我不愿去;有我所不乐意的在地狱里,我不愿去;有我所不乐意的在你们将来的黄金世界里,我不愿去。

然而你就是我所不乐意的。

朋友,我不想跟随你了,我不愿住。

我不愿意!

呜乎呜乎,我不愿意,我不如彷徨于无地[2]。

我不过一个影,要别你而沉没在黑暗里了。然而黑暗又会吞并我,然而光明又会使我消失。

然而我不愿彷徨于明暗之间,我不如在黑暗里沉没。

然而我终于彷徨于明暗之间，我不知道是黄昏还是黎明。我姑且举灰黑的手装作喝干一杯酒，我将在不知道时候的时候独自远行。

呜乎呜乎，倘若黄昏，黑夜自然会来沉没我，否则我要被白天消失，如果现是黎明。

朋友，时候近了。

我将向黑暗里彷徨于无地。

你还想我的赠品。我能献你甚么呢？无已，则仍是黑暗和虚空而已。但是，我愿意只是黑暗，或者会消失于你的白天；我愿意只是虚空，决不占你的心地。

我愿意这样，朋友——

我独自远行，不但没有你，并且再没有别的影在黑暗里。只有我被黑暗沉没，那世界全属于我自己。

一九二四年九月二十四日。

姑且举手装作喝干一杯酒，作为篇中唯一的一个具体细节（为自己壮行），表示一种决心。

1925年3月8日致许广平信中说的"我常觉得惟'黑暗与虚无'乃是'实有'"；此即文中的所谓"黑夜"；但信中又说对此"终于不能证实"，大约这就是"黎明"了。

大爱者自当不占据别人，不连累别人沉没于黑暗，而甘于独自承受全部的"黑暗和虚空"。在写作本篇的同一天，有信致李秉中，就曾表示说竭力遮蔽自己灵魂里的"毒气和鬼气"，使不至于传染他人。《〈呐喊〉自序》及《两地书》等多处都有类似的表白。

此篇在修辞上有一个极显眼的特点是复沓。全篇不过四百字，仅"黑暗"就用了八次，"然而"用了五次，"彷徨于无地""独自远行"等短语也都被重复使用。此外，还用了诸如"不过""又""不如""倘若""如果""否则""但是""或者"一类不确定的虚词，加强犹豫、孤寂、灰暗的心理效果。

注　释

1　发表于1924年12月《语丝》周刊第4期。后编入《野草》。

2　**无地**　语出《楚辞·远游》："下峥嵘而无地兮，上寥廓而无天。视倏忽而无见兮，听惝怳而无闻。"

求乞者

我顺着剥落的高墙走路,踏着松的灰土。另外有几个人,各自走路。微风起来,露在墙头的高树的枝条带着还未干枯的叶子在我头上摇动。

微风起来,四面都是灰土。

一个孩子向我求乞,也穿着夹衣,也不见得悲戚,而拦着磕头,追着哀呼。

我厌恶他的声调,态度。我憎恶他并不悲哀,近于儿戏;我烦厌他这追着哀呼。

我走路。另外有几个人各自走路。微风起来,四面都是灰土。

一个孩子向我求乞,也穿着夹衣,也不见得悲戚,但是哑的,摊开手,装着手势。

我就憎恶他这手势。而且,他或者并不哑,这不过是一种求乞的法子。

我不布施,我无布施心,我但居布施者之上,给与烦腻,疑心,憎恶。

> 开始,沿途是"剥落的高墙",后来成了"倒败的泥墙"——暗喻中国社会日益颓败。自始至终,"四面都是灰土",以灰暗的色调加强了境遇描写。
>
> 全文中多次重复"各自走路"的话,意指社会封闭隔膜,人们互不关心。作者曾多次慨叹人们的灵魂之不相通。
>
> 两个孩子的出现,是社会弱势者以不同的求

乞（乞求）方式维持其奴隶地位的象征。

"我"不布施，也得不到布施，但自居于布施者之上。"我"不布施，乃憎恶这种乞求的奴隶心理；何况，"所谓同情也不过空虚的布施，于无产者并无补助"。"我"得不到布施也是意料中事，正如作者所说："我所憎恶的太多了，应该自己也得到憎恶，这才还有点像活在人间；如果收得的乃是相反的布施，于我倒是一个冷嘲，使我对于自己也要大加侮蔑。"

作者不讳言内心的黑暗与虚无。

我顺着倒败的泥墙走路，断砖叠在墙缺口，墙里面没有什么。微风起来，送秋寒穿透我的夹衣；四面都是灰土。

我想着我将用什么方法求乞：发声，用怎样声调？装哑，用怎样手势？……

另外有几个人各自走路。

我将得不到布施，得不到布施心；我将得到自居于布施之上者的烦腻，疑心，憎恶。

我将用无所为和沉默求乞……我至少将得到虚无。

微风起来，四面都是灰土。另外有几个人各自走路。

灰土，灰土，……

　　…………

灰土……

一九二四年九月二十四日。

注　释

1　发表于1924年12月《语丝》周刊第4期。后编入《野草》。

复仇[1]

人的皮肤之厚，大概不到半分，鲜红的热血，就循着那后面，在比密密层层地爬在墙壁上的槐蚕更其密的血管里奔流，散出温热。于是各以这温热互相蛊惑，煽动，牵引，拼命地希求偎倚，接吻，拥抱，以得生命的沉酣的大欢喜。

但倘若用一柄尖锐的利刃，只一击，穿透这桃红色的，菲薄的皮肤，将见那鲜红的热血激箭似的以所有温热直接灌溉杀戮者；其次，则给以冰冷的呼吸，示以淡白的嘴唇，使之人性茫然，得到生命的飞扬的极致的大欢喜；而其自身，则永远沉浸于生命的飞扬的极致的大欢喜中。

这样，所以，有他们俩裸着全身，捏着利刃，对立于广漠的旷野之上。

他们俩将要拥抱，将要杀戮……

路人们从四面奔来，密密层层地，如槐蚕爬上墙壁，如马蚁要扛鲞头[2]。衣服都漂亮，手倒空的。然而

特写。深入而细密。

爱与仇的欲望见诸动作，狂热亦凄绝，其真切直逼生命本身。

从四面奔来,而且拼命地伸长颈子,要赏鉴这拥抱或杀戮。他们已经豫觉着事后的自己的舌上的汗或血的鲜味。

然而他们俩对立着,在广漠的旷野之上,裸着全身,捏着利刃,然而也不拥抱,也不杀戮,而且也不见有拥抱或杀戮之意。

他们俩这样地至于永久,圆活的身体,已将干枯,然而毫不见有拥抱或杀戮之意。

路人们于是乎无聊;觉得有无聊钻进他们的毛孔,觉得有无聊从他们自己的心中由毛孔钻出,爬满旷野,又钻进别人的毛孔中。他们于是觉得喉舌干燥,脖子也乏了;终至于面面相觑,慢慢走散;甚而至于居然觉得干枯到失了生趣。

于是只剩下广漠的旷野,而他们俩在其间裸着全身,捏着利刃,干枯地立着;以死人似的眼光,赏鉴这路人们的干枯,无血的大戮,而永远沉浸于生命的飞扬的极致的大欢喜中。

一九二四年十二月二十日。

> 男女二人因目睹路人竞随而往,意欲鉴赏此间或相爱或相杀以慰其无聊,于是反以无血的大戮向他们复仇。
>
> 鲁迅于1934年5月16日致郑振铎信称此篇"不过愤激之谈"。其实这类愤激之谈,在其文集中并不鲜见。《娜拉走后怎样》中说的,便是此意:"群众没有法,只好使他们无戏可看倒是疗救。"

注 释

1 发表于1924年12月《语丝》周刊第7期。后编入《野草》。
2 **鲞头** 鱼头,江浙一带称干鱼、腊鱼为鲞。

复仇(其二)[1]

> 本篇可说熔炼出了《圣经》的精髓：因为爱，所以有大痛楚，大当担，大欢喜，大悲悯，但也有大仇恨和大咒诅。倘论宗教精神，全文不及千字，却得其全。有论客作悲天悯人状，一面大嚷"终极关怀"，一面大骂斗争和革命，并连带及于鲁迅，说是"仇恨政治学"，殊不知这正乃偏见。

> 四面都是敌意：从兵丁到路人、祭司长和文士、强盗，各种辱骂、讥诮和戏弄。

因为他自以为神之子，以色列的王[2]，所以去钉十字架。

兵丁们给他穿上紫袍，戴上荆冠，庆贺他；又拿一根苇子打他的头，吐他，屈膝拜他；戏弄完了，就给他脱了紫袍，仍穿他自己的衣服。

看哪，他们打他的头，吐他，拜他……他不肯喝那用没药调和的酒，要分明地玩味以色列人怎样对付他们的神之子，而且较永久地悲悯他们的前途，然而仇恨他们的现在。四面都是敌意，可悲悯的，可咒诅的。

丁丁地响，钉尖从掌心穿透，他们要钉杀他们的神之子了，可悯的人们呵，使他痛得柔和。丁丁地响，钉尖从脚背穿透，钉碎了一块骨，痛楚也透到心髓中，然而他们自己钉杀着他们的神之子了，可咒诅的人们呵，这使他痛得舒服。

十字架竖起来了；他悬在虚空中。

他没有喝那用没药调和的酒,要分明地玩味以色列人怎样对付他们的神之子,而且较永久地悲悯他们的前途,然而仇恨他们的现在。

路人都辱骂他,祭司长和文士[3]也戏弄他,和他同钉的两个强盗也讥诮他。

看哪,和他同钉的……

四面都是敌意,可悲悯的,可咒诅的。他在手足的痛楚中,玩味着可悯的人们的钉杀神之子的悲哀和可咒诅的人们要钉杀神之子,而神之子就要被钉杀了的欢喜。突然间,碎骨的大痛楚透到心髓了,他即沉酣于大欢喜和大悲悯中。

他腹部波动了,悲悯和咒诅的痛楚的波。遍地都黑暗了。

"以罗伊,以罗伊,拉马撒巴各大尼?!"

(翻出来,就是:我的上帝,你为甚么离弃我?!)

上帝离弃了他,他终于还是一个"人之子";然而以色列人连"人之子"都钉杀了。

钉杀了"人之子"的人们的身上,比钉杀了"神之子"的尤其血污,血腥。

一九二四年十二月二十日。

"人之子",先觉者耶稣为拯救同胞,反为同胞所钉杀。他不能不悲悯他们的前途而仇恨他们的现在,于是不禁玩味整个被钉杀的过程——怎样对待他们的神之子——以致感觉到的悲哀和欢喜,又随即沉酣于大欢喜和大悲悯中。痛得"柔和""舒服",都因为这玩味——复仇之敌。

注　释

1　发表于1924年12月《语丝》周刊第7期。后编入《野草》。
2　以色列的王　即犹太人的王。
3　祭司长，专职掌管祭祖的人。文士，这里专指那些宣讲法律，兼记录和保管官方文件的人。

希望[1]

我的心分外地寂寞。

然而我的心很平安：没有爱憎，没有哀乐，也没有颜色和声音。

我大概老了。我的头发已经苍白，不是很明白的事么？我的手颤抖着，不是很明白的事么？那么，我的魂灵的手一定也颤抖着，头发也一定苍白了。

然而这是许多年前的事了。

这以前，我的心也曾充满过血腥的歌声：血和铁，火焰和毒，恢复和报仇。而忽而这些都空虚了，但有时故意地填以没奈何的自欺的希望。希望，希望，用这希望的盾，抗拒那空虚中的暗夜的袭来，虽然盾后面也依然是空虚中的暗夜。然而就是如此，陆续地耗尽了我的青春。

我早先岂不知我的青春已经逝去了？但以为身外的青春固在：星，月光，僵坠的胡蝶，暗中的花，猫头鹰的不祥之言，杜鹃的啼血，笑的渺茫，爱的翔

> 作者在《〈野草〉英文译本序》中说："因为惊异于青年之消沉，作《希望》。"

> 个人精神史。

> 因个人的衰老（"耗尽了我的青春"）而寄希望于世上的青年（"但以为身外的青春固

舞……虽然是悲凉漂渺的青春罢,然而究竟是青春。

然而现在何以如此寂寞?难道连身外的青春也都逝去,世上的青年也多衰老了么?

我只得由我来肉薄这空虚中的暗夜了。我放下了希望之盾,我听到Petöfi Sándor(1823—49)[2]的"希望"之歌:

> 希望是甚么?是娼妓:
> 她对谁都蛊惑,将一切都献给;
> 待你牺牲了极多的宝贝——
> 你的青春——她就弃掉你。

这伟大的抒情诗人,匈牙利的爱国者,为了祖国而死在可萨克[3]兵的矛尖上,已经七十五年了。悲哉死也,然而更可悲的是他的诗至今没有死。

但是,可惨的人生!裴多菲英勇如Petöfi,也终于对了暗夜止步,回顾着茫茫的东方了。他说:

> 绝望之为虚妄,正与希望相同。[4]

倘使我还得偷生在不明不暗的这"虚妄"中,我就还要寻求那逝去的悲凉漂渺的青春,但不妨在我的身外。因为身外的青春倘一消灭,我身中的迟暮也即凋零了。

侧注:

在");又由青年的消沉("连身外的青春也都逝去")返而追究自身的责任("我只得由我来……")。

"青年们很平安",不能不让诗人感到失望,但是又怀疑于这失望,于是有了希望的萌生。这希望显然不是实存,仅只来源于绝望之为虚妄("没有真的暗夜");所谓希望,全在于对绝望所作的反抗("总得自己来一掷我身中的迟暮")。篇中重复引用裴多菲的诗句,表明一种彷徨的心地,生命中,绝望与希望处于永无休然而现在没有星和月光,没有僵坠的胡蝶以至笑的渺茫,爱的翔舞。然而青年们很平安。

我只得由我来肉薄这空虚中的暗夜了,纵使寻不到身外的青春,也总得自己来一掷我身中的迟暮。但暗夜又在那里呢?现在没有星,没有月光以至笑的渺茫和爱的翔舞;青年们很平安,而我的面前又竟至于并且没有真的暗夜。

绝望之为虚妄,正与希望相同!

一九二五年一月一日。

止的冲突、僵持与互否之中。

注　释

1　发表于1925年1月《语丝》周刊第10期。后编入《野草》。

2　Petöfi Sándor　裴多菲·山陀尔。

3　可萨克　通译哥萨克。十五世纪后半叶至十六世纪前半叶,俄罗斯中部有一部分农奴和城市贫民不堪压迫,逃至俄国南部的库班河和顿河一带定居,自称"哥萨克人",意为"自由的人"或"勇敢的人"。他们善骑战,在沙皇时代多入伍当兵。

4　绝望之为虚妄,正与希望相同　这句话出自裴多菲1847年7月17日致友人凯雷尼·弗里杰什的信。

雪[1]

暖国[2]的雨,向来没有变过冰冷的坚硬的灿烂的雪花。博识的人们觉得他单调,他自己也以为不幸否耶?江南的雪,可是滋润美艳之至了;那是还在隐约着的青春的消息,是极壮健的处子的皮肤。雪野中有血红的宝珠山茶,白中隐青的单瓣梅花,深黄的磬口的蜡梅花;雪下面还有冷绿的杂草。胡蝶确乎没有;蜜蜂是否来采山茶花和梅花的蜜,我可记不真切了。但我的眼前仿佛看见冬花开在雪野中,有许多蜜蜂们忙碌地飞着,也听得他们嗡嗡地闹着。

孩子们呵着冻得通红,像紫芽姜一般的小手,七八个一齐来塑雪罗汉。因为不成功,谁的父亲也来帮忙了。罗汉就塑得比孩子们高得多,虽然不过是上小下大的一堆,终于分不清是壶卢还是罗汉;然而很洁白,很明艳,以自身的滋润相粘结,整个地闪闪地生光。孩子们用龙眼核给他做眼珠,又从谁的母亲的脂粉奁中偷得胭脂来涂在嘴唇上。这回确是一个大阿

> 江南的冬景是回忆,也是象征。

罗汉了。他也就目光灼灼地嘴唇通红地坐在雪地里。

第二天还有几个孩子来访问他；对了他拍手，点头，嬉笑。但他终于独自坐着了。晴天又来消释他的皮肤，寒夜又使他结一层冰，化作不透明的水晶模样；连续的晴天又使他成为不知道算什么，而嘴上的胭脂也褪尽了。

但是，朔方的雪花在纷飞之后，却永远如粉，如沙，他们决不粘连，撒在屋上、地上、枯草上，就是这样。屋上的雪是早已就有消化了的，因为屋里居人的火的温热。别的，在晴天之下，旋风忽来，便蓬勃地奋飞，在日光中灿灿地生光，如包藏火焰的大雾，旋转而且升腾，弥漫太空，使太空旋转而且升腾地闪烁。

在无边的旷野上，在凛冽的天宇下，闪闪地旋转升腾着的是雨的精魂……

是的，那是孤独的雪，是死掉的雨，是雨的精魂。

一九二五年一月十八日。

> 年华易逝，梦魂消退，也就进入了现实中的北国。

> 北方的雪孤独、荒凉而伟美，作为自由精神的象征，富于蓬勃向上的生命力。

> 文中雨和雪自始至终保持着一种若明若暗的联系。开始写雨没有变过雪花，结尾写雪是雨的精魂。境遇（暖国—朔方）和经历（青春—死掉）是中介，也是彼此做证的根据。

注　释

1　发表于1925年1月《语丝》周刊第11期。后编入《野草》。
2　暖国　温暖的地区。

风筝[1]

北京的冬季,地上还有积雪,灰黑色的秃树枝丫叉于晴朗的天空中,而远处有一二风筝浮动,在我是一种惊异和悲哀。

故乡的风筝时节,是春二月,倘听到沙沙的风轮[2]声,仰头便能看见一个淡墨色的蟹风筝或嫩蓝色的蜈蚣风筝。还有寂寞的瓦片风筝,没有风轮,又放得很低,伶仃地显出憔悴可怜模样。但此时地上的杨柳已经发芽,早的山桃也多吐蕾,和孩子们的天上的点缀相照应,打成一片春日的温和。我现在在那里呢?四面都还是严冬的肃杀,而久经诀别的故乡的久经逝去的春天,却就在这天空中荡漾了。

> 中国从来以长者、强者为本位。

但我是向来不爱放风筝的,不但不爱,并且嫌恶他,因为我以为这是没出息孩子所做的玩艺。和我相反的是我的小兄弟,他那时大概十岁内外罢,多病,瘦得不堪,然而最喜欢风筝,自己买不起,我又不许放,他只得张着小嘴,呆看着空中出神,有时至于小半日。远处的蟹风筝突然落下来了,他惊呼;两个瓦片风筝的缠绕解开了,他高兴得跳跃。他的这些,在我看来都是笑柄,可鄙的。

有一天,我忽然想起,似乎多日不很看见他了,但记得曾见他在后园拾枯竹。我恍然大悟似的,便跑向少有人去的一间堆积杂物的小屋去,推开门,果然就在尘封的什物堆中发见了他。他向着大方凳,坐在小凳上;便很惊惶地站了起来,失了色瑟缩着。大方凳旁靠着一个胡蝶风筝的竹骨,还没有糊上纸,凳上是一对做眼睛用的小风轮,正用红纸条装饰着,将要完工了。我在破获秘密的满足中,又很愤怒他的瞒了我的眼睛,这样苦心孤诣地来偷做没出息孩子的玩艺。我即刻伸手折断了胡蝶的一支翅骨,又将风轮掷在地下,踏扁了。论长幼,论力气,他是都敌不过我的,我当然得到完全的胜利,于是傲然走出,留他绝望地站在小屋里。后来他怎样,我不知道,也没有留心。

然而我的惩罚终于轮到了,在我们离别得很久之后,我已经是中年。我不幸偶而看了一本外国的讲论儿童的书,才知道游戏是儿童最正当的行为,玩具是儿童的天使。于是二十年来毫不忆及的幼小时候对于精神的虐杀的这一幕,忽地在眼前展开,而我的心也仿佛同时变了铅块,很重很重的堕下去了。

但心又不竟堕下去而至于断绝,他只是很重很重

> 对弱小者的精神虐杀。

地堕着,堕着。

我也知道补过的方法的:送他风筝,赞成他放,劝他放,我和他一同放。我们嚷着,跑着,笑着。——然而他其时已经和我一样,早已有了胡子了。

我也知道还有一个补过的方法的:去讨他的宽恕,等他说,"我可是毫不怪你呵。"那么,我的心一定就轻松了,这确是一个可行的方法。有一回,我们会面的时候,是脸上都已添刻了许多"生"的辛苦的条纹,而我的心很沉重。我们渐渐谈起儿时的旧事来,我便叙述到这一节,自说少年时代的胡涂。"我可是毫不怪你呵。"我想,他要说了,我即刻便受了宽恕,我的心从此也宽松了罢。

"有过这样的事么?"他惊异地笑着说,就像旁听着别人的故事一样。他什么也不记得了。

全然忘却,毫无怨恨,又有什么宽恕之可言呢?无怨的恕,说谎罢了。

我还能希求什么呢?我的心只得沉重着。

现在,故乡的春天又在这异地的空中了,既给我久经逝去的儿时的回忆,而一并也带着无可把握的悲哀。我倒不如躲到肃杀的严冬中去罢,——但是,四面又明明是严冬,正给我非常的寒威和冷气。

一九二五年一月二十四日。

人事迁流,往而不复。即使具有忏悔意识,亦往往于事无补。

关于境遇的隐喻。

注　释

1　发表于1925年2月《语丝》周刊第12期。后编入《野草》。

2　风轮　安置在风筝上的能迎风转动的小轮。

好的故事[1]

灯火渐渐地缩小了,在预告石油的已经不多;石油又不是老牌,早熏得灯罩很昏暗。鞭爆的繁响在四近,烟草的烟雾在身边:是昏沉的夜。

我闭了眼睛,向后一仰,靠在椅背上;捏着《初学记》[2]的手搁在膝髁上。

我在蒙胧中,看见一个好的故事。

这故事很美丽,幽雅,有趣。许多美的人和美的事,错综起来像一天云锦,而且万颗奔星似的飞动着,同时又展开去,以至于无穷。

我仿佛记得曾坐小船经过山阴道[3],两岸边的乌桕,新禾,野花,鸡,狗,丛树和枯树,茅屋,塔,伽蓝[4],农夫和村妇,村女,晒着的衣裳,和尚,蓑笠,天,云,竹,……都倒影在澄碧的小河中,随着每一打桨,各各夹带了闪烁的日光,并水里的萍藻游鱼,一同荡漾。诸影诸物,无不解散,而且摇动,扩大,互相融和;刚一融和,却又退缩,复近于原形。

全用短语。美呈碎片化。鲁迅在《厦门通信》中自述说:"我对于自然美,自恨并无敏感,所以即使恭逢良辰,也不甚感动。"实边缘都参差如夏云头,镶着日光,发出水银色焰。凡是我所经过的河,都是如此。

现在我所见的故事也如此。水中的青天的底子,一切事物统在上面交错,织成一篇,永是生动,永是展开,我看不见这一篇的结束。

河边枯柳树下的几株瘦削的一丈红[5],该是村女种的罢。大红花和斑红花,都在水里面浮动,忽而碎散,拉长了,如缕缕的胭脂水,然而没有晕。茅屋,狗,塔,村女,云,……也都浮动着。大红花一朵朵全被拉长了,这时是泼剌奔进的红锦带。带织入狗中,狗织入白云中,白云织入村女中……。在一瞬间,他们又将退缩了。但斑红花影也已碎散,伸长,就要织进塔,村女,狗,茅屋,云里去了。

现在我所见的故事清楚起来了,美丽,幽雅,有趣,而且分明。青天上面,有无数美的人和美的事,我一一看见,一一知道。

我就要凝视他们……。

我正要凝视他们时,骤然一惊,睁开眼,云锦也已皱蹙,凌乱,仿佛有谁掷一块大石下河水中,水波陡然起立,将整篇的影子撕成片片了。我无意识地赶忙捏住几乎坠地的《初学记》,眼前还剩着几点虹霓色的碎影。

我真爱这一篇好的故事,趁碎影还在,我要追回他,完成他,留下他。我抛了书,欠身伸手去取

际上,他是热爱自然的,热爱美的一切;只因社会的过于黑暗,遂以此黑暗以及对黑暗的抗争将这一层美感覆盖了,或仅余断片的闪光。

美是属于记忆的,梦幻的,追求中的。现实中,所处唯是暗夜。

> 既然"总记得见过",便不能断定说"好的故事"从此不能复现。与其说是一种信念,毋宁说仍属一种怀疑。

笔,——何尝有一丝碎影,只见昏暗的灯光,我不在小船里了。

但我总记得见过这一篇好的故事,在昏沉的夜……。

一九二五年二月二十四日。[6]

注　释

1　发表于1925年2月《语丝》周刊第13期。后编入《野草》。

2　《初学记》　类书。唐代徐坚等辑,共三十卷,分二十三部,辑录群经、诸子、历代诗赋及唐初诸家作品。

3　山阴道　指绍兴市西南郊外一带,以风景优美著称。《世说新语·言语》说:"王子敬云:'从山阴道上行,山川自相映发,使人应接不暇。'"山阴,在浙江绍兴。

4　伽蓝　梵语,指佛教寺庙。

5　一丈红　即蜀葵。

6　据《鲁迅日记》,本篇写作日期当是1925年1月28日。

过客[1]

时：或一日的黄昏。

地：或一处。

人：老翁——约七十岁，白须发，黑长袍。女孩——约十岁，紫发，乌眼珠，白地黑方格长衫。

过客——约三四十岁，状态困顿倔强，眼光阴沉，黑须，乱发，黑色短衣裤皆破碎，赤足著破鞋，胁下挂一个口袋，支着等身的竹杖。

东，是几株杂树和瓦砾；西，是荒凉破败的丛葬；其间有一条似路非路的痕迹。一间小土屋向这痕迹开着一扇门；门侧有一段枯树根。

（女孩正要将坐在树根上的老翁搀起。）

翁——孩子。喂，孩子！怎么不动了呢？

孩——（向东望着，）有谁走来了，看一看罢。

翁——不用看他。扶我进去罢。太阳要下去了。

> 象征性作品。据荆有麟回忆，本篇在鲁迅那里酝酿了将近十年，充分表现了作为"精神界之战士"的一种"战士哲学"，思想密度极大。倘与加缪《西西弗斯神话》比较阅读，当更有意味。一个推石头，一个走路；一个是圆周式运动，一个是直线运动，然而都是无休止的自我折磨。
>
> 荒凉破败的背景，既是社会，也是人生境遇的象征。老翁，代

孩——我,——看一看。

翁——唉,你这孩子!天天看见天,看见土,看见风,还不够好看么?什么也不比这些好看。你偏是要看谁。太阳下去时候出现的东西,不会给你什么好处的。……还是进去罢。

孩——可是,已经近来了。阿阿,是一个乞丐。

翁——乞丐?不见得罢。

(过客从东面的杂树间跄跄走出,暂时踌躇之后,慢慢地走近老翁去。)

客——老丈,你晚上好?

翁——阿,好!托福。你好?

客——老丈,我实在冒昧,我想在你那里讨一杯水喝。我走得渴极了。这地方又没有一个池塘,一个水洼。

翁——唔,可以可以。你请坐罢。(向女孩)孩子,你拿水来,杯子要洗干净。

(女孩默默地走进土屋去。)

翁——客官,你请坐。你是怎么称呼的。

客——称呼?——我不知道。从我还能记得的时候起,我就只一个人。我不知道我本来叫什么。我一路走,有时人们也随便称呼我,各式各样地,我也记不清楚了,况且相同的称呼也没有听到过第二回。

翁——阿阿。那么,你是从那里来的呢?

客——(略略迟疑,)我不知道。从我还能记得

表过去,保守的一代;女孩,代表未来,新生的一代,但也可以代表人生前后两个不同的时期。过客则作为"中间物",一个独异个体,通过戏剧性对话(关系的展开),揭示存在的荒谬,并以当下的行动显示生命的意义:我是谁?我从哪里来?到哪里去?

老翁的世界是封闭的、凝固的、安于现状的。

文化身份:多重的,普遍的,一种代表性。

的时候起,我就在这么走。

翁——对了。那么,我可以问你到那里去么?

客——自然可以。——但是,我不知道。从我还能记得的时候起,我就在这么走,要走到一个地方去,这地方就在前面。我单记得走了许多路,现在来到这里了。我接着就要走向那边去,(西指,)前面!

(女孩小心地捧出一个木杯来,递去。)

客——(接杯,)多谢,姑娘。(将水两口喝尽,还杯,)多谢,姑娘。这真是少有的好意。我真不知道应该怎样感激!

翁——不要这么感激。这于你是没有好处的。

客——是的,这于我没有好处。可是我现在很恢复了些力气了。我就要前去。老丈,你大约是久住在这里的,你可知道前面是怎么一个所在么?

翁——前面?前面,是坟。

客——(诧异地,)坟?

孩——不,不,不的。那里有许多许多野百合,野蔷薇,我常常去玩,去看他们的。

客——(西顾,仿佛微笑,)不错。那些地方有许多许多野百合,野蔷薇,我也常常去玩过,去看过的。但是,那是坟。(向老翁,)老丈,走完了那坟地之后呢?

翁——走完之后?那我可不知道。我没有走过。

> 过客的哲学是走的哲学。

> 坟,死亡的象征;野百合,野蔷薇,生命的象征。生通向死,死孕育生;向死而生,这是带有存在主义意味的积极的哲学。

过客　147

客——不知道？！

孩——我也不知道。

翁——我单知道南边；北边；东边，你的来路。那是我最熟悉的地方，也许倒是于你们最好的地方。你莫怪我多嘴，据我看来，你已经这么劳顿了，还不如回转去，因为你前去也料不定可能走完。

客——料不定可能走完？……（沉思，忽然惊起，）那不行！我只得走。回到那里去，就没一处没有名目，没一处没有地主，没一处没有驱逐和牢笼，没一处没有皮面的笑容，没一处没有眶外的眼泪。我憎恶他们，我不回转去！

翁——那也不然。你也会遇见心底的眼泪，为你的悲哀。

客——不。我不愿看见他们心底的眼泪，不要他们为我的悲哀！

翁——那么，你，（摇头，）你只得走了。

客——是的，我只得走了。况且还有声音常在前面催促我，叫唤我，使我息不下。可恨的是我的脚早经走破了，有许多伤，流了许多血。（举起一足给老人看，）因此，我的血不够了；我要喝些血。但血在那里呢？可是我也不愿意喝无论谁的血。我只得喝些水，来补充我的血。一路上总有水，我倒也并不感到什么不足。只是我的力气太稀薄了，血里面太多了水的缘故罢。今天连一个小水洼也遇不到，也就是少走

过客的走，是探索着走，反回转的走，不知终点的走。

一个罪恶的、奴役的、虚伪的世界的反叛者。

拒绝同情。

前面的声音：时代的召唤，良知的召唤，心灵深处的召唤。

了路的缘故罢。

翁——那也未必。太阳下去了,我想,还不如休息一会的好罢,像我似的。

客——但是,那前面的声音叫我走。

翁——我知道。

客——你知道?你知道那声音么?

翁——是的。他似乎曾经也叫过我。

客——那也就是现在叫我的声音么?

翁——那我可不知道。他也就是叫过几声,我不理他,他也就不叫了,我也就记不清楚了。

客——唉唉,不理他……。(沉思,忽然吃惊,倾听着,)不行!我还是走的好。我息不下。可恨我的脚早经走破了。(准备走路。)

孩——给你!(递给一片布,)裹上你的伤去。

客——多谢,(接取,)姑娘。这真是……。这真是极少有的好意。这能使我可以走更多的路。(就断砖坐下,要将布缠在踝上,)但是,不行!(竭力站起,)姑娘,还了你罢,还是裹不下。况且这太多的好意,我没法感激。

翁——你不要这么感激,这于你没有好处。

客——是的,这于我没有什么好处。但在我,这布施是最上的东西了。你看,我全身上可有这样的。

翁——你不要当真就是。

客——是的。但是我不能。我怕我会这样:倘使

喝水以补充血,一种反精英主义、反享受主义的生命观。

对于声音的态度:自觉响应与反应冷漠。

拒绝布施。

> 大爱者因爱而拒绝爱，内心焚热而外部阴冷。本文完成不久，鲁迅致信许广平说："同我有关的活着，我倒不放心，死了，我就安心，这意思也在《过客》中说过。"

> 过客步履踉跄，受伤而且疲乏，可堪远行乎？野地荒寂，夜色迷茫，都加强了结末的悲壮气氛。

我得到了谁的布施，我就要像兀鹰看见死尸一样，在四近徘徊，祝愿她的灭亡，给我亲自看见；或者咒诅她以外的一切全都灭亡，连我自己，因为我就应该得到咒诅。但是我还没有这样的力量；即使有这力量，我也不愿意她有这样的境遇，因为她们大概总不愿意有这样的境遇。我想，这最稳当。（向女孩，）姑娘，你这布片太好，可是太小一点了，还了你罢。

孩——（惊惧，退后，）我不要了！你带走！

客——（似笑，）哦哦，……因为我拿过了？

孩——（点头，指口袋，）你装在那里，去玩玩。

客——（颓唐地退后，）但这背在身上，怎么走呢？……

翁——你息不下，也就背不动。——休息一会，就没有什么了。

客——对咧，休息……。（默想，但忽然惊醒，倾听。）不，我不能！我还是走好。

翁——你总不愿意休息么？

客——我愿意休息。

翁——那么，你就休息一会罢。

客——但是，我不能……。

翁——你总还是觉得走好么？

客——是的。还是走好。

翁——那么，你也还是走好罢。

客——（将腰一伸，）好，我告别了。我很感谢你们。（向着女孩，）姑娘，这还你，请你收回去。

（女孩惊惧，敛手，要躲进土屋里去。）

翁——你带去罢。要是太重了，可以随时抛在坟地里面的。

孩——（走向前，）阿阿，那不行！

客——阿阿，那不行的。

翁——那么，你挂在野百合野蔷薇上就是了。

孩——（拍手，）哈哈！好！

客——哦哦⋯⋯。

（极暂时中，沉默。）

翁——那么，再见了。祝你平安。（站起，向女孩，）孩子，扶我进去罢。你看，太阳早已下去了。（转身向门。）

客——多谢你们。祝你们平安。（徘徊，沉思，忽然吃惊，）然而我不能！我只得走。我还是走好罢⋯⋯。（即刻昂了头，奋然向西走去。）

（女孩扶老人走进土屋，随即阖了门。过客向野地里跄踉地闯进去，夜色跟在他后面。）

一九二五年三月二日。

注　释

1　最初发表于1925年3月《语丝》周刊第17期。后编入《野草》。

死火[1]

> 此文带有作者个人的私隐性质。死火是自喻,"我"反而成了爱我者,这里喻指许广平。

我梦见自己在冰山间奔驰。

这是高大的冰山,上接冰天,天上冻云弥漫,片片如鱼鳞模样。山麓有冰树林,枝叶都如松杉。一切冰冷,一切青白。

但我忽然坠在冰谷中。

上下四旁无不冰冷,青白。而一切青白冰上,却有红影无数,纠结如珊瑚网。我俯看脚下,有火焰在。

这是死火。有炎炎的形,但毫不摇动,全体冰结,像珊瑚枝;尖端还有凝固的黑烟,疑这才从火宅[2]中出,所以枯焦。这样,映在冰的四壁,而且互相反映,化为无量数影,使这冰谷,成红珊瑚色。

哈哈!

当我幼小的时候,本就爱看快舰激起的浪花,洪炉喷出的烈焰。不但爱看,还想看清。可惜他们都息息变幻,永无定形。虽然凝视又凝视,总不留下怎样一定的迹象。

死的火焰，现在先得到了你了！

我拾起死火，正要细看，那冷气已使我的指头焦灼；但是，我还熬着，将他塞入衣袋中间。冰谷四面，登时完全青白。我一面思索着走出冰谷的法子。

我的身上喷出一缕黑烟，上升如铁线蛇。冰谷四面，又登时满有红焰流动，如大火聚[3]，将我包围。我低头一看，死火已经燃烧，烧穿了我的衣裳，流在冰地上了。

"唉，朋友！你用了你的温热，将我惊醒了。"他说。

> 是爱情的力量，使死火重温。

我连忙和他招呼，问他名姓。

"我原先被人遗弃在冰谷中，"他答非所问地说，"遗弃我的早已灭亡，消尽了。我也被冰冻冻得要死。倘使你不给我温热，使我重行烧起，我不久就须灭亡。"

"你的醒来，使我欢喜。我正在想着走出冰谷的方法；我愿意携带你去，使你永不冰结，永得燃烧。"

> 或者离开（从另一面说是与"我"结合），或者留下（维持"孤独者"状态）；或者烧完，或者冻灭，——一种矛盾心理。

"唉唉！那么，我将烧完！"

"你的烧完，使我惋惜。我便将你留下，仍在这里罢。"

"唉唉！那么，我将冻灭了！"

"那么，怎么办呢？"

"怎么办？"无论对死火或"我"来说，都是一个问题。

大石车，比喻社会压力。"我"因携带死火而结果做了牺牲，此时，被救出冰谷的死火仍在燃烧吗？文中没有答案。关于许广平为自己做"牺牲"的想法，从恋爱开始（写作本文时，已是许广平探访鲁迅寓所正所谓"秘密窝"之后一周），对鲁迅来说就已经成了问题；一直延至厦门—广州时期，两人通信仍为此讨论了足足一个月时间，可见它存在的严重性。

"但你自己，又怎么办呢？"他反而问。"我说过了：我要出这冰谷……。"

"那我就不如烧完！"

他忽而跃起，如红彗星，并我都出冰谷口外。有大石车突然驰来，我终于碾死在车轮底下，但我还来得及看见那车就坠入冰谷中。

"哈哈！你们是再也遇不着死火了！"我得意地笑着说，仿佛就愿意这样似的。

一九二五年四月二十三日。

注　释

1　发表于1925年5月《语丝》周刊第25期。后编入《野草》。

2　火宅　佛家语。以着火的屋子，比喻充满痛苦的可怕的处所。

3　火聚　佛家语，烈火聚集的地方。

失掉的好地狱[1]

我梦见自己躺在床上,在荒寒的野外,地狱的旁边。一切鬼魂们的叫唤无不低微,然有秩序,与火焰的怒吼,油的沸腾,钢叉的震颤相和鸣,造成醉心的大乐,布告三界[2]:地下太平。

有一伟大的男子站在我面前,美丽,慈悲,遍身有大光辉,然而我知道他是魔鬼。

"一切都已完结,一切都已完结!可怜的鬼魂们将那好的地狱失掉了!"他悲愤地说,于是坐下,讲给我一个他所知道的故事——

"天地作蜂蜜色的时候,就是魔鬼战胜天神,掌握了主宰一切的大威权的时候。他收得天国,收得人间,也收得地狱。他于是亲临地狱,坐在中央,遍身发大光辉,照见一切鬼众。

"地狱原已废弛得很久了:剑树[3]消却光芒;沸油的边际早不腾涌;大火聚有时不过冒些青烟,远处还萌生曼陀罗花[4],花极细小,惨白可怜。——那是

> 先写经由人类重建的"好地狱":和平,稳定,秩序感;接着倒叙魔鬼眼中的"失去的好地狱"。大约在本文发表前两个月,作者曾有杂感写道:"称为神的和称为魔的战斗了,并非争夺天国,而在要得地狱的统治权。所以无论谁胜,地狱至今也还是照样的地狱。"关于本文,作者在《〈野草〉英文译本序》中说:

> "但这地狱也必须失掉。这是由几个有雄辩和辣手,而那时还未得志的英雄们的脸色和语气所告诉我的。我于是作《失掉的好地狱》。"

结末突出"你是人",这就暗示了一种关于地狱的好坏存废的可能的新标准。从以知识增进权力技术和统治权威这一意义上说,胡适们的"好政府主义",其实也可说是"好'地狱'主义"。

不足为奇的,因为地上曾经大被焚烧,自然失了他的肥沃。

"鬼魂们在冷油温火里醒来,从魔鬼的光辉中看见地狱小花,惨白可怜,被大蛊惑,倏忽间记起人世,默想至不知几多年,遂同时向着人间,发一声反狱的绝叫。

"人类便应声而起,仗义执言,与魔鬼战斗。战声遍满三界,远过雷霆。终于运大谋略,布大网罗,使魔鬼并且不得不从地狱出走。最后的胜利,是地狱门上也竖了人类的旌旗!

"当鬼魂们一齐欢呼时,人类的整饬地狱使者已临地狱,坐在中央,用了人类的威严,叱咤一切鬼众。

"当鬼魂们又发一声反狱的绝叫时,即已成为人类的叛徒,得到永劫沉沦的罚,迁入剑树林的中央。

"人类于是完全掌握了主宰地狱的大威权,那威棱且在魔鬼以上。人类于是整顿废弛,先给牛首阿旁[5]以最高的俸草;而且,添薪加火,磨砺刀山,使地狱全体改观,一洗先前颓废的气象。

"曼陀罗花立即焦枯了。油一样沸;刀一样锋;火一样热;鬼众一样呻吟,一样宛转,至于都不暇记起失掉的好地狱。

"这是人类的成功,是鬼魂的不幸……

"朋友,你在猜疑我了。是的,你是人!我且去寻野兽和恶鬼……。"

一九二五年六月十六日。

注　释

1　发表于1925年6月《语丝》周刊第32期。后编入《野草》。
2　三界　这里指天国、人间、地狱。
3　剑树　佛教传说中的一种地狱酷刑。
4　曼陀罗花　一种有毒草本植物。中药学称风茄花或洋金花。这里指佛经传说中的色白有妙香、人见而能适意的奇花。
5　牛首阿旁　佛教传说中地狱里牛头人身的鬼卒。

墓碣文[1]

在鲁迅的所有文章中，本文最为直接地暴露了他的自由思想，深藏的虚无主义，所有的毒气和鬼气。这暴露，实则如《坟》后记所说的"埋藏"，然而亦不无留恋之意。

在《墓碣文》中，并存的两极概括了一种大哲学，但它并非属于大智慧的，而是生命状态本身的呈示。

这种以虚无为实有的思想，既供自啮其身而非为啮人，即与人无关，所以说"离开"。

创痛酷烈，心已陈旧，两种情形都使心之"本味"无由得知。《红楼梦》作者有序诗云："满纸荒唐言，一把辛酸泪。都云作者痴，谁解其中

我梦见自己正和墓碣[2]对立，读着上面的刻辞。那墓碣似是沙石所制，剥落很多，又有苔藓丛生，仅存有限的文句——

……于浩歌狂热之际中寒；于天上看见深渊。于一切眼中看见无所有；于无所希望中得救。……

……有一游魂，化为长蛇，口有毒牙。不以啮人，自啮其身，终以殒颠[3]。……

……离开！……

我绕到碣后，才见孤坟，上无草木，且已颓坏。即从大阙口中，窥见死尸，胸腹俱破，中无心肝。而脸上却绝不显哀乐之状，但蒙蒙如烟然。

我在疑惧中不及回身，然而已看见墓碣阴面[4]的残存的文句——

……抉心自食，欲知本味。创痛酷

烈，本味何能知？……

……痛定之后，徐徐食之。然其心已陈旧，本味又何由知？……

……答我。否则，离开！……

我就要离开。而死尸已在坟中坐起，口唇不动，然而说——

"待我成尘时，你将见我的微笑！"

我疾走，不敢反顾，生怕看见他的追随。

　　　　　一九二五年六月十七日。

味？"同样说到本味问题。本味为何，无人可以作答，所以再次说"离开"。

诗人以死尸自况，碣前所见，是自啮的大痛苦；碣后所见，是不知本味的大寂寞。结末相当于一句偈语，将谜底说破，"微笑"云云，不妨看作对这大痛苦大寂寞的一种戏弄。

"我"在本文中不过做贯穿的线索而已，并无实际意义。

注　释

1　发表于1925年6月《语丝》周刊第32期。后编入《野草》。

2　墓碣　圆顶的墓碑。

3　殒颠　死亡。

4　阴面　背面。

颓败线的颤动[1]

关于牺牲与复仇的主题。

梦分两段，首段写一位穷苦的年轻母亲因饥饿而出卖肉体，遭受不相识的强悍的男子的蹂躏。"门的开阖声"提示男子已走，遗下母亲以屈辱换取的小银片。

我梦见自己在做梦。自身不知所在，眼前却有一间在深夜中紧闭的小屋的内部，但也看见屋上瓦松[2]的茂密的森林。

板桌上的灯罩是新拭的，照得屋子里分外明亮。在光明中，在破榻上，在初不相识的披毛的强悍的肉块底下，有瘦弱渺小的身躯，为饥饿，苦痛，惊异，羞辱，欢欣而颤动。弛缓，然而尚且丰腴的皮肤光润了；青白的两颊泛出轻红，如铅上涂了胭脂水。

灯火也因惊惧而缩小了，东方已经发白。然而空中还弥漫地摇动着饥饿，苦痛，

惊异，羞辱，欢欣的波涛……。

"妈！"约略两岁的女孩被门的开阖声惊醒，在草席围着的屋角的地上叫起来了。

"还早哩，再睡一会罢！"她惊惶地说。

"妈！我饿，肚子痛。我们今天能有什么吃的？"

"我们今天有吃的了。等一会有卖烧饼的来，妈就买给你。"她欣慰地更加紧捏着掌中的小银片，低微的声音悲凉地发抖，走近屋角去一看她的女儿，移开草席，抱起来放在破榻上。

"还早哩，再睡一会罢。"她说着，同时抬起眼睛，无可告诉地一看破旧的屋顶以上的天空。

空中突然另起了一个很大的波涛，和先前的相撞击，回旋而成旋涡，将一切并我尽行淹没，口鼻都不能呼吸。

我呻吟着醒来，窗外满是如银的月色，离天明还很辽远似的。

我自身不知所在，眼前却有一间在深夜中紧闭的小屋的内部，我自己知道是在续着残梦。

可是梦的年代隔了许多年了。屋的内外已经这样整齐；里面是青年的夫妻，一群小孩子，都怨恨鄙夷地对着一个垂老的女人。

"我们没有脸见人，就只因为你，"男人气忿地说。"你还以为养大了她，其实正是害苦了她，倒不如小时候饿死的好！"

"使我委屈一世的就是你！"女的说。

"还要带累了我！"男的说。

"还要带累他们哩！"女的说，指着孩子们。

最小的一个正玩着一片干芦叶，这时便向空中一

若干年后，艰难养育的女儿已长大成人，复有了丈夫儿女；此时，却一并以怨恨鄙夷之色，正对垂老的母亲。为此，母亲深夜出走荒野，弃绝背后所有一切以作报复。

老妇人有自喻的况味。一年多以后，作者在致许广平信中说："我先前何尝不出于志愿，在生活的路上，将血一滴一滴地滴过去，以饲别人，虽自觉渐渐瘦弱，也以为快活。而现在呢，人们笑我瘦弱了，连饮过我的血的人，也都来嘲笑我的瘦弱了。我听得甚至有人说：'他一世过着这样无聊的生活，本可以死了的，但还要活着，可见他没出息。'于是他乘我困苦的时候，竭力给我一下闷棍；然而，这是他们在替社会除去无用的废物呵！这实在使我愤怒，怨恨了，有时简直想报复。我并没有略存求得称誉、报答之心，不过以为喝过血的人们，看见没有血喝了，就该走散，不要记着我是血的债主，临走时还要打杀我；并且消灭债券计，放火烧掉我的一间可怜的灰棚。我其实并不以债主自居，也没有债券，他们的这种办法，是太过的。"其中，或有暗指周作人夫妇的可能。因生大悲愤，故有此非凡的想象、文字的奇观。

挥，仿佛一柄钢刀，大声说道：

"杀！"

那垂老的女人口角正在痉挛，登时一怔，接着便都平静，不多时候，她冷静地，骨立的石像似的站起来了。她开开板门，迈步在深夜中走出，遗弃了背后一切的冷骂和毒笑。

她在深夜中尽走，一直走到无边的荒野；四面都是荒野，头上只有高天，并无一个虫鸟飞过。她赤身露体地，石像似的站在荒野的中央，于一刹那间照见过往的一切：饥饿，苦痛，惊异，羞辱，欢欣，于是发抖；害苦，委屈，带累，于是痉挛；杀，于是平静。……又于一刹那间将一切并合：眷念与决绝，爱抚与复仇，养育与歼除，祝福与咒诅……。她于是举两手尽量向天，口唇间漏出人与兽的，非人间所有，所以无词的言语。

当她说出无词的言语时，她那伟大如石像，然而已经荒废的，颓败的身躯的全面都颤动了。这颤动点点如鱼鳞，每一鳞都起伏如沸水在烈火上；空中也即刻一同振颤，仿佛暴风雨中的荒海的波涛。

她于是抬起眼睛向着天空，并无词的

言语也沉默尽绝,惟有颤动,辐射若太阳光,使空中的波涛立刻回旋,如遭飓风,汹涌奔腾于无边的荒野。

我梦魇了,自己却知道是因为将手搁在胸脯上了的缘故;我梦中还用尽平生之力,要将这十分沉重的手移开。

> 赤身露体是对羞辱的报复,其颓败而且全面颤动是对人道主义的报复。
>
> 在《鲁迅全集》的文字背后,自有为他所掩藏的"无词的言语"在,谁可以读懂这伟大的沉默?

一九二五年六月二十九日。

注　释

1　发表于1925年7月《语丝》周刊第35期。后编入《野草》。

2　瓦松　又名"向天草"或"昨叶荷草"。二年生肉质草本。叶线状披针形,秋季抽塔形花穗,密生多花,生在屋顶瓦缝中或岩石上。

这样的战士[1]

> 战士"只有自己",只能取独战的方式。他是平民化了的,而战斗的真理性也使他完全无须防卫、掩护而直接投入战斗,使用的武器也是极简易的一种,一如作者本人使用的"金不换"。

要有这样的一种战士——

已不是蒙昧如非洲土人而背着雪亮的毛瑟枪的;也并不疲惫如中国绿营兵而却佩着盒子炮。[2]他毫无乞灵于牛皮和废铁的甲胄;他只有自己,但拿着蛮人所用的,脱手一掷的投枪。

他走进无物之阵,所遇见的都对他一式点头。他知道这点头就是敌人的武器,是杀人不见血的武器,许多战士都在此灭亡,正如炮弹一般,使猛士无所用其力。

那些头上有各种旗帜,绣出各样好名称:慈善家,学者,文士,长者,青年,雅人,君子……头下有各样外套,绣出各式好花样:学问,道德,国粹,民意,逻辑,公义,东方文明……

但他举起了投枪。

他们都同声立了誓来讲说,他们的心都在胸膛的中央,和别的偏心的人类两样。他们都在胸前放着护心镜[3],就为自己也深信心在胸膛中央的事作证。

但他举起了投枪。

他微笑,偏侧一掷,却正中了他们的心窝。

一切都颓然倒地;——然而只有一件外套,其中无物。无物之物已经脱走,得了胜利,因为他这时成了戕害慈善家等类的罪人。

但他举起了投枪。

他在无物之阵中大踏步走,再见一式的点头,各种的旗帜,各样的外套……

但他举起了投枪。

他终于在无物之阵中老衰,寿终。他终于不是战士,但无物之物则是胜者。

在这样的境地里,谁也不闻战叫:太平。太平……

但他举起了投枪!

一九二五年十二月十四日。

> 战士不为各种御用文人学士所欺骗,战斗是清醒的、坚韧的、彻底的,至死不会改变。
>
> 战士在战斗中衰老至仆倒,而"无物之物则是胜者",这正是诗人的悲愤所在。
>
> 结句是对于战斗的强调,有点堂吉诃德的味道。

注　释

1　发表于1925年12月《语丝》周刊第58期。后编入《野草》。

2　毛瑟枪,指德国机械师毛瑟弟兄在十九世纪七十年代设计制造的一种步枪。

绿营兵,也称绿旗兵。按清朝兵制,除"八旗兵"外,另募汉人编成军队,旗帜采用绿色，叫作绿旗兵。盒子炮，即驳壳枪，因外配有特制的木盒，故名。

3 护心镜 古代战衣为保护胸部而镶嵌的金属圆片。

聪明人和傻子和奴才[1]

奴才总不过是寻人诉苦。只要这样,也只能这样。有一日,他遇到一个聪明人。

"先生!"他悲哀地说,眼泪联成一线,就从眼角上直流下来。"你知道的。我所过的简直不是人的生活。吃的是一天未必有一餐,这一餐又不过是高粱皮,连猪狗都不要吃的,尚且只有一小碗……。"

"这实在令人同情。"聪明人也惨然说。

"可不是么!"他高兴了。"可是做工是昼夜无休息的:清早担水晚烧饭,上午跑街夜磨面,晴洗衣裳雨张伞,冬烧汽炉夏打扇。半夜要煨银耳,侍候主人耍钱[2];头钱[3]从来没分,有时还挨皮鞭……。"

"唉唉……。"聪明人叹息着,眼圈有些发红,似乎要下泪。"先生!我这样是敷衍不下去的。我总得另外想法子。可是什么法子呢?……"

"我想,你总会好起来……。"

"是么?但愿如此。可是我对先生诉了冤苦,又得你的同情和慰安,已经舒坦得不少了。可见天理没有灭绝……。"

但是,不几日,他又不平起来了,仍然寻人去诉苦。

"先生!"他流着眼泪说,"你知道的。我住的简直比猪窠还不如。主人并不将我当人;他对他的叭儿狗还要好到几万倍……。"

"混帐!"那人大叫起来,使他吃惊了。那人是一个傻子。

"先生,我住的只是一间破小屋,又湿,又阴,满是臭虫,睡下去就咬得真可以。秽气冲着鼻子,四面又没有一个窗……。"

"你不会要你的主人开一个窗的么?"

"这怎么行?……"

"那么,你带我去看去!"

傻子跟奴才到他屋外,动手就砸那泥墙。

"先生!你干什么?"他大惊地说。

"我给你打开一个窗洞来。"

"这不行!主人要骂的!"

"管他呢!"他仍然砸。

"人来呀!强盗在毁咱们的屋子了!快来呀!迟一点可要打出窟窿来了!……"他哭嚷着,在地上团团地打滚。

一群奴才都出来了,将傻子赶走。

听到了喊声,慢慢地最后出来的是主人。"有强盗要来毁咱们的屋子,我首先叫喊起来,大家一同把他赶走了。"他恭敬而得胜地说。

"你不错。"主人这样夸奖他。

这一天就来了许多慰问的人,聪明人也在内。

"先生。这回因为我有功,主人夸奖了我了。你先前说我总会好起来;实在是有先见之明……。"他大有希望似的高兴地说。

"可不是么……。"聪明人也代为高兴似的回答他。

一九二五年十二月二十六日。

为三种不同类型的人物造像:聪明人,伪善、骑墙,实则是现存秩序的维护者;傻子,执着、实干,敢于反抗,真正的人道主义者;奴才,寻找同情和慰安,善于诉苦,却安于现状。

选择即命运。

注　释

1　发表于1926年1月《语丝》周刊第60期。后编入《野草》。

2　伺候主人耍钱　陪主人赌博。

3　头钱　提供赌博场所的人向赌博者抽取一定数额的钱,叫头钱,也称"抽头"。

腊叶[1]

本篇可以看作《死火》的姐妹篇。"我"仍是爱我者,此处为许广平。许广平在《因校对〈三十年集〉而引起的话旧》一文中说到本篇,便说夹在《雁门集》里的枫叶是作者的自况。孙伏园在《鲁迅先生二三事》一书中,记录作者一次谈话的大意道:"许公很鼓励我,希望我努力工作,不要松懈,不要怠忽;但又很爱护我,希望我多加保养,不要过劳,不要发狠。这是不能两全的,这里面有着矛盾。《腊叶》的感兴就从这儿得来,《雁门集》等等都是无关宏旨的。"

灯下看《雁门集》[2],忽然翻出一片压干的枫叶来。

这使我记起去年的深秋。繁霜夜降,木叶多半凋零,庭前的一株小小的枫树也变成红色了。我曾绕树徘徊,细看叶片的颜色,当他青葱的时候是从没有这么注意的。他也并非全树通红,最多的是浅绛,有几片则在绯红地上,还带着几团浓绿。一片独有一点蛀孔,镶着乌黑的花边,在红,黄和绿的斑驳中,明眸似的向人凝视。我自念:这是病叶呵!便将他摘了下来,夹在刚才买到的《雁门集》里。大概是愿使这将坠的被蚀而斑斓的颜色,暂得保存,不即与群叶一同飘散罢。

但今夜他却黄蜡似的躺在我的眼前,那眸子也不复似去年一般灼灼。假使再过几年，旧时的颜色在我记忆中消去，怕连我也不知道他何以夹在书里面的原因了。将坠的病叶的斑斓，似乎也只能在极短时中相对，更何况是葱郁的呢。看看窗外，很能耐寒的树木也早经秃尽了；枫树更何消说得。当深秋时，想来也许有和这去年的模样相似的病叶的罢，但可惜我今年竟没有赏玩秋树的余闲。

> 一连使用进层写法，极状被保护的珍贵难得。
>
> 本篇质朴庄重而又婉转深沉。"枫树更何消说得"，用古文句法，与《雪》中的"他自己也以为不幸否耶"一样，别有一番风味。

一九二五年十二月二十六日。

注　释

1　发表于1926年1月4日《语丝》周刊第60期。后编入《野草》。
2　《雁门集》　诗词集，元代萨都剌著。

淡淡的血痕中
——记念几个死者和生者和未生者

> 这里的造物主,也可用来状写统治者:凶残然而卑怯。

> 统治者制造血案及此后的手段,一是压制,制造废墟;一是麻痹、欺骗和延宕,致使人类失去记忆和抗争的勇气。

> 在血案之后,人们变作了怯弱者和苟活者,是谓之"良民"。是造物主造就了良民,是良民支持了造物主。

目前的造物主,还是一个怯弱者。

他暗暗地使天变地异,却不敢毁灭一个这地球;暗暗地使生物衰亡,却不敢长存一切尸体;暗暗地使人类流血,却不敢使血色永远鲜秾;暗暗地使人类受苦,却不敢使人类永远记得。

他专为他的同类——人类中的怯弱者——设想,用废墟荒坟来衬托华屋,用时光来冲淡苦痛和血痕;日日斟出一杯微甘的苦酒,不太少,不太多,以能微醉为度,递给人间,使饮者可以哭,可以歌,也如醒,也如醉,若有知,若无知,也欲死,也欲生。他必须使一切也欲生;他还没有灭尽人类的勇气。

几片废墟和几个荒坟散在地上,映以淡淡的血痕,人们都在其间咀嚼着人我的渺茫的悲苦。但是不肯吐弃，以为究竟胜于空虚，各各自称为"天之僇民"[2]，以作咀嚼着人我的渺茫的悲苦的辩解，而且悚息着静待新的悲苦的到来。新的，这就使他们恐惧，而又渴欲相遇。

这都是造物主的良民。他就需要这样。叛逆的猛士出于人间；他屹立着，洞见一切已改和现有的废墟和荒坟，记得一切深广和久远的苦痛，正视一切重叠淤积的凝血，深知一切已死，方生，将生和未生。他看透了造化的把戏；他将要起来使人类苏生，或者使人类灭尽，这些造物主的良民们。

造物主，怯弱者，羞惭了，于是伏藏。天地在猛士的眼中于是变色。

> 吁求"叛逆的猛士"出现。《记念刘和珍君》中也曾写到"真的猛士"。敢于正视，忠于记忆，富于理性，没有这样的猛士，天地永远不会变色，而猛士安在？

一九二六年四月八日。

注　释

1　发表于1926年4月《语丝》周刊第75期。后编入《野草》。

2　"天之僇民"　僇，亦作戮。僇民，亦作戮人；受刑戮的人，罪人。《庄子·大宗师》："丘，天之戮民也。"

一觉[1]

飞机负了掷下炸弹的使命，像学校的上课似的，每日上午在北京城上飞行。[2]每听得机件搏击空气的声音，我常觉到一种轻微的紧张，宛然目睹了"死"的袭来，但同时也深切地感着"生"的存在。

隐约听到一二爆发声以后，飞机嗡嗡地叫着，冉冉地飞去了。也许有人死伤了罢，然而天下却似乎更显得太平。窗外的白杨的嫩叶，在日光下发乌金光；榆叶梅也比昨日开得更烂漫。收拾了散乱满床的日报，拂去昨夜聚在书桌上的苍白的微尘，我的四方的小书斋，今日也依然是所谓"窗明几净"。

因为或一种原因，我开手编校那历来积压在我这里的青年作者的文稿了；我要全都给一个清理。我照作品的年月看下去，这些不肯涂脂抹粉的青年们的魂灵便依次屹立在我眼前。他们是绰约的，是纯真的，——阿，然而他们苦恼了，呻吟了，愤怒，而且终于粗暴了，我的可爱的青年们！

谓书斋"今日也依然是所谓'窗明几净'"，是极简洁的反讽，对于自己在目下乱糟糟、血淋淋的环境之下过所谓的"书斋生活"的揶揄，明显的悲愤难耐。

魂灵被风沙打击得粗暴，因为这是人的魂灵，我爱这样的魂灵；我愿意在无形无色的鲜血淋漓的粗暴上接吻。漂渺的名园中，奇花盛开着，红颜的静女正在超然无事地逍遥，鹤唳一声，白云郁然而起……这自然使人神往的罢，然而我总记得我活在人间。

　　我忽然记起一件事：两三年前，我在北京大学的教员预备室里，看见进来了一个并不熟识的青年[3]，默默地给我一包书，便出去了，打开看时，是一本《浅草》[4]。就在这默默中，使我懂得了许多话。阿，这赠品是多么丰饶呵！可惜那《浅草》不再出版了，似乎只成了《沉钟》[5]的前身。那《沉钟》就在这风沙洞中，深深地在人海的底里寂寞地鸣动。

　　野蓟经了几乎致命的摧折，还要开一朵小花，我记得托尔斯泰曾受了很大的感动，因此写出一篇小说来。但是，草木在旱干的沙漠中间，拼命伸长他的根，吸取深地中的水泉，来造成碧绿的林莽，自然是为了自己的"生"的，然而使疲劳枯渴的旅人，一见就怡然觉得遇到了暂时息肩之所，这是如何的可以感激，而且可以悲哀的事！？

　　《沉钟》的《无题》——代启事——说："有人说：我们的社会是一片沙漠。——如果当真是一片沙漠，这虽然荒漠一点也还静肃；虽然寂寞一点也还会使你感觉苍茫。何至于像这样的混沌，这样的阴沉，而且这样的离奇变幻！"

只要记得所在的残酷的人间，便一定热爱被风沙打击得粗暴的魂灵。

　　回溯北大青年赠《浅草》事，并引《沉钟》文字，紧接着呈现青年的粗暴的魂灵，流血和隐痛的魂灵，这中间显然隐去了三一八血案，——青年的牺牲固然使人感到苦痛，但也因此粗暴——由苦恼呻吟而至粗暴，无论如何是一种进步——而得到安慰。

一觉

> 在疲劳中惊觉，就因为身外的青春——驰去——尚未完全驰去，故重复说到"昏黄"——之故，提示着个人做继续的战斗。"难以指名的形象"，当是纪念中叠加的青年形象。

是的，青年的魂灵屹立在我眼前，他们已经粗暴了，或者将要粗暴了，然而我爱这些流血和隐痛的魂灵，因为他使我觉得是在人间，是在人间活着。

在编校中夕阳居然西下，灯火给我接续的光。各样的青春在眼前——驰去了，身外但有昏黄环绕。我疲劳着，捏着纸烟，在无名的思想中静静地合了眼睛，看见很长的梦。忽而惊觉，身外也还是环绕着昏黄；烟篆在不动的空气中上升，如几片小小夏云，徐徐幻出难以指名的形象。

一九二六年四月十日。

注　释

1　发表于1926年4月《语丝》周刊第75期。后编入《野草》。

2　1926年4月间，冯玉祥的国民军和奉系军阀张作霖、李景林所部作战，奉军飞机曾多次轰炸北京。

3　指冯至，诗人，翻译家，河北涿县人。当时是北京大学国文系学生。

4　《浅草》　文艺季刊，浅草社编，1923年3月创刊。主要作者有林如稷、冯至、陈炜谟、陈翔鹤等。

5　《沉钟》　文艺刊物，沉钟社编，1925年10月10日在北京创刊。主要作者有浅草社同人和杨晦等。

诗

作为诗人,鲁迅新诗旧诗都作过。从当时寥落的诗坛来看,鲁迅的新诗是有着自己的创造的,朱自清对此有过公允的总结。可是,除后来几首讽刺诗以外,他不再写作新诗。因此,说到鲁迅的诗,实际上说的还是他的旧体诗。

鲁迅的旧诗写作有两种情形:一是有不能已于言者,非言说不可,如集中的悼亡诗。二是应友人索墨而作,用他的话说是"偶尔玩玩而已"。比起小说杂文,写诗于他不过余事。他说他是"不喜欢做新诗的","但也不喜欢做古诗";开始时,并不曾起意编入集中,这是的确的。然而,就在这样的诗作当中,仍然可以随处看到他作为一名思想战士的丰神。

鲁迅的旧诗,首次由友人杨霁云编入《集外集》内。集子送审时,文章被抽掉而保留了旧诗,鲁迅写信给编者说:"《集外集》止抽去十篇,诚为'天恩高厚',但旧诗如此明白,却一首也不删,则终不免'呆鸟'之讥。"所谓"明白",就是指诗中的讥评时政的内容。如集内的《送O.E.君携兰归国》《无题·大野多钩棘》《湘灵歌》《无题·洞庭木落楚天高》《二十二年元旦》《悼丁君》等,对于政府的专制高压,剪除异己,荼毒生灵,践踏文坛,抗议是明白的。后来收入《集外集拾遗》的，还有《赠邬其山》《无题二首·大江日夜向东流》《无题·血沃中原肥劲草》《赠画师》等，暴露自"清党"开始的系列血腥镇压的事实，直指南京政府，态度可谓激烈。其余诸篇亦系感时忧世之作，总之是明明白白表示不满的。

这些诗由于有感而发，并非为了发表，所以，能够在一种自然状态中体现固有的美学品格。鲁迅在文化观念上无疑是一个全面反传统的人，但是在审美方面，却是传统文化的优秀的继承者。他喜欢汉代石刻、明代版画，写文章喜欢夹带一些古字而不肯随俗，因为喜欢骈体文，以至在文中也用了许多对偶句子，连书名也做出对子来，像《呐喊》对《彷徨》，《三闲集》对《二心集》，《伪自由书》对《准风月谈》之类。写旧诗大概也可以算是他的一种不忍抛舍的积习罢。不过，以律绝短小的篇幅，抒一时的愤懑，除内在生命的必需之外，论文字的经济，实在是一件合算的事。

旧诗作为一种文体，早经获得它绝对的完成性。鲁迅说诗至唐代已经做完，就是这个意思。那么，他既利用这种旧形式，又将如何翻得出如来的掌心？

一是内容的突破。五四以后，许多新文学家"勒马回缰作旧诗"，都没有像鲁迅这样集中于政治的。他喜爱的诗人屈原和杜甫，写的都是政治诗，但是，所谓"荃不察余之中情兮"，所谓"致君尧舜上"，都无非在忠君的范围内打转，"而反抗挑战，则终其篇未能见"。鲁迅的旧诗，"立意在反抗，指归在动作"，是自千年以降从未有过的一种"摩罗"精神。二是风格的多样统一。鲁迅在旧诗形式中采用近体，近体在唐代萌蘖出来便随即成熟，特点是不长于叙事而善于抒情。其中杜甫和李商隐是诗路不同的两位诗人，后代无人可以逾越。鲁迅的《哀范君三章》《无题·大野多钩棘》《亥年残秋偶作》，苍凉沉郁，是典型的老杜风；又《送O.E.君携兰回国》《偶成》《悼丁君》《秋夜有感》，清丽绵密，则明显是小李风格。二者兼而有之的颇不少。还有别具风格者，澹荡如《送增田涉君归国》，诙谐如《自嘲》，放纵如《悼杨铨》，都是随意剪裁。至于"怒向刀丛觅小诗""但见奔星劲有声""于无声处听惊雷"一类，则无论如何是鲁迅所独有的了。

在古诗源中，鲁迅多取典于《离骚》，返顾高丘，哀其无女，是不同时代的清醒者的傲岸、悲愤与寂寞。屈原的"芳草美人"的象征手法，是他所常用的。李贺被认为是屈原的传人，也是他喜欢的诗人，周作人甚至怀疑他爱读安特莱夫也与李贺有关。在李贺身上，他吸取的是近于唯美主义的怪异的想象色彩。集中的《湘灵歌》，便是最突出的李贺式作品。但是，他更多地是把屈原的骚体和李贺的古歌行中的美学元素融入近体中来，使之更富含古典的意味。许寿裳对他的旧诗有很高的评价，说是作诗"虽不过是他的余事，偶尔为之，可是意境和音节，无不讲究，功夫深厚，自成风格"。即便在思想内容方面要求很现代，他也不愿意作美学的牺牲；且看他虽然有个别谐谑的诗章，在总体风格上，也仍然保持着一种严整的、蓄势的、暗示的姿势，而不像后来的散宜生诗一味地"打油"到底。

新文学家作旧诗，往往不是沾带了过多的名士气，即一味地

"旧",便是不惜稀释为大白话,做"大众的新帮闲",美其名曰"革新"。鲁迅说过"旧瓶可以装新酒,新瓶也可以装旧酒"。许多诗人的旧诗,其实大抵是用了旧瓶装的旧酒,许多看起来新,其实仍然是旧。唯鲁迅用旧瓶装了最新的酒,且是"家酿";且细心拭擦旧瓶,使之焕发昔日的永在的光辉,一如济慈《希腊古瓮颂》里所颂赞的那样。

莲蓬人[1]

　　芰裳荇带[2]处仙乡，风定犹闻碧玉香。鹭影不来秋瑟瑟[3]，苇花伴宿露瀼瀼[4]。扫除腻粉呈风骨，褪却红衣学淡妆。好向濂溪[5]称净植，莫随残叶堕寒塘！

> 全在"风骨"二字。通过对净植的莲蓬人的赞美，展示了少年鲁迅的孤傲的品格，一种不随流俗的洁癖。

注　释

1　录自周作人日记，写于1900年，署名戛剑生。后编入《集外集拾遗补编》。莲蓬，又名莲房，是莲花凋谢后结的果实，状如小碗，有孔二三十，中藏莲子，各孔分隔如房，故名莲房。莲蓬人，取其高标水面、亭亭玉立如处子，故名。

2　芰裳荇带　用菱叶做衣裳，用荇菜做衣带。芰，菱；荇，荇菜；都是水生植物。

3　瑟瑟　形容细碎的声音，此指风声。

4　瀼瀼　露水浓重貌。

5　濂溪　周敦颐（1017—1073），字茂叔，后人称濂溪先生，道州营道（今湖南道县人），北宋理学家。他在《爱莲说》中说："出淤泥而不染，濯清涟而不妖，中通外直，不蔓不枝，香远益清，亭亭净植，可远观而不可亵玩焉。"

和仲弟送别元韵并跋[1]

梦魂常向故乡驰,始信人间苦别离。
夜半倚床忆诸弟,残灯如豆月明时。

日暮舟停老圃家,棘篱绕屋树交加。
怅然回忆家乡乐,抱瓮何时共养花?

春风容易送韶年,一棹烟波夜驶船。
何事脊令[2]偏傲我,时随帆顶过长天!

仲弟次予去春留别元韵三章,即以送别,并索和。予每把笔,辄黯然而止。越十余日,客窗偶暇;潦草成句,即邮寄之。嗟乎!登楼陨涕[3],英雄未必忘家;执手消魂[4],兄弟竟居异地!深秋明月,照游子而更明;寒夜怨笳,遇羁人而增怨。此情此景,盖未有

> 在儒家文化传统中,"国"从来是大于"家"的;独裁者以"家"的面貌建构"国",即所谓"家天下",又另当别论。所以,汉朝大将霍去病曾说:"匈奴未灭,何以家为!"这里说的是"英雄未必忘家",正如后文的《答客诮》诗中的"无情未必真豪杰",表现了诗人十分人性的方面。

不悄然以悲者矣。

辛丑仲春戛剑生拟删草

注　释

1　录自周作人日记,写于1901年4月初。后编入《集外集拾遗补编》。

2　脊令　鸟名。《诗经·小雅·棠棣》："脊令在原,兄弟急难。"后以脊令比喻兄弟友爱,急难相助。

3　登楼陨涕　东汉王粲《登楼赋》："悲旧乡之壅隔兮,涕横堕而弗禁。"

4　执手消魂　南朝宋江淹《别赋》："黯然消魂者,惟别而已矣。"

自题小像[1]

关于本诗的写作时间众说不一,但无论作于1902年,或作于1903年,亦无论是先写诗后断发,抑或照相与题诗在同一时间,若从西洋典故"神矢"及流行名词"轩辕"看,作为民族革命策源地——东京的政治气候的产物,应当是没有疑问的。许多注家太拘泥于具体事件,其实透过时代氛围做抽象的象征的理解,倒是更为恰切的。其中,许寿裳解释道:"首句说留学外邦所受刺激之深,次写遥望故国风雨飘摇之忧,三述同胞未醒,不胜寂寞之感,末了直抒怀抱,是一句毕生实践的格言。"言简意赅,可谓知己者言。

灵台[2]无计逃神矢[3],
风雨如磐暗故园。
寄意寒星荃不察[4],
我以我血荐轩辕[5]。

注　释

1　原诗无题，据作者1931年重写手迹，下注"二十一岁时作，五十一岁时写之，时辛未二月十六日也"。许寿裳1937年1月发表《怀旧》一文，其中说："1903年他23岁，在东京有一首《自题小像》赠我。"后编入《集外集拾遗》。诗题从许说，为编者所加。

2　灵台　心。《庄子·庚桑楚》："不可内（纳）于灵台。"晋代郭象注："灵台者，心也。"

3　神矢　爱神的箭。据古罗马神话，爱神丘比特的金箭射在青年男女的心上，便会产生爱情。

4　荃不察　屈原《离骚》："荃不察余之中情兮，反信谗而齌怒。"汉代王逸注："荃，香草，以喻君也。"荃，这里指国民。

5　荐轩辕　荐，供献，奉献。《穀梁传》："无牲而祭曰荐。"轩辕，即黄帝，我国古代传说中的上古帝王，汉民族的始祖；这里指代祖国。

哀范君三章[1]

起句写实。作诗之夕，日记云"大雨"；许寿裳于次日见此诗时，亦云"大风雨凄黯之极"；又《范爱农》文记范爱农溺水时，也是"大风雨"。然而，此句又确乎是革命政权危殆的象征。

许寿裳说尤爱"狐狸"一联，说是"因为他在那时已经看出袁世凯要玩把戏了"。诗中"狐狸"当指清政府，"桃偶"则指封建复辟势力，虽然未必确指袁世凯个人，但对当时政治形势的判断是十分准确、深刻的。

其一

风雨飘摇日，余怀范爱农。
华颠[2]萎寥落，白眼[3]看鸡虫[4]。
世味秋荼苦，人间直道穷。
奈何三月别，竟尔失畸躬！

其二

海草国门碧[5]，多年老异乡。
狐狸方去穴，桃偶[6]已登场。
故里寒云恶，炎天凛夜长。
独沉清冷水，能否洗愁肠？

其三

把酒论当世,先生小酒人。
大圜[7]犹茗艼[8],微醉自沉沦。
此别成终古,从兹绝绪言[9]。
故人云散尽,我亦等轻尘!

> "大圜"句借《楚辞·渔父》诗意,说整个中国社会酩酊大醉,范爱农不过"微醉"而已,究竟比周围的人们清醒许多,却竟自投水而死,读来尤觉痛惜。结句乃悲愤之言。

注 释

1. 本篇最初发表于1912年8月21日绍兴《民兴日报》,署名黄棘。稿后附记说:"我于爱农之死,为之不怡累日,至今未能释然。昨忽成诗三章,随手写之,而忽将鸡虫做入,真是奇绝妙绝,辟历一声,速死豕之大狼狈矣。今录上,希大鉴定家鉴定,如不恶,乃可登诸《民兴》也。天下虽未必仰望已久,然我亦岂能已于言乎。二十三日,树又言。"后编入《集外集拾遗》。

2. 华颠 白头。

3. 白眼 露出眼白,表示鄙视或厌恶。

4. 鸡虫 比喻势利小人。杜甫《缚鸡行》:"鸡虫得失无了时。"按绍兴方言,"鸡虫"与"几仲"谐音。何几仲是辛亥革命后中华自由党绍兴分部骨干分子。范爱农1912年5月9日给鲁迅写信说,他被逐出校,"统系何几仲一人所主使"。这里"鸡虫"是双关语,故作者说做入诗中是"奇绝妙绝"。

5. 海草国门碧 李白《早春于江夏送蔡十还家云梦序》:"海草三绿,不归国门。"

6. 桃偶 用桃树梗刻成的木偶、傀儡,比喻受人操纵的权力人物。

7　大圜　即天。《吕氏春秋·序意》:"爰有大圜在上,大矩在下。"

8　茗艼　同酩酊。

9　绪言　已发而未尽的言论。《庄子·渔夫》:"曩者先生有绪言而去。"成玄英疏:"绪言,余论也。"

他们的花园[1]

小娃子，卷螺发，

银黄面庞上还有微红，——看他意思是正要活。

走出破大门，望见邻家：

他们大花园里，有许多好花。用尽小心机，得了一朵百合；又白又光明，像才下的雪。

好生拿了回家，映着面庞，分外添出血色。

苍蝇绕花飞鸣，乱在一屋子里——"偏爱这不干净花，是胡涂孩子！"忙看百合花，却已有几点蝇矢。

看不得；舍不得。

瞪眼望天空，他更无话可说。说不出话，想起邻家：

他们大花园里，有许多好花。

白话文运动兴起时，鲁迅曾作过一小批新诗，几乎都取象征主义手法，但思维过于理性，韵律囿于传统，影响了诗意的自由表达。本诗是其中的一首，从主体到风格，都有一定的代表性。诗中写到"邻家"有"大花园"（对应于自家的"破大门"），园内有许多好花，但当小主人把一朵雪白的百合花拿回来时，却随即被蝇矢弄脏了。什么好东西来到本国，都要改变颜色，弄得一塌糊涂。在这里，诗人明显地表现为一个中国文化的批判者，或称为西方主义者。

注　释

1　发表于1918年7月《新青年》第5卷第1号，署名唐俟。后编入《集外集》。

赠邬其山[1]

廿年居上海，每日见中华。
有病不求药，无聊才读书。
一阔脸就变，所砍头渐多。
忽而又下野[2]，南无阿弥陀[3]。

> 首联总起下文，揭露国民党军阀政客的残忍、无耻、虚伪、善变的嘴脸，以及统治集团内部互相倾轧的情形。结句一语双关，既指"下野而念佛"，又含有"罪过罪过""活该活该""谢天谢地"之意。手迹中，"南无阿弥陀"五个字写得特别大，特别夸张，顿显讽刺的意味。

注　释

1　本篇手迹题款为："辛未初春，书请邬其山仁兄教正。"收入《集外集拾遗》。

邬其山，即内山完造（1885—1959），日本人，1913年来华，后在上海开设书店。1927年10月与鲁迅结识，多有交往。著有《活中国的姿态》。"邬其"，"内"字的日语读音。

2　下野　当权人物失势下台，旧称下野。

3　南无阿弥陀　　佛家语。南无，梵文Namas的音译，意译为归教、归命、敬礼；佛教徒常用在佛、菩萨或经典名字之前，表示尊敬之意。阿弥陀，即阿弥陀佛，根据佛经，他是西方极乐世界的教主，所以寺庙里常与释迦、药师一起塑像供奉。

无题二首[1]

其一

大江日夜向东流,
聚义群雄又远游。
六代绮罗[2]成旧梦,
石头城[3]上月如钩。

其二

雨花台边埋断戟,
莫愁湖里余微波。
所思美人不可见,
归忆江天发浩歌[4]。

"群雄"在这里喻指国民党的"革命新贵",时而"聚义"(团结),时而"远游"(分裂),但无论如何演变,都不能挽救南京(政府)颓败的命运。石头城上,冷月如钩,仿佛作为历史的见证:看六代绮罗,不也是旧梦一场么?新梦未曾言说,起句之"大江日夜向东流",其一去不返,已明乎其旨了。

开头两句寓"清党"时事,并抒发思古之幽情。诗人一度神往之革命中国,已不可得见,只好发浩歌以寄慨。"美人",《楚辞》用法,寄寓一种理想。

注　释

1. 《鲁迅日记》1931年6月14日："为宫崎龙介书一幅云：'大江日夜向东流，……'又为白莲女士书一幅云：'雨花台边埋断戟，……。'"据手迹，"群雄"作"英雄"，"不可见"作"杳不见"。后编入《集外集拾遗》。

   宫崎龙介（1892—1971），日本律师，曾协助孙中山从事革命活动的宫崎寅藏（又名白浪庵滔天）的侄子。白莲女士，即柳原烨子（1885—1967），日本女作家，宫崎龙介的夫人。他们二十世纪三十年代初访问中国，是经内山完造介绍认识鲁迅的。

2. 六代，即历史上的吴、东晋、宋、齐、梁、陈六朝，先后均建都南京。绮罗，华贵而有文采的丝织品，这里喻指南京的繁华景象。

3. 石头城　指南京。古城本名金陵，故址在今南京西石头山后面。

4. 浩歌　高歌。《楚辞·九歌·少司命》："望美人兮未来，临风怳兮浩歌。"

无题[1]

惯于长夜过春时，挈妇将雏[2]鬓有丝。
梦里依稀[3]慈母泪，城头变幻大王[4]旗。
忍看朋辈成新鬼，怒向刀丛觅小诗。
吟罢低眉无写处，月光如水照缁衣[5]。

注　释

1　本诗作于1931年2月，1932年2月写《为了忘却的记念》时附入此诗。原诗"忍看"作"眼看"，"刀丛"作"刀边"。

2　挈妇将雏　挈，携；妇，这里指夫人许广平。将，搀扶；雏，幼儿，这里指海婴。

3　依稀　仿佛、隐约可见。

4　大王　北方通称强盗为大王。

5　缁衣　黑色衣服。据许寿裳《亡友鲁迅印象记》所证，诗人当时正好穿着一件黑色袍子。

据许寿裳《鲁迅的避难生活》所记，鲁迅1930年3月因自由运动大同盟事被通缉离寓，1931年1月又因柔石被捕离寓，并前1926年因"三一八惨案"避难，皆在春季，故曰"惯于"。但全句也可作鲁迅一生的写照。

"慈母"在这里可指柔石母亲，也可指鲁迅母亲（见《为了忘却的记念》），还可指牺牲了儿女的广大中国的母亲。"大王"指权势者、独裁者。

"忍看"应读作"不忍看"，一种反诘、抗辩的句式。

鲁迅的"横眉"是著名的，然而亦有"低眉"时候。有关当局控制言论，即"无写处"，鲁迅在文章及书信曾多次写及。

起句点出"长夜"，次联写"梦"，三联写"鬼"，结以"月光"，都在写黑暗。末句寓情于景，动极而静，可谓怆然无限。

关于此诗，柳亚子评云："郁怒情深，兼而有之。"许寿裳评云："全首真切哀痛，为人们所传诵。"郭沫若评云："原诗大有唐人风韵，哀切动人，可称绝唱。"

送O.E.君携兰归国[1]

托事寄兴,借兰立言。首句本事为左联五作家之死(与写作本诗时间相距五天),次句乃自述避居花园庄,末两句是对黑暗中国的现状的感言。一周后,有信致时在日本的学生李秉中说:"生丁此时此地,真如处荆棘中,国人竟有贩人命以自肥者,尤可愤叹。"兰生棘中,仍用《楚辞》典故,寓对立、对抗之意。

椒焚桂折佳人老[2],
独托幽岩展素心[3]。
岂惜芳馨遗远者[4],
故乡如醉有荆榛[5]。

二月十二日

注　释

1　《鲁迅日记》1931年2月12日:"日本京华堂主人小原荣次郎君买兰将东归,为赋一绝句,书以赠之。"

O.E.,即小原荣次郎的罗马字拼音(Obara Eijiro)的缩写。当时他在东京开设京华堂,经营中国文玩和兰草。本诗与《无题》("大野多钩棘")、《湘灵歌》一同发表于1931年8月《文艺新闻》第22号。后编入《集外集》。

2　椒焚桂折佳人老　椒，香料；桂，一种芳香的树木；佳人，美人。全句比喻优秀的人物或美好的事物惨遭摧残。

3　独托幽岩　《楚辞·九章·涉江》："哀吾生之无乐兮，幽独处乎山中。"素心指本心，见江淹诗："素心本如此。"亦有心地纯洁意，见陶潜诗："闻多素心人，乐于数晨夕。"另，素心为兰花的一种，称素心兰，是其中较为名贵者。

4　遗远者　赠予远来的人。

5　荆榛　荆棘杂草，比喻恶势力。

无题[1]

其时，国民党中央军从军事上实行"剿"共，全国确乎笼罩在战云之中。但是，本诗并非专写战争，而是感时忧愤之作。中间两联利用律诗固有的对仗形式，提供了两组对比的画面：一是豪贵对百姓，二是社会对个人。"秦醉"，相当于"故乡如醉"，对句则与"泽畔有人吟不得"的意思相似。全诗突出一个"静"字，一种肃杀，一种沉默，着力表现权力者摧残之甚。末联用进层写法，"风波一浩荡，花树已萧森"，何堪再受摧折呢！

大野多钩棘[2]，
长天列战云。
几家春袅袅，
万籁静愔愔[3]。
下土惟秦醉[4]，
中流辍越吟[5]。
风波一浩荡，
花树已萧森。

三月

注　释

1. 据《鲁迅日记》，本诗是1931年3月5日书赠日本友人片山松藻（内山嘉吉夫人）的。后编入《集外集》。

2. 钩棘　双关语。一为荆棘，如"故乡如醉有荆榛"句意；二为钩戟，古兵器名。谢灵运《撰征赋》序："钩棘未曜。"

3. 万籁静　寂静无声。籁，乐器发声的孔窍；万籁，泛指一切声响；愔愔，静默的样子。

4. 下土惟秦醉　到处沉醉在一种太平景象里。下土，天下。秦醉，汉代张衡《西京赋》："昔者，大帝说（悦）秦穆公而觐之，飨以钩天广乐。帝有醉焉，乃为金策，锡（赐）用此土，而剪诸鹑首。"鹑首，星次名，我国古代将星宿分为十二次，配属各国，鹑首指秦国疆土。

5. 越吟　故国之歌。《史记·张仪列传》："越人庄舃仕楚执珪，有顷而病。楚王曰：'舃故越之鄙细人也，今仕楚执珪，贵富矣，亦思越不？'中谢对曰：'凡人之思故，在其病也。彼思越则越声，不思越则楚声。'使人往听之，犹尚越声也。"王粲《登楼赋》："钟仪幽而楚奏兮，庄舃显而越吟；人情同于怀土兮，岂穷达而异心。"

湘灵歌[1]

全诗糅合了神与人的故事而成。背景并非特指1930年"长沙事件"或别的事件，乃因全诗用的是《楚辞》原典，湘水湘灵由此化出是很自然的事，其实所写是全景式的，是整个黑暗、血腥、无声的中国。想象瑰诡，设色秾艳，以状政治暴力及社会恐怖，这是李贺式的；尾联沉郁中带反讽，则是鲁迅式的。

昔闻湘水碧如染，今闻湘水胭脂痕。[2]
湘灵妆成照湘水，皎如皓月窥彤云。
高丘寂寞竦中夜，芳荃零落无余春。
鼓完瑶瑟人不闻，太平成象[3]盈秋门。[4]

三月

注　释

1　据《鲁迅日记》，本诗是1931年3月5日书赠日本友人松元三郎的。诗中"如染"作"于染"，"皎如皓月"作"皓如素月"，"零落"作"苓落"。后编入《集外集》。

湘灵，湘水之神，又名湘君、湘夫人、帝子。《楚辞·远游》："使湘灵鼓瑟兮，令海若舞冯夷。"《后汉书·马融传》唐代李贤注："湘灵，舜妃，溺于湘水，为湘夫人也。"

2　胭脂痕　此指血痕。李贺《雁门太守行》："塞上胭脂凝夜紫。"

3　太平成象　《资治通鉴》记载唐文宗太和六年之事："会上御延英，谓宰相曰：'天下何时当太平，卿等亦有意于此乎？'僧孺对曰：'太平无象。今四夷不至交侵，百姓不至流散，虽非至理，亦谓小康。陛下若别求太平，非臣等所及。'""太平成象"即从"太平无象"化出，有反讽之意。

4　秋门　唐代李贺诗《自昌谷到洛后门》："九月大野白，苍岑竦秋门。"明代曾益引《洛阳故宫纪》注云："洛阳有宜秋门千秋门。"洛阳一度是唐朝的京都，故借指南京。

送增田涉君归国[1]

扶桑[2]正是秋光好,枫叶如丹照嫩寒。
却折垂杨送归客,心随东棹[3]忆华年[4]。

十二月二日

> 先写年华消度之境,次写折柳送归之时,再写心随东棹之意,最后才点到一个"忆"字,自是追思无限。随境写怀,直述而下,清丽自然。

注 释

1 本诗是1931年12月2日作送增田涉归国的。后编入《集外集拾遗》。

　　增田涉(1903—1977),日本的中国文学研究者,曾在日本多所大学任教。1931年他来到上海,在鲁迅的指导和帮助下翻译《中国小说史略》。著有《中国文学史研究》《鲁迅的印象》等。

2 扶桑　日本的别称。

3 东棹　东驶的航船。棹,船桨,指代船。

4 华年　美好的青年时代。作者1902年留学日本,1909年返国,居留日本的前后八年,正是他的青春时期。

好东西歌[1]

南边整天开大会[2]，北边忽地起烽烟[3]，北人逃难南人嚷，请愿打电闹连天。还有你骂我来我骂你，说得自己蜜样甜。文的笑道岳飞假，武的却云秦桧奸。相骂声中失土地，相骂声中捐铜钱，失了土地捐过钱，喊声骂声也寂然。文的牙齿痛，武的上温泉，后来知道谁也不是岳飞或秦桧，声明误解释前嫌，大家都是好东西，终于聚首一堂来吸雪茄烟。

> "谁也不是岳飞或秦桧"，此句妙极。
>
> 鲁迅文中有"人面东西"一语，这里虽道是"好东西"，亦终不是人。

注　释

1　发表于1931年12月上海《十字街头》半月刊第1期，署名阿二。后编入《集外集拾遗》。

2　南边整天开大会　指九一八事变后，国民党内部因派系纷争而召开的一系列会议。

3　北边忽地起烽烟　指1931年11月27日，日军进攻锦州一事。

公民科歌[1]

诗中有几处故意不押韵，使读来因别扭、蹩脚、一味胡来而捧腹。口口声声谈公民，却不知公民为何物，充分体现一个军阀头子"捏刀管教育"之横蛮无理，荒谬透顶。

何键[2]将军捏刀管教育，说道学校里边应该添什么。首先叫作"公民科"，不知这科教的是什么。但愿诸公勿性急，让我来编教科书，做个公民实在弗容易，大家切莫耶耶乎[3]。第一着，要能受，蛮如猪猡力如牛，杀了能吃活就做，瘟死还好熬熬油。第二着，先要磕头，先拜何大人，后拜孔阿丘，拜得不好就砍头，砍头之际莫讨命，要命便是反革命，大人有刀你有头，这点天职应该尽。第三着，莫讲爱，自由结婚放洋屁，最好是做第十第廿姨太太，如果爹娘要钱化，几百几千可以卖，正了风化又赚钱，这样好事还有吗？第四着，要听话，大人怎说你怎做。公民义务多得很，只有大人自己心里懂，但愿诸公切勿死守我的教科书，免得大人一不高兴便说阿拉[4]是反动。

注 释

1 发表于1931年12月《十字街头》半月刊第1期,署名阿二。后编入《集外集拾遗》。

2 何键任国民党湖南省政府主席时,曾向国民党第四次代表大会提议:"中小课程应增设公民科,以保持民族固有道德而拯已溺之人心。"

3 耶耶乎　上海一带方言,意为马马虎虎。

4 阿拉　上海一带方言,即我。

无题[1]

血沃中原肥劲草，寒凝大地发春华。
英雄多故[2]谋夫病，泪洒崇陵[3]噪暮鸦。

> 头两句气象阔大，虽中原多难，血沃寒凝，却因此而生机勃发。"肥""劲""发"等字，极具生命力。"英雄""谋夫"统称国民党政要，这里不必特指；"多故"呀，"病"呀，"泪洒崇陵"呀，其人其事，各有所本，但都可以看作统治集团内部的斗争，恰如群鸦鼓噪一般。点一"暮"字，是为一种宿命。前后比照，充分显示了诗人的战略家风度。

注　释

1　本诗是1932年1月23日书赠日本友人高良夫人的。后编入《集外集拾遗》。

　　高良夫人，即高良富子，日本某大学教授，从事日本基督教妇女和平运动。居留上海期间，在内山完造家中认识鲁迅，回国后曾以日本出版的《唐宋元明名画大观》一函二本寄赠，鲁迅为此专函致谢。

2　多故　多事。

3　崇陵　高大的陵墓。此指南京中山陵。

偶成[1]

文章如土[2]欲何之[3],
翘首东云[4]惹梦思。
所恨芳林寥落甚,
春兰秋菊不同时。

三月

1927年6月,鲁迅在一篇译文附记中写道:"遥想日本言论之自由,真'不禁感慨系之矣'!""日本风景幽美,常常怀念。"这是他给日本友人信中说的。作为诗人青年留学之地,当年弃医从文,希望以文艺改造社会,如今何为?这些都可能成为"梦思"的内容。

唐人李义山《代魏宫私赠》诗云:"来时西馆阻佳期,去后漳河隔梦思。知有宓妃无限意,春兰秋菊可同时。"鲁迅喜欢义山诗,本诗很可能由此获得灵感,"梦思"一词的使用便非偶然。倘如此,诗中即反义山之意而用之,即"春兰秋菊"都不在此时("芳林寥落"之时)开放。

注　释

1 本诗是1932年3月31日书赠沈松泉的。后编入《集外集拾遗》。

　　沈松泉　浙江吴兴人，上海光华书局的创办者。作者所译的《艺术论》等书即由光华书局出版。当时，沈松泉将去日本留学，本诗当是送行之作。

2 文章如土　鲁迅信中虽有"文章不值钱"的说法，在此当取广延之意，即文坛遭到践踏，作家被杀，书刊遭禁。

3 欲何之　欲何往，想到哪里去。之，往、到的意思。

4 东云　东方的云，这里借指日本。

自嘲[1]

运交华盖[2]欲何求,
未敢翻身已碰头。
破帽遮颜过闹市,
漏船载酒泛中流[3]。
横眉冷对千夫指[4],
俯首甘为孺子牛[5]。
躲进小楼成一统,
管他冬夏与春秋。

十月十二日

全诗叙写个人的险恶处境,并表示了对此境遇的针锋相对的态度。鲁迅曾经表示,要学习天津"青皮"(流氓)的"韧"的精神,诗中取嘲谑的笔调,显得从容澹定,游刃有余。

毛泽东在《在延安文艺座谈会上的讲话》对本诗颈联做出的解说已超越诗人本意,是典型的政治家的解说。

"成一统",有捎带讽刺国民党置社会舆论于不顾,坚持"一党专政"("统一")之意。

注　释

1 《鲁迅日记》1932年10月12日："午后为柳亚子书一条幅,云:'运交华盖欲何求,……达夫赏饭,闲人打油,偷得半联,凑成一律以请'云云。"诗中"破帽"作"旧帽","漏船"作"破船"。后编入《集外集》。

　　柳亚子(1887—1958)名慰高,后改弃疾,号亚子。江苏吴江人。诗人。早年参加反清革命,为南社创始人之一。著有磨剑室诗集、词集、文集,另有《柳亚子诗词选》行世。

2 运交华盖　倒装句,即交华盖运。《华盖集·题记》说:"这运,在和尚是好运:顶有华盖,自然是成佛作祖之兆,但俗人可不行,华盖在上,就要给罩住了,只好碰钉子。"

3 中流　江河中心的急流。

4 千夫指　指众论敌的围剿。《汉书·何武王嘉师丹传》:"里谚曰:'千人所指,无病而死。'"作者在书信中也曾用过此语。

5 孺子牛　指服务于幼小者。孺子,幼儿。《左传·哀公六年》:"鲍子曰:女忘君之为孺子牛而折其齿乎?而背之也!"晋代杜预注:"孺子,荼也。景公尝衔绳为牛,使荼牵之。荼顿地,故折其齿。"

答客诮[1]

无情未必真豪杰，

怜子[2]如何不丈夫。

知否兴风狂啸者[3]，

回眸时看小於菟[4]。

十二月

> 以兴风狂啸的猛虎爱护幼虎作比，表现了鲁迅深厚的父爱和对儿子海婴的深切期望之情。诗中一连使用"未必""如何""知否"等词，使表白化为论辩，加强了感情的分量。

注　释

1　据《鲁迅日记》，本诗是1932年12月31日书赠郁达夫的。但又曾书赠日本友人坪井，其中题署："未年之冬戏作录请坪井先生哂正，鲁迅。""未年"即辛未年，本诗当作于1931年。后编入《集外集拾遗》。

2　怜　怜爱。

3　兴风狂啸者　指猛虎。《易经·乾·文言》："云从龙，风从虎。"

4　於菟　即虎。《左传·宣公四年》："楚人……谓虎於菟。"於，乌的古字。

所闻[1]

华灯照宴敞豪门,娇女严装侍玉樽。

忽忆情亲[2]焦土[3]下,佯[4]看罗袜掩啼痕[5]。

十二月

本诗是豪门夜宴中一位侍女的特写。"啼痕"透露了她的不幸——"情亲"葬于"焦土"——遭遇,但须"佯看"以"掩",可指目下处境的不堪。这是对战争的控诉,同时,也披露了身为奴隶的未被征服的心。许寿裳在《怀旧》中说:"这里一方写豪奢,一方写无告,想必是1932年'一·二八'闸北被炸毁后的所闻。"诗是书赠日本友人的,不妨认为,这是诗人发出的关于侵略战争给中国人民带来不幸和心的反抗的信息。

注 释

1 本诗作于1932年12月31日,书赠内山夫人。诗原无题,编入《集外集拾遗》时,为作者所加。

2 情亲 指情人、爱人。李白《赠段七娘》:"罗袜凌波生网尘,那能得计访情亲。"孟浩然《九日得新字》:"茱萸正可佩,折取寄情亲。"

3 焦土 烈火烧焦的土地,这里指战火。

4 佯 假装。

5 啼痕 泪痕。

无题二首[1]

其一

故乡黯黯锁玄云[2],
遥夜迢迢隔上春[3]。
岁暮何堪再惆怅,
且持卮酒[4]食河豚。

其二

皓齿吴娃[5]唱柳枝[6],
酒阑[7]人静暮春时。
无端旧梦驱残醉,
独对灯阴忆子规[8]。

首二句乃《哀范君三章》中"故里寒云恶,炎天凛夜长"句意。下文中的"何堪""且"字的使用,表达了诗人的悲愤与无奈。"持卮酒"而"食河豚",故作旷达语罢了。

旧梦与子规相关,思乡故也。全篇沉静幽邃,近乎晚唐风格。

注　释

1　据《鲁迅日记》1932年12月31日："为知人写字五幅，皆自作诗。……为滨之上学士云：'故乡黯黯锁玄云，……。'为坪井学士云：'皓齿吴娃唱柳枝，……。'"后编入《集外集拾遗》。滨之上和坪井，是开设在上海的日本筱崎医院的医生，都为作者诊治过疾病。

2　玄云　黑色的云。

3　上春　新春。梁元帝《纂要》："正月曰孟春，亦曰上春。"

4　卮酒　卮，酒杯。卮酒，斟满了酒的酒杯。

5　吴娃　泛指江南苏州一带的女子。

6　柳枝　古代民间曲调。唐代进入教坊，刘禹锡、白居易等文士多所唱和。白居易《杨柳枝词》有云："古歌旧曲君休问，听取新翻《杨柳枝》。"又自注说："《杨柳枝》，洛下新声也。"这里指当时的流行歌曲。

7　酒阑　酒席将尽未尽的时候。《史记·高祖本纪》裴骃集解："阑，言希也。饮酒者半罢半在谓之阑。"

8　子规　即杜鹃。师旷《禽经》："江左曰子规，蜀右曰杜宇，一名杜鹃，暮春时，杜鹃啼至出血而死。"又云："春夏有鸟若云不如归去，乃子规也。"

无题[1]

洞庭木落[2]楚天高,
眉黛[3]猩红[4]涴[5]战袍。
泽畔[6]有人吟不得,
秋波渺渺失离骚[7]。

十二月

> 国民党中央为了"剿"共,不惜发动战争,继续屠戮的事业。诗中突出妇女被杀,其惨无人道可见。此时,文化界同样大张挞伐,连屈原式人物也不敢歌吟,《离骚》失去端绪,更无须说反抗挑战之声了。全诗以深秋为背景,分文、武两条线索,彼此联系,互为衬托,共同渲染一种肃杀之气。据刘大杰回忆,郁达夫最喜爱这首诗,评为鲁迅七绝中的压卷之作。

注 释

1 据《鲁迅日记》,本诗是1932年12月31日书赠郁达夫的;诗中"木落"作"浩荡","猩红"作"心红","吟不得"作"吟亦险"。后编入《集外集》时,改定文字,并加题为《无题》。

2 洞庭木落　《楚辞·九歌·湘夫人》:"袅袅兮秋风,洞庭波兮木叶下。"

3 眉黛　指妇女。黛,古代为女子画眉用的青色的黛石。

4　猩红　这里指鲜血。

5　浼　染污，弄脏。

6　泽畔　湖边。《楚辞·渔父》:"屈原既放,游于江潭,行吟泽畔。"

7　离骚　屈原被放逐后所作的长诗。

赠画师[1]

风生白下[2]千林暗,
雾塞苍天百卉殚[3]。
愿乞画家新意匠[4],
只研朱墨[5]作春山。

一月二十六日

> 阴云惨雾,花木凋零;而"风生白下",黑暗正来源于南京(政府)。首联以严谨的偶对,对当时中国的政治现实做了象征性的概括,态度十分鲜明。鉴于此,诗人转而希望画家另运新意,用红艳的颜色画出一片春山,"只研朱墨",一个"只"字,足见"愿乞"的专诚,寄寓了一种光明的理想。

注 释

1 本诗作于1933年1月26日,并书赠日本画家望月玉成。后编入《集外集拾遗》。

2 白下 白下城,故址在今南京金川门外。唐初曾移金陵县于此,改名白下县,故后人以白下为南京的别称。

3 百卉殚 百花凋谢净尽。卉,草的总称;百卉,指众多花草。殚,尽也。

4 意匠 犹匠心,一种艺术构思。陆机《文赋》:"意习契而为匠。"

5 朱墨 即红颜料制成的墨。

题《呐喊》[1]

弄文罹[2]文网,
抗世违[3]世情。
积毁可销骨[4],
空留纸上声。

三月

"昔曾弄笔,志在革新",却陷身于文网之中;反抗时世,反为社会所弃。"文网"一词,在鲁迅三十年代的文章和书信中频频出现,如"捕杀的网罗,张遍了全中国";"现在文网密极,动招罪尤"等。鲁迅著作全被秘密禁止,而他本人被撤职、遭通缉,前后数次离家避难,都属"罹文网"范围。首句针对权势者,次句针对"老社会"。"违"字不宜作"违反""违抗"解,这样与"抗世"一词意犯重复,似应解作"离弃""排斥"更合适些,引申开来,即是遭到社会的报复。如此前所说的"保守家们的压迫和陷害","老先生们""深恶而痛绝之",又此后关于"文氓""文痞"之类的造谣诽谤,都是为"世情"所"违"的例子。其实头两句的语法结构是一致的,从意义上说同样带有一层因果关系在内。"积毁可销骨",这"毁"自然来自以上两个方面,"销骨"则极言所受的压迫和打击之甚。结句"空留纸上声","纸上声"指的《呐喊》,也泛指个人的著作。多少皇皇大文转眼成为烟埃,而作为奴隶的反抗之声却留了下来,这里含有自信和自慰的意思;然而此"声"毕竟留于"纸上",即使"在言论中求得胜利",又有何力量可言呢!于是,落一"空"字就变得很自然了。

注　释

1　《鲁迅日记》1933年3月2日："山县氏索小说并题诗，于夜写二册赠之。《呐喊》云：'弄文罹文网，……。'"后编入《集外集拾遗》。山县氏，即山县初男，日本友人，经内山完造介绍认识鲁迅。

2　罹　遭遇，遭受。

3　违　离，弃。

4　积毁可销骨　意谓不断的诽谤，积累日久足以置人于毁灭之地。语出《史记·张仪列传》："众口铄金，积毁销骨。"

题《彷徨》[1]

寂寞新文苑,
平安旧战场[2]。
两间[3]馀一卒,
荷戟独彷徨[4]。

　　　　三月

从前注家多从对新文化运动的总结及二十年代初期作者个人的思想状况的追忆两个方面解说本诗,其实也反映了诗人即时的某种心境。虽然他早就表示说"我已决定不再彷徨,拳来拳对,刀来刀当";又说"彷徨"是很不好的,"愿以后不再这模样",但由于处境的复杂艰难,且取一直"独战"——后来他又另有说法是"横站着作战"——的方式,也都常常使他感到疑虑、愤懑、寂寞和悲哀,这是有他大量的书信为据的。对于鲁迅晚年的"彷徨"心境,是不必为之讳言的。

注 释

1 据《鲁迅日记》,本诗是1933年3月2日为日本山县初男索取《彷徨》并要求题诗而作;诗中"独"作"尚"。后编入《集外集》。

2 寂寞新文苑,平安旧战场 见鲁迅《〈中国新文学大系〉小说二集序》:"北京虽然是'五四运动'的策源地,但自从支持着《新青年》和《新潮》的人们,风流云散以来,一九二〇至二二年这三年间,倒显着寂寞荒凉的古战场的情景。"

3 两间 天地之间。

4 荷戟独彷徨 见鲁迅《〈自选集〉自序》:"后来《新青年》的团体散掉了,有的高升,有的退隐,有的前进,我又经验了一回同一战阵中的伙伴还是会这么变化,并且落得一个'作家'的头衔,依然在沙漠中走来走去,不过已经逃不出在散漫的刊物上做文字,叫作随便谈谈。有了小感触,就写些短文,夸大点说,就是散文诗,以后印成一本,谓之《野草》。……得到较整齐的材料,则还是做短篇小说,只因为成了游勇,布不成阵了,所以技术虽然比先前好一些,思路也似乎较无拘束,而战斗的意气却冷得不少。新的战友在那里呢?我想,这是很不好的。于是集印了这时期的十一篇作品,谓之《彷徨》,愿以后不再这模样。"荷戟,肩扛着武器。戟,古代的一种兵器。彷徨,走来走去,徘徊不定。

悼杨铨[1]

杨铨与鲁迅同为中国民权保障同盟执行委员，可以说是争取人权运动的战友。据回忆，鲁迅到民盟开会，杨铨常开车接送；他的被暗杀，给鲁迅的精神震荡可想而知。当时盛传鲁迅名字已入"钩命单"，但他仍冒雨前往参加杨铨入殓仪式，归来即成此诗。

全诗用"岂有""何期""又"等词连贯之，语意转折，感情跌宕，富于感染力。"花开花落两由之"，正如他在杨铨遇刺后十日信中所说："仆生长危邦，年逾大衍，天灾人祸，所见多矣，无怨于生，亦无怖于死，……"故作旷达，乃悲愤之言。鲁迅在表达对于一切无聊、可恶的行为的态度时，常常会说："由他去罢！"这里的"两由之"，大约也有这样的意思。

对于本诗，许寿裳评云："才气纵横，寓于新意，无异龚自珍。"

岂有豪情似旧时，
花开花落[2]两由之[3]。
何期[4]泪洒江南雨，
又为斯民[5]哭健儿。

六月二十一日

注　释

1. 本诗作于1933年6月21日，曾先后书赠许广平及坪井之友樋口良平。后编入《集外集拾遗》。

    杨铨（1893—1933），字杏佛，江西清江人。曾留学美国哈佛大学，回国后曾任南京高等师范学校教授、东南大学工学院院长、中央研究院总干事等职。1925年参与发起中国济难会。1932年参与发起成立中国民权保障同盟，任副会长兼总干事，次年被暗杀于上海。著有《杏佛文存》等。
2. 花开花落　喻世事变化。陆游《书况》："花开花落又经春。"
3. 两由之　由，任由，任随；之，指花开花落，世事迁流。
4. 何期　哪里想到，意想不到。
5. 斯民　此民，人民。

题三义塔[1]

西村真琴是日本的一位生物学家，"一·二八"事变时，担任大阪《每日新闻》的医疗服务团团长，来到上海。据许广平说，他是"一·二八"战后与鲁迅相识的。西村在闸北三义里一条街上见到一只因战祸而失去饲主的鸽子，于是带回本国饲养。次年3月，鸽子死去，西村把它埋在自家院子里，立下石碑，名"三义冢"，亦称"三义塔"。

首句揭露日本侵略的罪恶，次句接写西村作为一个和平主义者的个人努力，并对此予以高度评价。鲁迅曾经说过，中日对话，必须等到两个民族取得完全平等的地位之后；所以这里说，"渡尽劫波"方可"相逢一笑"，"恩仇"尽"泯"。鲁迅是有原则的。但是，不同于民族主义者的是，他有着更阔大的人道主义情怀和世界主义眼光。全诗大量使用佛家典故和用语，也可由此见到诗人的宗教般的终极关怀。

三义塔者，中国上海闸北三义里遗鸠[2]埋骨之塔也，在日本，农人共建之。

奔霆飞熛歼人子，
败井颓垣剩饿鸠。
偶值大心[3]离火宅，
终遗高塔念瀛洲[4]。
精禽[5]梦觉仍衔石，
斗士诚坚共抗流。
度尽劫波[6]兄弟在，
相逢一笑泯恩仇[7]。

六月二十一日

注　释

1 《鲁迅日记》1933年6月21日："为西村真琴博士书一横卷……西村博士于上海战后得丧家之鸠，持归养之，初亦相安，而终化去。建塔以藏，且征题咏，率成一律，聊答遐情云尔。"诗中"熛"作"焰"。后编入《集外集》。

　西村真琴（1883—1956），日本生物学家，"一·二八"事变时，担任大阪《每日新闻》的医疗服务团团长，来到上海。

2 鸠　指鸽子。日语称为堂鸠。

3 大心　佛家语，即"大悲心"。

4 瀛洲　传说中的东海神山，此指日本。

5 精禽　即古代神话中的精卫。《山海经·北山经》："有鸟焉，其状如乌，文首，白喙，赤足，名曰精卫，其鸣自詨。是炎帝之少女，名曰女娃。女娃游于东海，溺而不反，故为精卫。常衔西山之木石，以堙于东海。"

6 劫波　佛家语。梵文Kalpa，意译"远大时节"，音译"劫波"，略称为劫。源于古印度婆罗门教，认为世界经历若干万年毁灭一次，然后重新开始，称为一"劫"。后人借此指灾难、浩劫。

7 泯恩仇　消除仇恨。恩仇，偏义复词，只取仇的意思。

无题[1]

全诗密集使用反语，"飞将""逸民""皇仁"是显面的讽刺。"多"对"剩"，这种不对等的结构也很有意思。"夜邀潭底影"的反讽作用不为人所注意，中有两层：一、以仅剩的一个"逸民"去"颂皇仁"，未免太冷落，何不把影子也邀到一起，这才叫"懿欤盛哉"哩！二、无奈在黑夜里，影子是不存在的（见《影的告别》），邀是白邀。"玄酒"与"潭""夜"相关，所谓"潢污行潦之水可以荐鬼神"，如此污水亦可以"颂皇仁"者耶？

本诗可与《王化》《天上地下》《中国人的生命圈》（见《伪自由书》）诸文合读，当更能领略诗歌语言的力量。

禹域[2]多飞将[3]，
蜗庐[4]剩逸民[5]。
夜邀潭底影，
玄酒[6]颂皇仁[7]。

注　释

1. 《鲁迅日记》1933年6月28日："下午为萍荪书一幅云：'禹域多飞将，……'"后编入《集外集拾遗》。

    萍荪，即黄萍荪。浙江杭州人，曾任国民党浙江省教育厅助理编审，主编过《越风》《子曰》等刊物。他托郁达夫请鲁迅写字，后来多次向鲁迅约稿，鲁迅均予拒绝。在一篇短文中，鲁迅这样说到他："有黄萍荪者，又伏许叶（按，指国民党浙江省党部委员兼省教育厅许绍棣及官办正中书局的大员叶溯中）喉使，办一小报，约每月必诋我两次，则得薪金三十。黄竟以此起家，为教育厅小官，遂编《越风》，函约'名人'撰稿，谈忠烈遗闻，名流轶事，自忘其本来面目矣。'会稽乃报仇雪耻之乡'，然一遇叭儿，亦复途穷道尽！"

2. **禹域**　即中国。

3. **飞将**　原指汉朝名将李广，匈奴称为"飞将军"，详见《史记·李将军传》。此指政府的志在"剿匪"的空军。

4. **蜗庐**　即蜗牛庐，极其狭小简陋的住处。《三国志·魏书·管宁传》裴松之注引《魏略》，其中有关于东汉末年隐士焦先自作蜗牛庐的记载。作者在《二心集·序言》中再次引用蜗牛庐的典故。

5. **逸民**　隐士、遗民，这里是作者自况。《论语·微子》："逸民伯夷叔齐……"何晏集解："逸民者，节行超越也。"朱熹注："逸，遗逸。民者，无位称。"

6. **玄酒**　水。《礼记·礼运》："玄酒在室。"孔颖达疏："玄酒，谓水也，以其色黑，谓之玄。而太古无酒，以水当酒所用，故谓之玄酒。"

7. **颂皇仁**　本意是颂扬皇帝的仁政，这里做反语使用。

悼丁君[1]

如磐夜气压重楼[2],
剪柳春风[3]导九秋[4]。
瑶瑟[5]凝尘清怨绝,
可怜无女耀高丘。

六月

> 首两句极状政治高压的严重性,因此,丁玲之死便成了现代中国的一个典型事件。三句用湘灵鼓瑟的传说,有人琴俱亡之意;句末是作者常用的楚辞典故,所谓"哀高丘之无女",着一"耀"字评价死者才德,更觉丧失的悲痛。

注　释

1　发表于1933年9月30日《涛声》周刊第2卷第38期。后收入《集外集》。据《鲁迅日记》同年6月28日,作者将此诗书赠陶轩;诗中"夜气"作"遥夜","压"作"拥","瑶"作"湘"。

丁君,指丁玲(1904—1986),作家。原名蒋冰之,湖南临澧人。曾加入"左联",并任党团书记,主编"左联"机关刊物《北斗》。1936年赴陕北,在延安时期主编《解放日报》文艺副刊。1949年以后,历任《文艺报》

主编、中央文学研究所所长、中宣部文艺处处长、中国作协副主席、《人民文学》主编等。1955年及1957年先后被打成"反党集团"头目及"右派"分子，下放北大荒劳动。1979年获平反，担任中国作家协会副主席，次年创办并主编文学杂志《中国》。著有《丁玲文集》5卷。

1933年5月14日，丁玲在上海被绑架失踪，接着盛传在南京遇害，本诗因此而作。

2　重楼　层楼，高楼。

3　剪柳春风　唐代贺知章《咏柳》："不知细叶谁裁出，二月春风似剪刀。"

4　导九秋　导，引来。九秋，秋季，深秋。

5　瑶瑟　以美玉装饰的一种丝弦乐器。相传女神湘灵弹奏的乐器就是瑶瑟。

赠人[1]

其一是歌舞升平的城市与旱魃肆虐的农村的对比,其间的焦虑和痛苦,是由歌女的忆念来表现的。

其二是一首象征性诗篇,拟托一位弄筝人,通过静夜中的清弦急响的描写,表达了诗人对自由抗争精神的赞美,和对光明未来的向往之情。

其一

明眸越女[2]罢晨装,荇水荷风是旧乡。
唱尽新词欢[3]不见,旱云如火扑晴江。

其二

秦女[4]端容理[5]玉筝[6],梁尘踊跃[7]夜风轻。
须臾响急冰弦绝,但见奔星[8]劲有声。

七月

注　释

1　据《鲁迅日记》1933年7月21日，本诗是书赠日本森本清八的。诗中"理"作"弄"，"但"作"独"。后编入《集外集》。

2　越女　这里泛指江浙一带的女子。

3　欢　六朝时吴声歌曲中对情人的称谓。如《乐府诗集·吴声歌曲·子夜歌》："欢愁侬亦惨，郎笑我便喜。"

4　秦女　本指古代传说中秦穆公之女弄玉，而称秦娥，能吹箫作凤鸣。这里泛指善弹奏的女子。

5　理　练习，温习。古代称乐家习乐为理曲。

6　玉筝　筝，一种弦乐器，似瑟，有弦十三根。玉筝，形容筝的华美。

7　梁尘踊跃　形容乐声的动人，使梁上的灰尘也为之颤动跳跃。《太平御览》引刘向《别录》："汉兴以来，善歌者鲁人虞公，发声清哀，盖动梁尘。"

8　奔星　流星。《尔雅·释天》："奔星为彴约。"郭璞注："流星大而疾曰奔。"

无题[1]

湘灵是鲁迅在诗中多次提及的,这位女神可以说是自由、和平、美好的象征。她安坐于"一枝青采"之上,这"一枝青采",未必一定是兰花,却一样同属于芳馨的族群。"滋兰之九畹",盛开的兰花是一种外化,其贞固之风与独醒者的精神是一致的。所以,用了一个"慰"字。下面由"无奈"带出一层转折,兰花终究比不上萧艾的繁密,独醒者只能见放为迁客;但接着,又带出另一层转折,便是芳馨恰好借迁客而从此远播了。

此诗全用《楚辞》典故,写的全是屈原;悲悯其命运,赞颂其功德,但也未尝不可以读作诗人的自我抒情。解诗忌拘泥,如把"一枝青采"说成左翼文艺未免太穿凿;又指迁客为瞿秋白、萧三,都太偏执于"迁"字的字面意义了。其实,鲁迅由北京而厦门而广州而上海,正是迁客,他在书信中也曾使用过"流寓"的字眼。何况,他爱自己的民族和人民,却备受社会的攻击,这种际遇也是颇类迁客屈原的。

一枝青采[2]妥[3]湘灵,
九畹[4]贞风[5]慰独醒[6]。
无奈终输萧艾[7]密,
却成迁客[8]播芳馨。

注　释

1 《鲁迅日记》1933年11月27日："为土屋文明氏书一笺云：'一枝青采妥湘灵，……。'"后编入《集外集拾遗》。

2 青采　清丽的花朵。采，通"彩"，彩色。

3 妥　稳妥，安坐。

4 九畹　屈原《离骚》："余既滋兰之九畹兮，又树蕙之百亩。"王逸注："十二亩曰畹。"九，多数之称，九畹，指广大的原野。

5 贞风　贞洁的风姿。

6 独醒　语见《楚辞·渔父》："众人皆醉我独醒。"

7 萧艾　恶草。语见屈原《离骚》："何昔日之芳草兮，今直为此萧艾也。"

8 迁客　屈原遭楚王放逐，人称迁客。

酉年秋偶成[1]

诗人以"钓徒"自况,孤身一人,终年出没于烟水浩淼间,然此亦寻常事矣。头两句写处境之艰窘险恶,但也隐含着"世路如今已惯"的意思,"寻常"二字,或许多少有一点自得。然而深宵酒醒,发现连一个可以挣饭吃的地方也找不到。1933年以后,政治压迫加紧,一系列文化统治政策出台,鲁迅信中也说:"我的全部作品不问新旧都在禁止之列,当局的仁政似乎想我饿死了事……"的确,目下所受的迫害是空前的,诗到最后,不免怆然有怀。

烟水寻常事,
荒村一钓徒。
深宵沉醉起,
无处觅菰蒲[2]。

注 释

1 《鲁迅日记》1933年12月30日:"又为黄振球书一幅云:'烟水寻常事,……。'"后编入《集外集拾遗》。

2 菰蒲 菰和蒲都是浅水植物。菰,夏生新芽,名茭白,可做菜;秋结实,名菰米,可代米充饥。蒲可编席。菰蒲,为隐士居食安身之物。

阻郁达夫移家杭州[1]

钱王[2]登假[3]仍如在,
伍相随波[4]不可寻。
平楚[5]日和憎健翮[6],
小山香满[7]蔽高岑[8]。
坟坛冷落将军岳[9],
梅鹤凄凉处士林[10]。
何似举家游旷远,
风波浩荡足行吟。

十二月

郁达夫、王映霞夫妇从上海返杭州家乡居住,鲁迅作诗劝阻。

南京的列有六十余人包括鲁迅在内的秘密通缉令,就是由浙江省党部呈请的,而且鲁迅的著作,上海不禁的,到了杭州也遭扣检。鲁迅深知地方反动势力猖獗,容不得像郁达夫一样的进步人士,在给章廷谦的信中便说:"夫浙江之不能容纳人才,由来久矣,现今在外面混混的人,那一个不是曾被本省赶出?"诗的前六句,一用帝王将相名士的旧典,二以江南地方风物为喻,都是说的杭州不可居。"何似"句开出新思路,建议朋友举家向"风波浩荡"的"旷远"处过"行吟"的生活——一种自由、浪漫的,却未曾与斗争失去联系的生活。

郁达夫于1938年作《回忆鲁迅》一文,其中涉及本诗,说:"后来我搬到杭州去住的时候,(鲁迅)也曾写过一首诗送我……我因为不听他的忠告,终于搬到杭州去住了,结果不出他之所料,被一位党部的先生(按,指许绍棣)弄得家破人亡。"

注　释

1. 《鲁迅日记》1933年12月30日："午后为映霞书四幅一律：'钱王登遐仍如在，……。'"假"作"遐"，"风波"作"风沙"。后编入《集外集》。

    映霞，姓王，郁达夫的妻子。郁达夫，作家，浙江富阳人，创造社重要成员。1928年曾与鲁迅合编《奔流》月刊。1930年加入中国自由大同盟，又列名为左联发起人之一，主编《大众文艺》。1933年1月，加入中国民权保障同盟。1938年赴武汉参加抗战宣传工作，年底飞抵新加坡，继续从事抗日活动，于1945年9月被日本宪兵杀害于印尼。著有短篇小说集《沉沦》、中篇小说《迷途的羔羊》等，还有《郁达夫文集》多卷本行世。

2. 钱王　即钱镠（852—932），五代时吴越的国王，以残暴著名。

3. 登遐　同"登遐"，仙去的意思。旧称帝王死亡为登假。

4. 伍相随波　伍相，即伍子胥，名员，春秋时楚国人。因父兄为楚平王所杀，遂出奔吴国，助吴伐楚。后来，做了吴国的宰相，劝吴王夫差灭越，为吴王赐剑自刎，尸体被装进皮袋，投入江中。见《史记·伍子胥列传》。

5. 平楚　平野，平林。南齐谢朓诗《宣城郡内登望》："寒城一以眺，平楚正苍然。"

6. 健翮　劲健的翅膀，代指猛禽如鹰隼之类。翮，鸟羽之茎。

7. 小山香满　西湖一带小山多植树，香气弥漫。

8. 高岑　高山。

9. 坟坛冷落将军岳　将军岳，指岳飞。杭州西湖旁边有他的坟墓，叫岳坟。

10. 梅鹤凄凉处士林　处士林，即林逋（967—1028），字君复，谥号和靖先生，宋代诗人，钱塘（今浙江杭州）人，隐居西湖孤山，喜种梅养鹤。今孤山有他的坟墓、鹤冢和放鹤亭。处士，古时称有才德而隐居不仕的人为处士。

闻谣戏作[1]

横眉岂夺蛾眉[2]冶[3],
不料仍违众女心。
诅咒而今翻异样,
无如臣脑故如冰。

三月十六日

为此次报载患脑炎的谣言,鲁迅写了几十封更正信,免使亲友担心。此诗亦是赠友之作。诗中以屈原自比,"众女"指造谣的文氓。"横眉"不似"蛾眉",根本说不上艳冶,居然招致众女的嫉妒,诅咒不断翻新,而今又造谣说是犯脑炎了。"其实我脑既未炎,亦未他病,顽健仍如往日。"从手迹看,结句的"臣"字偏于右侧,故示谦卑;一如《无题》诗"玄酒颂皇仁"的"皇"字上空一格,故示恭敬一样。"岂""不料""无如"等词的使用,加强了戏谑的色彩。

注　释

1　《鲁迅日记》1934年3月16日:"闻天津《大公报》记我患脑炎,戏作一绝寄静农云:'横眉岂夺蛾眉冶,……。'"据本诗手迹,诗后题云:"3月15日夜闻谣戏作,以博静兄一粲。"后编入《集外集拾遗》。

静农，即台静农，字伯简，安徽霍邱人，小说家，未名社重要成员。后在多所大学任教职。著有小说集《地之子》《建塔者》等，编有《关于鲁迅及其著作》。

1934年3月10日《大公报》的《文化情报》栏刊载署名"乓"的简讯："据最近本月初日本《盛京时报》上海通讯，谓蛰居上海之鲁迅氏，在客观环境中无法发表述自由，近又忽患脑病，时时作痛，并感到一种不适。经延医证实确系脑病，为重性脑膜炎。当时医生嘱鲁'十年'（？）不准用脑从事著作，意即停笔十年，否则脑子绝对不能用，完全无治云。"

2　**蛾眉**　形容妇女的眉毛像蚕蛾一样纤细弯长，这里指代妇女；与下文"众女"，都出于《离骚》："众女嫉余之蛾眉兮，谣诼谓余以善淫。"此次谣言，作者断定为"文氓"所为；对于这些文氓，他在其他地方亦有"妾妇""三姑六婆""小娘"等蔑称。

3　**冶**　艳丽。

戌年初夏偶作[1]

万家墨面[2]没蒿莱[3],
敢有歌吟动地哀。
心事浩茫连广宇[4],
于无声处听惊雷。

五月

> 首句写苦难的人民，次句写沉默的中国。"敢"，岂敢，何敢，是为蓄势；末两句郁勃而发，谓心事接连大野，"听惊雷"于"无声"。"惊雷"并非实有，唯是精神寄托而已。

注　释

1　《鲁迅日记》1934年5月30日："午后为新居格君书一幅云：'万家墨面没蒿莱，……。'"后编入《集外集拾遗》。

2　墨面　指面容晦暗、阴郁。见《淮南子·览冥训》："美人挈首墨面而不容。"又见汪中《哀盐船文》："死气交缠，视面惟墨。"

3　蒿莱　指野草，荒野。

4　广宇　同旷宇，指大野，大地。《楚辞·招魂》："其外旷宇兮。"注云："旷，大也；宇，野也。"

秋夜有感[1]

首联写权力者及上流社会的荒淫与无耻。绮罗，以其华贵象征骄奢淫逸的生活；柏栗丛，意味专制残暴，大开杀戒；"作道场"，可以看作意识形态的欺骗性宣传。颔联说在肃杀的大气候里，文坛是不可能不荒芜的，即使有一些御用文人的所谓作品，也不过聊作点缀而已。颈联是作者自白，也可以看作对约稿的答复：我哪里有甘美的"酪果"供"千佛"享用呢？生来就没有六郎莲花一般的漂亮面孔！尾联以密集的意象"中夜""鸡鸣""风雨"比喻黑暗的时局，最后却设"新凉"二字解构之。"新凉"，多读作"秋凉"，其实颔联已点名秋象，如此则"新"字无着落处，故应解作"晨凉"（鲁迅有文题作《晨凉漫记》）。此接"中夜"而言之，是提前感觉到的事象，暗含必然之意，犹言"于无声处听惊雷"，乃寄寓一种心事，一种希望。

绮罗幕后送飞光[2]，柏栗丛[3]边作道场[4]。
望帝[5]终教芳草变，迷阳[6]聊饰大田荒。
何来酪果供千佛，难得莲花似六郎[7]。
中夜鸡鸣风雨[8]集，起然烟卷觉新凉[9]。

九月二十九日

注　释

1. 《鲁迅日记》1934年9月29日："又为梓生书一幅云：'绮罗幕后送飞光，……。'"后编入《集外集拾遗》，题目为编者所加。

    梓生，即张梓生，浙江绍兴人。1910年始与鲁迅交往。1922年至1935年间，在上海先后任《东方杂志》编辑、《申报年鉴》主编、《申报》社评记者等职。1934年5月，《申报·自由谈》主编黎烈文被迫去职后，接任主编，继续向鲁迅约稿。

2. 飞光　喻时光。唐代李贺诗《苦昼短》："飞光飞光，劝尔一杯酒。"

3. 柏栗丛边　古代刑杀祭神的地方。《论语·八佾》："哀公问社于宰我，宰我对曰：'夏后氏以松，殷人以柏，周人以栗，曰：使民战栗。'"夏、禹、周三代用松木、柏木、栗木做社神，可见柏栗丛边是供奉社神的地方；又据《尚书·甘誓》"弗用命，戮于社"的记载，这祭神的地方也是杀人的场所。

4. 道场　佛教僧徒诵经、拜佛、行道的场所，也指某些法会。1934年4月28日，国民党戴季陶、褚民谊等发起班禅九世在杭州举办"时轮金刚法会"。

5. 望帝　即杜鹃，又名子规。据《广韵》载：杜鹃"春分鸣则众芳生，秋分鸣则众芳歇"。

6. 迷阳　一种带刺的野草。《庄子·人间世》："迷阳迷阳，无伤吾行；吾行却曲，无伤吾足。"《庄子义证》引胡明仲语："荆楚有草，丛生修条，野人呼为迷阳，其肤多刺，故曰无伤吾行……"

7. 莲花似六郎　六郎，指唐代张昌宗。典见《旧唐书·杨再思传》："昌宗以姿貌见宠幸，再思又谀之曰：'人言六郎面似莲花；再思以为莲花似六郎，非六郎似莲花也。'"

8. 鸡鸣风雨　语见《诗经·郑风·风雨》："风雨如晦，鸡鸣不已。既见君子，云胡不喜。"

9. 新凉　这里当指晨凉。

亥年残秋偶作[1]

这是一个怎样的时代呵！"曾惊秋肃临天下"，起句突兀，乍读摄人心魄。"曾惊"，略今而言"曾"，今之肃杀可惊骇处正不知何许！"敢遣春温上笔端"，"敢"犹"岂敢"，承"秋肃"对比而言之，更深一层。这两句象征性地描叙了环境，而心境的宣达也在其中。颔联先写心境，"尘海苍茫"，感慨百端；后写环境，千官败走，恰如落叶纷纷。颈联先写环境，重复《无题》诗中"无处觅菰蒲"句意；后写心境，谓梦想坠入空虚的云气之中，使人齿发为之生寒。此时，鲁迅"横站着作战"，不但要面对外敌，还得对付"同人"。自1934年下半年起，尤其后两年，作者书简中便有大量不满于周扬等人之语。从内容看，对于作者，这些"左联""战友"从开始说他"懒""不做事"，直到后来诬他"破坏统一战线"，正如扬雄《太玄》的"千千浮云，从坠于天"等语所说的，可谓无端招谤。所以，信中便有"令人寒心，而且灰心"的话。诗中"齿发寒"，乃是心寒的外象。尾联又把环境和心怀融合到一起加以表现，"荒鸡"非恶声，乃令人鼓舞之声，竦听却偏不可闻；起看星斗纵横，正长夜未央呢！一"偏"一"正"，互为补充，相当于《为了忘却的记念》结尾的"夜正长，路也正长"的意思。

诗是书赠好友许寿裳的。他在《鲁迅旧体诗集》跋语中评析说："此诗哀民生之憔悴，忧心事之浩茫，感慨百端，俯视一切，栖身无地，苦斗益坚，于悲凉孤寂中，寓熹微之希望焉。"

曾惊秋肃临天下，
敢遣春温上笔端。
尘海苍茫沉百感，
金风[2]萧瑟走千官[3]。
老归大泽菰蒲尽，
梦坠空云齿发寒。
竦听荒鸡[4]偏阒寂，
起看星斗正阑干[5]。

十二月

注　释

1　《鲁迅日记》1935年12月5日："为季市书一小幅云：'曾惊秋肃临天下，……。'"后编入《集外集拾遗》。季市，即许寿裳。

2　金风　秋风。我国古代以阴阳五行（金木水火土）解释季节的变化，秋天属金，故称秋风为金风。

3　走千官　即千官走，指国民党政府的文武官员在日军侵略面前仓皇南逃的景象。

4　荒鸡　半夜里不按时啼叫的鸡，古时迷信，以为恶声不祥。《晋书·祖逖传》载，祖逖与司空刘琨"共被同寝，中夜闻荒鸡鸣，蹴琨觉，曰：'此非恶声也！'因起舞"。陆游诗《夜归偶怀故人独孤景略》："刘琨死后无奇士，独听荒鸡泪满衣。"

5　阑干　横斜的样子。《古乐府·善哉行》："月落参横，北斗阑干。"又李贺《河南府试十二月乐词·七月》："晓风何拂拂，北斗光阑干。"

书信

作为一种文体，书信有它的特殊性；正如日记一样，带有一种隐私性质，能够较为真实地反映作者的生存状态，尤其是精神方面。就拿鲁迅的书信来说，其中有部分内容，在别的文体中便很难见到，例如对人际关系的态度、对于"左联"的态度，等等。因此，这些书信不但富于文学价值，而且具有文献价值；透过它们，可以进一步窥探历史幕后的文化运动的秘密。

鲁迅有一部公开的书信集，就是《两地书》。这是他同学生和爱人许广平的通信，出版时并没有做什么改动。事实上，情书中的公共空间明显地大于私人空间。如果仅就私人空间观察作者的思想和情感变化，也是很有意思的。开始时，他出于师道，因应学生的提问给出诚实而又"世故"的答案，却拒绝以"导师"自居；当爱情关系确定之后，又不免瞻前顾后，不愿相爱的人为自己做牺牲；及至爱人表示牺牲的决心而给他"一条光"时，终于欣喜地表示"我可以爱"，又说是"置首一人之足下，甘心十倍于戴王冠"；沪上同居不久即北上省母，小别期间的那种眷顾体贴之情，真可谓极尽人间的温柔，展现了一个战士丰饶的精神生活和美好的人性内容。

对于兄弟，他是关怀备至的。周作人同他决裂之后，他仍然注意收集有关周作人的信息，尤其在日本侵华之后。他不满于周作人在政治上的退守，但是当左翼青年群起批判周作人的自寿诗时，却有辩护之意，先后在信中指出：自寿诗"诚有讽世之意"，"还藏一些对于现状的不平的"，并且反对趋同当局"卸责于清流或舆论"的做法。至于交友之道，他自己概括起来是"取其大而舍其小"，即注重大节。他是十分珍重友情的，在信中颇以一生能有几个朋友自慰；即便有朋友分道扬镳，也仍能以朋友的事业为念。如对林语堂，他在致曹聚仁信中说："语堂是我的老朋友，我应以朋友待之，当《人间世》还未出世，《论语》已很无聊时，曾经竭了我的诚意，写一封信，劝他放弃这玩意儿，我并不主张他去革命，拼死，只劝他译些英国文学名作，以他的英文程度，不但于今有用，在将来恐怕也有用的。他回我的信是说，这些事等他老了再说。这时我才悟到我的意见，在语堂看来是暮气，但我至今还自信是良言，要他于中国有益，要他在中国存留，并非要他消灭。"如此念旧之情，感人实深。

由于鲁迅时时虑及中国的前途，所以，也便有了他同青年的广泛交往。他的书信大部分是写给青年的；而毕生的命运，可以说都与青年密切相关。他在信中说过，青年对他是可利用时则竭力利用，可打击时则竭力打击。悲愤至极时，还有过"退避"之意，然而，只要青年需要，仍然乐于被利用。三十年代初，他参加发起中国自由运动大同盟；当时有议论说他是做人踏脚的"梯子"，他对此表示认同。他说："中国之可作梯子者，其实除我之外，也无几了。所以我十年以来，帮未名社，帮狂飙社，帮朝花社。而无不或失败，或受欺，但愿有英俊出于中国之心，终于未死。"随后加入左翼作家联盟，同出于这种甘作牺牲的动机。

鲁迅与"左联"的关系，由来是一段夹缠不清的历史，有人加以歪曲地利用，有人则利用它再行歪曲。其实，略一翻查此间的书信，或进或退，为敌为友，界线是分明的。从1934年下半年起，他的书信开始不断出现"悲愤"一类字眼，见得出心情明显转坏。其中一个原因，是当局政治文化高压手段的加强，另一个原因是"左联"内部出现集权主义与宗派主义的倾向。他信里说是"横站着作战"，处境的艰困可想而知。对于党团书记周扬等，他称之为"元帅""工头""奴隶总管"，是极度憎恶的，然而，为了不使亲者痛而仇者快，只好采取隐忍的态度。1935年4月，他在给"左联"之外的两位青年作家写信时，再次以受伤的野兽自喻，袒露了"令人寒心而且灰心"的难堪局面。他一再退让，临到最后起而反抗，可谓"逼上梁山"。值得指出的是，他的"营垒中的反抗"，在中国现代知识分子中具有"原型"性质，富于启示的意义。但是，这一意义长期遭到涂改和掩饰，至今仍然没有充分地给显示出来。

即便如此，鲁迅无论生前死后仍然被攻击为褊狭、忮刻、险恶，有"党见"，有"领袖欲""要做偶像"，等等。鲁迅根本不想做什么"盟主"，不要任何"纸糊的假冠"，对于自己，唯是争取独立自由的生存而已。在1933年10月致胡今虚信中谈及"左联"时，他认为胡今虚对他在"左联"中的地位和作用揣测过高，表示说："领导决不敢，呐喊助威，则从不辞让。今后也还如此。"他的关于辞谢诺贝尔奖候选人提名的书信是大家所熟知的，他说他"不配"，"还是照旧的没有名誉而穷之为好"。对于一位朋友要他作传的建议，他明确答复说，他是不写自传也不热心于别人给他作传的，又说倘使像他这样平凡的人也可作传，中国将一下子有四万万部传记，可以塞破图书馆。如果说，鲁迅书信有一种特别的力量，首先是人格魅力。如此伟大、健全的人格，通过书信的表现，明显要比别样的文体来得直接而鲜明。

此外，就是语言魅力。鲁迅的书信语言很有特点：简约，凝重，柔韧，在白话文自由舒展、明白晓畅的基础上，着意保留古代散文的节奏音韵之美。这种味道十足的风格化语言在别的作家里是没有的，比较鲁迅的其他文字，也都非常独特。

致钱玄同[1]

玄同兄：

　　来信收到了。你前回说过七月里要做讲义、所以《新青年》让别人编、明年自己连编两期、何以现在又要编了？起孟[2]说过想译一篇小说、篇幅是狠短的、可是现在还未寄来。大约一到家里、内政外交、种种庶务、总须几天才完、渺无消息、也不足奇、想来廿日以内、总可以译好的。至于敝人的一篇、却恐怕有点靠不住、因为敝人嘴里要做的东西、向来狠多、然而从来未尝动手、照例类推、未免不做的点、在六十分以上了。

　　中国国粹、虽然等于放屁、而一群坏种、要刊丛编[3]、却也毫不足怪。该坏种等、不过还想吃人、而竟奉卖过人肉的侦心探龙做祭酒[4]、大有自觉之意。即此一层、已足令敝人刮目相看、而猗欤羞哉、尚在其次也。敝人当袁朝[5]时、曾戴了冕帽出无名氏语录、献爵于至圣先师的老太爷之前[6]、阅历已多、无论如何复古、如何国粹、都已不怕。但该坏种等之创刊屁志、系专对《新青年》而发、则略以为异、初不料《新青年》之于他们、竟如此其难过也。然既将刊之、则听其刊之、且看其刊之、看其如何国法、如何粹法、如何发昏、如何放屁、如何

> 反对"国粹"派及复古主义。

做梦、如何探龙、亦一大快事也。国粹丛编万岁！老小昏虫万岁！！

蚊虫咬我，就此不写了。

鲁迅　七月五日

注　释

1　此信写于1918年，原件逗号均作顿号。

2　**起孟**　周作人（1885—1967），鲁迅二弟。文学家、翻译家。字启明，又作岂明、起孟或启孟。亦署周遐寿。1901年进南京江南水师学堂读书，1906年赴日本留学。1911年回国，在家乡教育界工作。1917年自绍兴去北京，先后在北京大学、北京师范大学、北京女子师范大学、燕京大学等校任教，是《语丝》周刊主要撰稿人。1923年与鲁迅关系破裂。但是，在女师大事件及三一八惨案中，仍与鲁迅取大致相同的政治立场。至三十年代，思想偏于退守，提倡并写作闲适的小品文。抗日战争时，堕落为汉奸。1949年后，主要从事外国文学作品的翻译工作，同时还写了不少有关鲁迅的回忆录，如《鲁迅的青年时代》《鲁迅的故家》《知堂回想录》《鲁迅小说里的人物》等。个人著作较多，主要有《自己的园地》《雨天的书》《谈龙集》《谈虎集》《泽泻集》《苦斋随笔》等。

3　**一群坏种、要刊丛编**　可能指刘师培等计划复刊《国粹学报》和《国粹汇编》，但未能实现。后另创办《国故》月刊，提倡国粹主义，对抗新文化运动。

4 奉卖过人肉的侦心探龙做祭酒　意思是指推出刘师培做学界头目。"卖过人肉"，指刘师培1909年曾为清朝两江总督端方收买，出卖革命党人的事实。又因他早年曾研究六朝文学，故借南朝梁文艺理论家刘勰《文心雕龙》书名，化作"侦心探龙"，暗取其中"侦探"二字代指他。祭酒，原为古代祭祀仪式的主持者，汉代以后为学官名。

5 袁朝　指袁世凯统治时期（1912—1916）。

6 至圣先师的老太爷　指孔子。当时鲁迅在北洋政府教育部任职，在袁世凯强制举办的祭孔活动中，曾随众当过祀孔"执事"。

致宋崇义[1]

知方同学兄足下:

日前蒙惠书,祗悉种种。

仆于去年冬季,以挈眷北来,曾一返越中,往来匆匆,在杭在越之诸友人,皆不及走晤;迄今犹以为憾!

比年以来,国内不靖,影响及于学界,纷扰已经一年。世之守旧者,以为此事实为乱源;而维新者则又赞扬甚至。全国学生,或被称为祸萌,或被誉为志士;然由仆观之,则于中国实无何种影响,仅是一时之现象而已;谓之志士固过誉,谓之乱萌,亦甚冤也。

南方学校现象,较此间似尤奇诡,分教员为四等,可谓在教育史上开一新纪元,北京尚无此举,惟高等工业抬出校长,略堪媲美而已。然此亦只因无校长提倡,故学生亦不发起;若有如姜校长[2]之办法,则现象当亦相同。世之论客,好言南北之别,其实同是中国人,脾气无甚大异也。

近来所谓新思潮者,在外国已是普遍之理,一入

论学潮。

中国，便大吓人；提倡者思想不彻底，言行不一致，故每每发生流弊，而新思潮之本身，固不任其咎也。

要之，中国一切旧物，无论如何，定必崩溃；倘能采用新说，助其变迁，则改革较有秩序，其祸必不如天然崩溃之烈。而社会守旧，新党又行不顾言，一盘散沙，无法粘连，将来除无可收拾外，殆无他道也。

今之论者，又惧俄国思潮传染中国，足以肇乱，此亦似是而非之谈，乱则有之，传染思潮则未必。中国人无感染性，他国思潮，甚难移殖；将来之乱，亦仍是中国式之乱，非俄国式之乱也。而中国式之乱，能否较善于他式，则非浅见之所能测矣。

要而言之，旧状无以维持，殆无可疑；而其转变也，既非官吏所希望之现状，亦非新学家所鼓吹之新式；但有一塌胡涂而已。

中国学共和不像，谈者多以为共和于中国不宜；其实以前之专制，何尝相宜？专制之时，亦无忠臣，亦非强国也。

仆以为一无根柢学问，爱国之类，俱是空谈；现在要图，实只在熬苦求学，惜此又非今之学者所乐闻也。此布，敬颂
曼福！

仆树　顿首　五月四日

旁注：
- 新思潮的施入与提倡者大有关系。
- 论中国改革。
- "中国人无感染性"。"中国式之乱"与"俄国式之乱"不同。
- 中国学"共和"为何不像？这是一大问题。

注 释

1 此信写于1920年。

宋崇义（？—1942），字知方，浙江上虞人。鲁迅在浙江初级师范学堂任教时的学生。后曾在浙江台州中学、杭州崇文中学、杭州艺术专科学校等处任教。

2 姜校长　姜琦，字伯韩，浙江永嘉人。日本东京高等师范学校毕业，当时任浙江第一师范学校校长。

致胡适[1]

适之先生：

寄给独秀的信[2]，启孟以为照第二个办法最好，他现在生病，医生不许他写字，所以由我代为声明。

我的意思是以为三个都可以的，但如北京同人一定要办，便可以用上两法而第二个办法更为顺当。至于发表新宣言说明不谈政治，我却以为不必，这固然小半在"不愿示人以弱"，其实则凡《新青年》同人所作的作品，无论如何宣言，官场总是头痛，不会优容的。此后只要学术思想艺文的气息浓厚起来——我所知道的几个读者，极希望《新青年》如此，——就好了。

> 办刊物与官场无关，但与"政治"有关。要"政治"，但也要"学术思想艺文"。

树　一月三日

注　释

1　此信写于1921年。

2　**寄给独秀的信**　指胡适就《新青年》编辑方针所面临重大分歧时写给陈独秀的信。此信发出前，曾交鲁迅等杂志同人传阅，征求有关意见。在信中胡适针对陈独秀的意见提出"三个办法"，说："1.听《新青年》流为一种有特别色彩之杂志，而另创一个哲学文学的杂志，篇幅不求多，而材料必求精。……2.若要《新青年》'改变内容'，非恢复我们'不谈政治'的戒约，不能做到。但此时上海同人似不便做此一着，兄似更不便，因为不愿示人以弱，但北京同人正不妨如此宣言。故我主张趁兄离沪的机会，将《新青年》编辑的事，自九卷一号移到北京来，由北京同人于九卷一号内发表一个新宣言，略根据七卷一号的宣言，而注重学术思想艺文的改造，声明不谈政治。孟和说，《新青年》既被邮局停寄，何不暂时停办，此是第三办法。"

致孙伏园[1]

伏园兄：

今天《副镌》[2]上关于爱情定则的讨论[3]只有不相干的两封信，莫非竟要依了钟孟公先生的"忠告"，逐渐停止了么？

我以为那封信虽然也不失为言之成理的提议，但在变态的中国，很可以不依，可以变态的办理的。

> 在变态的中国，事情（譬如办刊物）可以变态的办理。

先前登过的二十来篇文章，诚然是古怪的居多，和爱情定则的讨论无甚关系，但在别一方面，却可作参考，也有意外的价值。这不但可以给改革家看看，略为惊醒他们黄金色的好梦，而"足为中国人没有讨论的资格的左证"，也就是这些文章的价值之所在了。

我交际太少，能够使我和社会相通的，多靠着这类白纸上的黑字，所以于我实在是不为无益的东西。例如"教员就应该格外严办"，"主张爱情可以变迁，要小心你的老婆也会变心不爱你，"[4]之类，着想都非常有趣,令人看之茫茫然惘惘然;倘无报章讨论,是一时不容易听到,不容易想到的,如果"至期截止",杜塞了这些名言的发展地,岂不可惜?

> 主张暴露腐败,而非加以掩盖。

钟先生也还是脱不了旧思想,他以为丑,他就想遮盖住,殊不知外面遮上了,里面依然还在腐烂,倒不如不论好歹,一齐揭开来,大家看看好。往时布袋和尚[5]带着一个大口袋,装些另碎东西,一遇见人,便都倒在地上道,"看看,看看。"这举动虽然难免有些发疯的嫌疑,然而在现在却是大可师法的办法。

至于信中所谓揭出怪论来便使"青年出丑",也不过是多虑,照目下的情形看,甲们以为可丑者,在乙们也许以为可宝,全不一定,正无须乎替别人如此操心,况且就在上面的一封信里,也已经有了反证了。

以上是我的意见:就是希望不截止。若夫究竟如何,那自然是由你自定,我这些话,单是愿意作为一点参考罢了。

迅　六月十二日

注　释

1　此信写于1923年。

2　《副镌》　即《晨报》副刊。

3　关于爱情定则的讨论　1923年4月29日《晨报》副刊发表张竞生的《爱情的定则与陈淑君女士事的研究》一文，在读者中引起争论，为此该刊开设《爱情定则讨论》专栏。6月12日该刊发表陈锡畴和钟孟公的两封信。前者持"中立态度"，后者认为"除了足为中国人没有讨论的资格的左证之外，毫无别的价值"，因而主张定出讨论期限，"至期截止"，以免"青年出丑"。

4　所引的话　为当时讨论的内容。

5　布袋和尚　五代时高僧，自称契此，又号长汀子。《鸡肋编》载："昔四明有异僧，身矮而皤腹，负一布袋，中置百物，于稠人中时倾写（泻）于地，曰：'看看！'人皆目为布袋和尚，然莫能测。"

致李秉中[1]

一[2]

庸倩兄：

回家后看见来信。给幼渔[3]先生的信，已经写出了，我现在也难料结果如何，但好在这并非生死问题的事，何妨随随便便，暂且听其自然。

关于我这一方面的推测，并不算对。我诚然总算帮过几回忙，但若是一个有力者，这些便都是些微的小事，或者简直不算是小事，现在之所以看去很像帮忙者，其原因即在我之无力，所以还是无效的回数多。即使有效，也（不）算什么，都可以毫不放在心里。

我恐怕是以不好见客出名的。但也不尽然，我所怕见的是谈不来的生客，熟识的不在内，因为我可以不必装出陪客的态度。我这里的客并不多，我喜欢寂寞，又憎恶寂寞，所以有青年肯来访问我，很使我喜欢。但我说一句真话罢，这大约你未曾觉得的，就是

"我喜欢寂寞，又憎恶寂寞。"

这人如果以我为是，我便发生一种悲哀，怕他要陷入我一类的命运；倘若一见之后，觉得我非其族类，不复再来，我便知道他较我更有希望，十分放心了。

其实我何尝坦白？我已经能够细嚼黄连而不皱眉了。我很憎恶我自己，因为有若干人，或则愿我有钱，有名，有势，或则愿我陨灭，死亡，而我偏偏无钱无名无势，又不灭不亡，对于各方面，都无以报答盛意，年纪已经如此，恐将遂以如此终。我也常常想到自杀，也常想杀人，然而都不实行，我大约不是一个勇士。现在仍然只好对于愿我得意的便拉几个钱来给他看，对于愿我灭亡的避开些，以免他再费机谋。我不大愿意使人失望，所以对于爱人和仇人，都愿意有以骗之，亦即所以慰之，然而仍然各处都弄不好。

"我"之虚无观。

我自己总觉得我的灵魂里有毒气和鬼气，我极憎恶他，想除去他，而不能。我虽然竭力遮蔽着，总还恐怕传染给别人，我之所以对于和我往来较多的人有时不免觉到悲哀者以此。

自我憎恶："灵魂里有毒气和鬼气。"

然而这些话并非要拒绝你来访问我，不过忽然想到这里，写到这里，随便说说而已。你如果觉得并不如此，或者虽如此而甘心传染，或不怕传染，或自信不至于被传染，那可以只管来，而且敲门也不必如此小心。

树人　廿四日夜

一 4

秉中兄：

收到你的来信后，的确使我"出于意表之外"[5]地喜欢。这一年来，不闻消息，我可是历来没有忘记，但常有两种推测，一是在东江[6]负伤或战死了，一是你已经变了一个武人，不再写字，因为去年你从梅县给我的信，内中已很有几个空白及没有写全的字了。现在才知道你已经跑得如此之远[7]，这事我确没有预先想到，但我希望你早早从休养室走出，"偷着到啤酒店去坐一坐"，我以为倒不妨，但多喝酒究竟不好。去年夏间，我因为各处碰钉子，也很大喝了一通酒，结果是生病了，现在已愈，也不再喝酒，这是医生禁止的。他又禁止我吸烟，但这一节我却没有听。

从去年以来，我因为喜欢在报上毫无顾忌地发议论，就树敌很多，章士钊之来咬[8]，乃是报应之一端，出面的虽是章士钊，其实黑幕中大有人在。不过他们的计划，仍然于我无损，我还是这样，因为我目下可以用印书所得之版税钱，维持生活。今年春间，又有一般人大用阴谋，想加谋害[9]，但也没有什么效验。只是使我很觉得无聊，我虽然对于上等人向来并不十分尊敬，但尚不料其卑鄙阴险至于如此也。

多谢你的梦。新房子尚不十分旧，但至今未加修葺，却是真的。我大约总该老了一点，这是自然的

对"上等人"的态度。

定律，无法可想，只好"就这样罢"。直到现在，文章还是做，与其说"文章"，倒不如说是"骂"罢。但是我实在困倦极了，很想休息休息，今年秋天，也许要到别的地方去，地方还未定，大约是南边。目的是：一，专门讲书，少问别事（但这也难说，恐怕仍然要说话），二，弄几文钱，以助家用，因为靠版税究竟还不够。家眷不动，自己一人去，期间是少则一年，多则两年，此后我还想仍到热闹地方，照例捣乱。

坦称自己的文字为"骂"。

以"捣乱"为业。

"指导青年"的话，那是报馆替我登的广告，其实呢，我自己尚且寻不着头路，怎么指导别人。这些哲学式的事情，我现在不很想它了，近来想做的事，非常之小，仍然是发点议论，印点关于文学的书。酒也想喝的，可是不能。因为我近来忽然还想活下去了。为什么呢？说起来或者有些可笑，一，是世上还有几个人希望我活下去，二，是自己还要发点议论，印点关于文学的书。

我现在仍在印《莽原》，以及印些自己和别人的翻译及创作。可惜没有钱，印不多。我今天另封寄给你三本书，一是翻译，两本是我的杂感集，但也无甚可观。

我的住址是"西四，宫门口，西三条胡同，二十一号"，你信面上写的并不大错，只是门牌多了五号罢了。即使我已出京，信寄这里也可以，因为家眷在此，可以转寄的。

你什么时候可以毕业回国？我自憾我没有什么话可以寄赠你，但以为使精神堕落下去，是不好的，因为这能使自己受苦。第一着须大吃牛肉，将自己养胖，这才能做一切事。我近来的思想，倒比先前乐观些，并不怎样颓唐。你如有工夫，望常给我消息。

迅　六月十七日

三[10]

秉中兄：

昨日收到一函一信片，又《美术大观》[11]一本，感谢之至。现尚无何书需买，待需用而此间无从得时，当奉闻。

记得别后不久，曾得来信，未曾奉复。其原因盖在以"结婚然否问题"见询，难以下笔，迁延又迁延，终至不写也。此一问题，盖讨论至少已有二三千年，而至今未得解答，故若讨论，仍如不言。但据我个人意见，则以为禁欲，是不行的，中世纪之修道士，即是前车。但染病，是万不可的。十九世纪末之文艺家，虽曾赞颂毒酒之醉，病毒之死，但赞颂固不妨，身历却是大苦。于是归根结蒂，只好结婚。结婚之后，也有大苦，有大累，怨天尤人，往往不免。

> 论禁欲，娼妓制度，同居或结婚。赞成结婚而说"只好"，可见对于中国现行的婚姻家庭制度的态度是有保留的。

但两害相权，我以为结婚较小。否则易于得病，一得病，终身相随矣。

现状，则我以为"匪今斯今，振古如兹"[12]。二十年前身在东京时，学生亦大抵非陆军则法政，但尔时尚有热心于教育及工业者，今或希有矣。兄职业我以为不可改，非为救国，为吃饭也。人不能不吃饭，因此即不能不做事。但居今之世，事与愿违往往而有，所以也只能做一件事算是活命之手段，倘有余暇，可研究自己所愿意之东西耳。自然，强所不欲，亦一苦事。然而饭碗一失，其苦更大。我看中国谋生，将日难一日也。所以只得混混。

> 吃饭第一的观点。

此地有人拾"彼间"牙慧，大讲"革命文学"，令人发笑。专挂招牌，不讲货色，中国大抵如斯。

> 论"革命文学"。

今日寄上书三本，内一本为《唐宋传奇集》上册。缺页之本，弃之可矣。

迅 上 四月九日

四[13]

秉中兄：

顷见致舍弟书，借知沪上之谣，已达日本。致劳殷念，便欲首途，感怆交并，非言可喻！

我自旅沪以来，谨慎备至，几于谢绝人世，结舌

> 这里表示说加入左联是根源于借文学以革新社会的夙愿，可以说是文学理想的必然选择。

> 三十年代鲁迅所处的"典型环境"。

无言。然以昔曾弄笔，志在革新。故根源未竭，仍为左翼作家联盟之一员。而上海文坛小丑，遂欲乘机陷之以自快慰。造作蜚语，力施中伤，由来久矣。哀其无聊，付之一笑。上月中旬，此间捕青年数十人，其中之一，是我之学生[14]。（或云有一人自言姓鲁）飞短流长之徒，因盛传我已被捕。通讯社员发电全国，小报记者盛造谰言，或载我之罪状，或叙我之住址，意在讽喻当局，加以搜捕。其实我之伏处檐下，一无所图，彼辈亦非不知。而沪上人心，往往幸灾乐祸。冀人之危，以为谈助。大谈陆王[黄]恋爱[15]于前，继以马振华投水[16]，又继以萧女士被强奸案[17]，今则轮到我之被捕矣。文人一摇笔，用力甚微，而于我之害则甚大。老母饮泣，挚友惊心。十日以来，几于日以发缄更正为事，亦可悲矣。今幸无事，可释远念。然而三告投杼，贤母生疑[18]。千夫所指，无疾而死。生丁今世，正不知来日如何耳。东望扶桑，感怆交集。

　　此布，即颂
曼福不尽。

　　　　　　　　　　　迅　启上　二月四日
令夫人均此致候。

五[19]

秉中兄：

　　九日惠函已收到。生丁此时此地，真如处荆棘中，国人竟有贩人命以自肥者，尤可愤叹。时亦有意，去此危邦，而眷念旧乡，仍不能绝裾径去，野人怀土，小草恋山，亦可哀也。日本为旧游之地，水木明瑟，诚足怡心，然知之已稔，遂不甚向往，去年颇欲赴德国，亦仅藏于心。今则金价大增，且将三倍，我又有眷属在沪，并一婴儿，相依为命，离则两伤，故且深自韬晦，冀延余年，倘举朝文武，仍不相容，会当相偕以泛海，或相率而授命耳。盛意甚感，但今尚无恙，请释远念，并善自珍摄为幸。此布，即颂曼福不尽。

　　　　　　　　　　迅　启上　二月十八日

令夫人均此致候。

> 爱国者："国人""危邦""旧乡""野人""小草""眷念""怀""恋"等词的使用。

> 有异于二十年代之"彷徨"心境。

注　释

1　李秉中（？—1940）　字庸倩，四川彭山人，1924年入北京大学，同年底去广州，入黄埔军校。1925年参加广东政府革命军讨伐广东军阀陈炯明的东征。次年被派往苏联，入莫斯科中山大学。1927年秋回国，未久赴日本学习陆军。1932年返国,在南京国民党军事机关任职,并成为国民党特务组织——复兴社的要员。1936年7月,曾致函鲁迅,表示愿意斡旋国民党政府对鲁迅的通缉令,鲁迅复函拒绝。

2 此信写于1924年9月。

3 **幼渔** 马裕藻(1878—1945),字幼渔,浙江鄞县人。曾留学日本,后任浙江教育司视学及北京大学中文系主任、北京女子师范大学教授等。

4 此信写于1926年。

5 "出于意表之外" 这里戏仿林纾文中不通的用语。

6 **东江** 珠江的东支。1925年国民革命军在这里与陈炯明部队作战,李秉中曾参加这次战役。

7 **已经跑得如此之远** 指李秉中到苏联留学。

8 **章士钊之来咬** 指章士钊任北洋政府教育总长时罢免鲁迅职务一事。

9 **一般人大用阴谋,想加谋害** 指三一八惨案后被段祺瑞政府列名通缉事。

10 此信写于1928年。

11 **《美术大观》** 即《苏俄美术大观》,1928年日本东京原始社出版。

12 "**匪今斯今,振古如兹**" 语见《诗经·周颂·载芟》。

13 此信写于1931年。

14 **我之学生** 指柔石。

15 **陆黄恋爱** 当时上海报纸大肆渲染的关于黄慧如和陆根荣的主仆恋爱一事。

16 **马振华投水** 指马振华因受诱骗投水自杀事,当时上海报纸对此多有报道。

17 **萧女士被强奸案** 指南京女教师萧信庵受聘赴南洋华侨学校任教途中,在荷兰轮船上遭荷籍船员强奸一案。

18 **三告投杼,贤母生疑** 《战国策国·秦策二》:"昔者曾子处费,费人有与曾子同名族者而杀人,人告曾子母曰:'曾参杀人。'曾子之母曰:'吾子不杀人。'织自若。有顷焉,人又曰:'曾参杀人。'其母尚织自若也。顷之,一人又告之曰:'曾参杀人。'其母惧,投杼逾墙而走。"

19　此信写于1931年。

致许广平[1]

一[1]

广平兄：

今天收到来信，有些问题恐怕我答不出，姑且写下去看——

学风如何，我以为和政治状态及社会情形相关的，倘在山林中，该可以比城市好一点，伊只要办事人员好。但若政治昏暗，好的人也不能做办事人员，学生在学校中，只是少听到一些可厌的新闻，待到出校和社会接触，仍然要苦痛，仍然要堕落，无非略有迟早之分。所以我的意思，倒不如在都市中，要堕落的从速堕落罢，要苦痛的速速苦痛罢，否则从较为宁静的地方突到闹处，也须意外地吃惊受苦，而其苦痛之总量，与本在都市者略同。

学校的情形，向来如此，但一二十年前，看去仿佛较好者，因为足够办学资格的人们不很多，因

> 教育不是孤立的现象，它与一个国家的政治社会状况密切相关。

而竞争也不猛烈的缘故。现在可多了，竞争也猛烈了，于是坏脾气也就彻底显出。教育界的清高，本是粉饰之谈，其实和别的什么界都一样，人的气质不大容易改变，进几年大学是无甚效力的，况且又有这样的环境，正如人身的血液一坏，体中的一部分决不能独保健康一样，教育界也不会在这样的民国里特别清高的。

> 气质与教育。

所以，学校之不甚高明，其实由来已久，加以金钱的魔力，本是非常之大，而中国又是向来善于运用金钱诱惑法术的地方，于是自然就成了这现象。听说现在是中学校也有这样的了。间有例外者，大概即因年龄太小，还未感到经济困难或花费的必要之故罢。至于传入女校，当是近来的事，大概其起因，当在女性已经自觉到经济独立的必要，所以获得这独立的方法，不外两途，一是力争，一是巧取。前一法很费力，于是就堕入后一手段去，就是略一清醒，又复昏睡了。可是这不独女界，男人也都如此，所不同者巧取之外，还有豪夺而已。

> 争取独立的方法有二：一是力争，一是巧取。力争成功者少，自然争的人也少。

我其实那里会"立地成佛"，许多烟卷，不过是麻醉药，烟雾中也没有见过极乐世界。假使我真有指导青年的本领——无论指导得错不错——我决不藏匿起来，但可惜我连自己也没有指南针，到现在还是乱闯。倘若闯入深坑，自己有自己负责，领着别人又怎么好呢，我之怕上讲台讲空话者就为此。记得有一种小说里攻击牧师,说有一个乡下女人,向牧师沥〔历〕诉困苦的半生,请他救助,牧师听毕答道,"忍着罢,上帝使你在生前受苦,死后定当赐福的。"其实古今的圣贤以及哲人学者所说,何尝能比这高明些,他们之所谓"将来",不就是牧师之所谓"死后"么?我所知道的话就是这样,我不相信,但自己也并无更好解释。章锡琛的答话是一定要胡涂的,听说他自己在书铺子里做伙计,就时常叫苦连天。

> 苦痛与人生相关联。

我想,苦痛是总与人生联带的,但也有离开的时候,就是当睡熟之际。醒的时候要免去若干苦痛,中国的老法子是"骄傲"与"玩世不恭",我自己觉得我就有这毛病,不大好。苦茶加糖,其苦之量如故,只是聊胜于无糖,但这糖就不容易找到,我不知道在那里,只好交白卷了。

以上许多话,仍等于章锡琛,我再说我自己如何在世上混过去的方法,以供参考罢——

一、走"人生"的长途,最易遇到的有两大难关。其一是"岐〔歧〕路",倘是墨翟[2]先生,相传是恸哭而返的。但我不哭也不返,先在岐〔歧〕路头坐下,歇一会,或者睡一觉,于是选一条似乎可走的路再走,倘遇见老实人,也许夺他食物充饥,但是不问路,因为我知道他并不知道的。如果遇见老虎,我就爬上树去,等它饿得走去了再下来,倘它竟不走,我就自己饿死在树上,而且先用带子缚住,连死尸也决不给它吃。但倘若没有树呢？那么，没有法子，只好请它吃了，但也不妨也咬它一口。其二便是"穷途"了，听说阮籍先生也大哭而回³，我却也像岐〔歧〕路上的办法一样，还是跨进去，在刺丛里姑且走走。但我也并未遇到全是荆棘毫无可走的地方过，不知道是否世上本无所谓穷途，还是我幸而没有遇着。

二、对于社会的战斗，我是并不挺身而出的，我不劝别人牺牲什么之类者就为此。欧战的时候，最重"壕堑战"，战士伏在壕中，有时吸烟，也唱歌，打纸牌，喝酒，也在壕内开美术展览会，但有时忽向敌人开他几枪。中国多暗箭，挺身而出的勇士容易丧命，这种战法是必要的罢。但恐怕也有时会迫到非短兵相接不可的，这时候，没有法子，就短兵相接。

总结起来，我自己对于苦闷的办法，是专与苦痛捣乱，将无赖手段当作胜利，硬唱凯歌，算是乐趣，这或者就是糖罢。但临末也还是归结到"没有法子"，这真是没有法子！

以上，我自己的办去〔法〕说完了，就是不过如此，而且近于游戏，不像步步走在人生的正轨上（人生或者有正轨罢，但我不知道），我相信写了出来，未必于你有用，但我也只能写出这些罢了。

鲁迅　三月十一日

> 自述人生经验：不问歧路或穷途，总之走自己的路；壕堑战术，不做挺身而出的英雄。

二[4]

广平兄:

这回要先讲"兄"字的讲义了。这是我自己制定,沿用下来的例子,就是:旧日或近来所识的朋友,旧同学而至今还在来往的,直接听讲的学生,写信的时候我都称"兄"。其余较为生疏,较需客气的,就称先生,老爷,太太,少爷,小姐,大人……之类。总之我这"兄"字的意思,不过比直呼其名略胜一筹,并不如许叔重[5]先生所说,真含有"老哥"的意思。但这些理由,只有我自己知道,则你一见而大惊力争,盖无足怪也。然而现已说明,则亦毫不为奇焉矣。

论教育。

现在的所谓教育,世界上无论那一国,其实都不过是制造许多适应环境的机器的方法罢了,要适如其分,发展各各的个性,这时候还未到来,也料不定将来究竟可有这样的时候。我疑心将来的黄金世界里,也会有将叛徒处死刑,而大家尚以为是黄金世界的事,其大病根就在人们各各不同,不能像印版书似的每本一律。要彻底地毁坏这种大势的,就容易变成"个人的无政府主义者",《工人绥惠略夫》[6]里所描写的绥惠略夫就是。这一类人物的运命,在现在,——也许虽在将来,是要救群众,而反被群众所迫害,终至于成了单身,忿激之余,一转而仇视一切,无论对谁都开枪,自己也归于毁灭。

社会上千奇百怪,无所不有;在学校里,只有捧线装书和希望得到文凭者,虽然根柢上不离"利害"二字,但是还要算好的。中国大约太老了,社会里事无大小,都恶劣不堪,像一只黑色的染缸,无论加进什么新东西去,都变成漆黑。可是除了再想法子来改革之外,也再没有别的路。我看一切理想家,不是怀念"过去",就是希望"将来",而对于"现在"这一个题目,都交了白卷,因为谁也开不出药方。其中最好的药方,即所谓"希望将来"的就是。

"黑染缸"一说,是对中国文化精神的精要的概括。

"将来"这回事,虽然不能知道情形怎样,但有是一定会有的,就是一定会到来的,所虑者到了那时,就成了那时的"现在"。然而人们也不必这样悲观,只要"那时的现在"比"现在的现在"好一点,就很好了,这就是进步。

希望"将来",必先关注"现在",没有现在也就没有了将来。

这些空想,也无法证明一定是空想,所以也可以算是人生的一种慰安,正如信徒的上帝。我的作品,太黑暗了,因为我只觉得"黑暗与虚无"乃是"实有",却偏要向这些作绝望的抗战,所以很多着偏激的声音。其实这或者是年龄和经历的关系,也许未必一定的确的,因为我终于不能证实:惟黑暗与虚无乃是实有。所以我想,在青年,须是有不平而不悲观,常抗战而亦自卫,荆棘非践不可,固然不得不践,但若无须必践,即不必随便去践,这就是我所以主张

鲁迅哲学:"绝望的抗战。"

"有不平而不悲观,常抗战而亦自卫。"

再论"壕堑战"。

"壕堑战"的原因,其实也无非想多留下几个战士,以得更多的战绩。

子路先生确是勇士,但他因为"吾闻君子死冠不免",于是"结缨而死"[7],则我总觉得有点迂。掉了一顶帽子,又有何妨呢,却看得这么郑重,实在是上了仲尼先生的当了。仲尼先生自己"厄于陈蔡"[8],却并不饿死,真是滑得可观。子路先生倘若不信他的胡说,披头散发的战起来,也许不至于死的罢。但这种散发的战法,也就是属于我所谓"壕堑战"的。

时候不早了,就此结束了。

鲁迅　三月十八日

三[9]

广平兄:

现在才有写回信的工夫,所以我就写回信。那一回演剧时候,我之所以先去者,实与剧的好坏无关,我在群集里面,是向来坐不久的。那天观众似乎不少,筹款目的,该可以达到一点了罢。好在中国现在也没有什么批评家,鉴赏家,给看那样的戏剧,已经尽够了,严格的说起来,则那天的看客,什么也不懂而胡闹的很多,都应该用大批的蚊烟,将它们熏出的。

近来的事件,内容大抵复杂,实不但学校为然。

据我看来，女学生还要算好的，大约因为和外面的社会不大接触之故罢，所以还不过谈谈衣饰宴会之类。至于别的地方，怪状更是层出不穷，东南大学事件[10]就是其一，倘细细剖析，真要为中国前途万分悲哀。虽至小事，亦复如是，即如《现代评论》的"一个女读者"的文章，我看那行文造语，总疑心是男人做的，所以你的推想，也许不确。世上的鬼蜮是多极了。

说起民元的事来，那时确是光明得多，当时我也在南京教育部，觉得中国将来很有希望。自然，那时恶劣分子固然也有的，然而他总失败。一到二年二次革命失败之后，即渐渐坏下去，坏而又坏，遂成了现在的情形。其实这不是新添的坏，乃是涂饰的新漆剥落已尽，于是旧相又显了出来。使奴才主持家政，那里会有好样子。最初的革命是排满，容易做到的，其次的改革是要国民改革自己的坏根性，于是就不肯了。所以此后最要紧的是改革国民性，否则，无论是专制，是共和，是什么什么，招牌虽换，货色照旧，全不行的。

但说到这类的改革，便是真叫作无从措手。不但此也，现在虽只想将"政象"稍稍改善，尚且非常之难。在中国活动的现有两种"主义者"，外表都很新的，但我研究他们的精神，还是旧货，所以我现在无所属，但希望他们自己觉悟，自动的改良而已。例如世界主义者，而同志自己先打架，无政府主义者的报

对于"坏"的诊察：新添的与复旧的。

改革国民性是根本的改革，改革的改革。

论辛亥革命。

自称"无所属"。

馆,而用护兵守门,真不知是怎么一回事。土匪也不行,河南的单知道烧抢,东三省的渐趋于保护雅〔鸦〕片,总之是抱"发财主义"的居多,梁山泊劫富济贫的事,已成为书本子上的故事了。军队里也不好,排挤之风甚盛,勇敢无私的一定孤立,为敌所乘,同人不救,终至阵亡,而巧滑骑墙,专图地盘者反很得意。我有几个学生在军中,倘不同化,怕终不能占得势力,但若同化,则占得势力又于将来何益。一个就在攻惠州[11],虽闻已胜,而终于没有信来,使我常常苦痛。

我又无拳无勇,真没有法,在手头的只有笔墨,能写这封信一类的不得要领的东西而已。但我总还想对于根深蒂固的所谓旧文明,施行袭击,令其动摇,冀于将来有万一之希望。而且留心看看,居然也有几个不问成败而要战斗的人,虽然意见和我并不尽同,但这是前几年所没有遇到的。我所谓"正在准备破坏者目下也仿佛有人"的人,不过这么一回事。要成联合战线,还在将来。

希望我做点什么事的人,颇有几个了,但我自己知道,是不行的。凡做领导的人,一须勇猛,而我看事情太仔细,一仔细,即多疑虑,不易勇往直前;二须不惜用牺牲,而我最不愿使别人做牺牲(这其实还是革命以前的种种事情的刺激的结果),也就不能有大局面。所以,其结果,终于不外乎用空论来发牢

独立战士所以作"联合战线"——后来曾先后加盟于各种社团——的考虑,盖在于旧文明之根深蒂固,以及政权之庞大强固也。

自画像。
论领袖。

骚,印一通书籍杂志。你如果也要发牢骚,请来帮我们,倘曰"马前卒",则吾岂敢,因为我实无马,坐在人力车上,已经是阔气的时候了。

投稿到报馆里,是碰运气的,一者编辑先生总有些胡涂,二者投稿一多,确也使人头昏眼花。我近来常看稿子,不但没有空闲,而且人也疲乏了,此后想不再给人看,但除了几个熟识的人们。你投稿虽不写什么"女士",我写信也改称为"兄",但看那文章,总带些女性。我虽然没有细研究过,但大略看来,似乎"女士"的说话的句子排列法,就与"男士"不同,所以写在纸上,一见可辨。

北京的印刷品现在虽然比先前多,但好的却少。《猛进》很勇,而论一时的政象的文字太多。《现代评论》的作者固然多是名人,看去却很显得灰色。《语丝》虽总想有反抗精神,而时时有疲劳的颜色,大约因为看得中国的内情太清楚,所以不免有些失望之故罢。由此可知见事太明,做事即失其勇,庄子所谓"察见渊鱼者不祥"[12],盖不独谓将为众所忌,且于自己的前进亦有碍也。我现在还要找寻生力军,加多破坏论者。

期刊略评。

鲁迅 三月卅一日

四[13]

广平兄：

十日寄出一信后，次日即得七日来信，略略一懒，便迟到今天才写回信了。

对于侄子的帮助，你的话是对的。我愤激的话多，有时几乎说："宁我负人，毋人负我。"[14]然而自己也觉得太过，做起事来或者且正与所说的相反。人也不能将别人都作坏人看，能帮也还是帮，不过最好是"量力"，不要拼命就是了。

"急进"问题，我已经不大记得清楚了，这意思，大概是指"管事"而言，上半年还不能不管事者，并非因为有人和我淘气，乃是身在北京，不得不尔，譬如挤在戏台面前，想不看而退出，是不甚容易的。至于不以别人为中心，也很难说，因为一个人的中心并不一定在自己，有时别人倒是他的中心，所以虽说为人，其实也是为己，所以不能"以自己为定夺"的事，往往有之。

先前为北京的少爷们当差，耗去生命不少，自己是知道的。但到这里，又有一些人办了一种月刊，叫作《波艇》[15]，每月要做些文章。也还是上文所说，不能将别人都作坏人看，能帮还是帮的意思。不过先前利用过我的人，知道现已不能再利用，开始攻击了。长虹在《狂飙》第五期上已尽力攻击，自称见过

自画像。

为青年"打杂"，甘于被利用。

我不下百回,知道得很清楚,并捏造了许多会话(如说我骂郭沫若之类)。其意盖在推倒《莽原》,一方面则推广《狂飙》消〔销〕路,其实还是利用,不过方法不同。他们专想利用我,我是知道的,但不料他看出活着他不能吸血了,就要杀了煮吃,有如此恶毒。我现在拟置之不理,看看他技〔伎〕俩发挥到如何。现在看来,山西人究竟是山西人,还是吸血的。

校事不知如何?如少暇,简略地告知几句便好。我已收到中大聘书,月薪二百八,无年限的,大约那计画是将以教授治校,所以认为非研究系的,不至于开倒车的,不立年限。但我的行止如何,一时也还不易决定。此地空气恶劣,当然不愿久居,然而到广州也有不合的几点。(一)我对于行政方面,素不留心,治校恐非所长;(二)听说政府将移武昌,则熟人必多离粤,我独以"外江佬"留在校内,大约未必有味;而况(三)我的一个朋友,或者将往汕头,则我虽至广州,与在厦门何异。所以究竟如何,当看情形再定了,好在开学当在明年三月初,很有考量的余地。

我又有种感触,觉得现在的社会,可利用时则竭力利用,可打击时则竭力打击,只要于他有利。我在北京是这么忙,来客不绝,但倘一失脚,这些人便是投井下石的,反面不识还是好人;为我悲哀的大约只有两个,我的母亲和一个朋友。所以我常迟疑于此后所走的路:(1)积几文钱,将来什么都不做,苦苦过活;(2)再不顾自己,为人们做一点事,将来饿肚也不妨,也一任别人唾骂;(3)再做一点事,(被利用当然有时仍不免),倘同人排斥我了,为生存起见,我便不问什么事都敢做,但不愿失了我的朋友。第三〔二〕条我已实行过两年多了,终于觉得太傻。前一条当托庇于资本家,须熬;末一条则颇险,也无把握(于生活),所以实在难于下一决心,我也就想写信和我的朋友商量,给我一条光。

昨天今天此地都下雨,天气稍凉。我仍然好的,也不怎么忙。

迅。十一月十五日灯下。

> 所谓"给我一条光"者,是希望爱人许广平为他此后的道路做决定。此刻的"个人主义者"完全变作了一个"爱情至上主义者"。

五[16]

广平兄:

廿五日寄一函,想已到。今天以为当得来信,而竟没有,别的粤信,都到了。伏园已寄来一函,今附上,可借知中大情形。季巿与你的地方,大概都极易设法。我一面已写信通知季巿,他本在杭州,目下不知怎样。

看来中大似乎等我很急,所以我想就与玉堂商量,能早走则早走,自然另外也还有原因。此外,则厦大与我,太格格不入,所以我也不必拘拘于约束,为之收束学期也。但你信只管发,即我已走,也有人代收寄回。

厦大是废物,不足道了。中大如有可为,我也想为之出一点力,但自然以不损自己之身心为限。我来厦门,本意是休息几时,及有些豫备,而有些人以为我放下兵刃了,不再有发表言论的便利,即翻脸攻击,自逞英雄。北京似乎也有流言,和在上海所闻者相似,且说长虹之攻击我,乃为此。用这样的手段,想来征服我,是不行的。我先前的不甚竞争,乃是退让,何尝是无力战斗。现在就偏出来做点事,而且索性在广州,住得更近点,看他们卑劣诸公其奈我何?然而这也是将计就计,其实是即使并无他们的闲话,也还是到广州的。

> 隐藏了一种坚定的爱:别一种情书。

再谈。

迅 十二月廿九日灯下

注 释

1 此信写于1925年,今按原信排出,与《两地书》有出入。

2 墨翟 即墨子。《吕氏春秋·慎行论·疑似》曾说他"见歧道而哭之"。

3 这里说阮籍"大哭而回"事,见于《晋书·阮籍传》:"时率意独驾,不由径路,车迹所穷,辄恸哭而返。"

4 此信写于1925年,今按原信排出,与《两地书》有出入。

5 许叔重(约58—约147) 东汉时文字学家。名慎,字叔重,汝南召陵(今河南漯河市召陵区人)。著有《说文解字》共十五卷。

6 《工人绥惠略夫》 中篇小说,俄国阿尔志跋绥夫著,鲁迅译。1922年5月上海商务印书馆出版。

7 "结缨而死" 《左传·哀公十五年》载,子路与卫国蒯聩的党羽石乞、孟黡战斗时,因听信孔子"君子死,冠不免"的教诲,在系帽缨时被对方砍为肉酱。

8 仲尼"厄于陈蔡" 仲尼,即孔子。关于他"厄于陈蔡"的事,可参见《论语·卫灵公》《荀子·宥坐》《墨子·非儒》等。厄,苦难,穷困。

9　此信写于1925年,今按原信排出,与《两地书》有出入。

10　东南大学事件　1925年初,北洋政府教育部免去东南大学校长郭秉文的职务,命胡敦复继任,该校即分裂为拥郭和拥胡两派。胡到校就职时,有数十名学生拥至校长室,以墨水瓶掷伤胡头部,并威胁他发表永不就东南大学校长的声明,由此酿成风潮。

11　指李秉中参加广东政府革命军东征部队攻打惠州的战役。

12　"察见渊鱼者不祥"　周谚,为《列子·说符》所引,未见于《庄子》。

13　此信写于1926年,今按原信排出,与《两地书》有出入。

14　"宁我负人,毋人负我"　语见《三国志·魏书·武帝纪》裴松之注引孙盛《杂记》。

15　《波艇》　当时厦门大学学生文学团体泱泱社创办的一种文艺月刊。

16　此信写于1926年,今按原信排出,与《两地书》有出入。

致赵其文[1]

××兄：

我现在说明我前信里的几句话的意思，所谓"自己"，就是指各人的"自己"，不是指我。无非说凡有富于感激的人，即容易受别人的牵连，不能超然独往。

感激，那不待言，无论从那一方面说起来，大概总算是美德罢。但我总觉得这是束缚人的。譬如，我有时很想冒险，破坏，几乎忍不住，而我有一个母亲，还有些爱我，愿我平安，我因为感激他的爱，只能不照自己所愿意做的做，而在北京寻一点糊口的小生计，度灰色的生涯。因为感激别人，就不能不慰安别人，也往往牺牲了自己，——至少是一部分。

又如，我们通了几回信，你就记得我了，但将来我们假如分属于相反的两个战团里开火接战的时候呢？你如果早已忘却，这战事就自由得多，倘你还记着，则当非开炮不可之际，也许因为我在火线里面，忽而有点踌躇，于是就会失败。

> 论感激（《过客》中也有类似的议论）。感激是与个人主义相冲突的。

> "反抗绝望"是彻底的个人主义的哲学。

《过客》的意思不过如来信所说那样,即是虽然明知前路是坟而偏要走,就是反抗绝望,因为我以为绝望而反抗者难,比因希望而战斗者更勇猛,更悲壮。但这种反抗,每容易蹉跌在"爱"——感激也在内——里,所以那过客得了小女孩的一片破布的布施也几乎不能前进了。

鲁迅　四月十一日

注　释

1　此信写于1925年。

致台静农

一[1]

静农兄：

九月十七日来信收到了。请你转致半农先生，我感谢他的好意，为我，为中国。但我很抱歉，我不愿意如此。

诺贝尔赏金[2]，梁启超自然不配，我也不配，要拿这钱，还欠努力。世界上比我好的作家何限，他们得不到。你看我译的那本《小约翰》，我那里做得出来，然而这作者就没有得到。

或者我所便宜的，是我是中国人，靠着这"中国"两个字罢，那么，与陈焕章[3]在美国做《孔门理财学》而得博士无异了，自己也觉得好笑。

我觉得中国实在还没有可得诺贝尔赏金的人，瑞典最好是不要理我们，谁也不给。倘因为黄色脸皮人，格外优待从宽，反足以长中国人的虚荣心，以为

个人获奖与改造国民性的关系。

> 清贫思想："没有名誉而穷之为好"。

真可与别国大作家比肩了，结果将很坏。

我眼前所见的依然黑暗，有些疲倦，有些颓唐，此后能否创作，尚在不可知之数。倘这事成功而从此不再动笔，对不起人；倘再写，也许变了翰林文字，一无可观了。还是照旧的没有名誉而穷之为好罢。

未名社出版物，在这里有信用，但售处似乎不多。读书的人，多半是看时势的，去年郭沫若书颇行，今年上半年我的书颇行，现在是大卖戴季陶讲演录了蒋介石的也行了一时。这里的书，要作者亲到而阔才好，就如江湖上卖膏药者，必须将老虎骨头挂在旁边似的。

还有一些琐事，详寄季野信中，不赘。

迅　上　九月二十五日

二[4]

静农兄：

八月十日信收到。素园逝去，实足哀伤，有志者入泉，无为者住世，岂佳事乎。忆前年曾以布面《外套》一本见赠，殆其时已有无常之感。今此书尚在行箧，览之黯然。

郑君[5]治学，盖用胡适之法，往往恃孤本秘笈，为惊人之具，此实足以炫耀人目，其为学子所珍赏，宜也。我法稍不同，凡所泛览，皆通行之本，易得之书，故遂孑然于学林之外，《中国小说史略》而非断见贬于人。但此书改定本，早于去年出版，已嘱书店寄上一册，至希察收。虽曰改定，而所改实不多，盖近几年来，域外奇书，沙中残楮[6]，虽时时介绍于中国，但尚无需因此大改《史略》，故多仍之。郑君所作《中国文学史》[7]，顷已在上海豫约出版，我曾于《小说月报》上见其关于小说者数章，诚哉滔滔不已，然此乃文学史资料长编，非"史"也。但倘有具史识者，资以为史，亦可用耳。

> 治学之道亦取平民式。

> 治史须史识。评郑振铎所著《中国文学史》。

年来伏处牖下，于小说史事，已不经意，故遂毫无新得。上月得石印传奇《梅花梦》[8]一部两本，为毗陵陈森所作，此人亦即作《品花宝鉴》者，《小说史略》误作陈森书，衍一"书"字，希讲授时改正。此外又有木刻《梅花梦传奇》[9]，似张姓者所为，非一书也。

上海曾大热，近已稍凉，而文禁如毛，缇骑遍地，则今昔不异，久见而惯，故旅舍或人家被捕去一少年，已不如捕去一鸡之耸人耳目矣。我亦颇麻木，绝无作品，真所谓食菽而已[10]。早欲翻阅二十四史，曾向商务印书馆豫约一部，而今年遂须延期，大约后年之冬，才能完毕，惟有服鱼肝油，延年却病以待之耳。

此复，即颂曼福。

　　　　　　迅　启上　八月十五夜。

三[11]

静农兄：

顷得六月二十二日函，五月初之信及照相，早已收到，倥偬之际，遂未奉闻也。

上海气候殊不佳，蒙念甚感。时症亦大流行，但仆生长危邦，年逾大衍[12]，天灾人祸，所见多矣，无怨于生，亦无怖于死，即将投我琼瑶[13]，依然弄此笔墨，夙心旧习，不能改也，惟较之春初，固亦颇自摄养耳。

开明第一次款，久已照收，并无纠葛，霁兄[14]曾来函询，因失其通信地址，遂无由复，乞转知；至第二次，则尚无消息。

立人先生大作[15]，曾以一册见惠，读之既哀其梦梦，又觉其凄凄。昔之诗人，本为梦者，今谈世事，遂如狂酲；诗人原宜热中，然神驰宦海，则溺矣，立人已无可救，意者素园若在，或不至于此，然亦难言也。

此复，并颂
时绥。

　　　　　　　　　　豫　启上　六月廿八晚

> 对于政治专制恐怖的从容应对的态度。

> 痛惜于青年友人之溺于宦海，亦可见友情之一斑。

四[16]

静农兄：

　　下午从书店得所惠书，似有人持来，而来者何人，则不可考。《北平笺谱》竟能卖尽，殊出意外，我所约尚有余，当留下一部，其款亦不必送西三条寓，当于交书时再算账耳。印书小事，而郑君乃作如此风度，似少函养，至于问事不报，则往往有之，盖不独对于靖兄为然也。

　　写序之事[17]，传说与事实略有不符，郑君来函问托天行或容某[18]（忘其名，能作简字），以谁为宜，我即答以不如托天行，因是相识之故。至于不得托金公[19]执笔，亦诚有其事，但系指书签，盖此公夸而懒，又高自位置，托以小事，能拖延至一年半载不报，而其字实俗媚入骨，无足观，犯不着向悭吝人乞烂铅钱也。关于国家博士[20]，我似未曾提起，因我未能料及此公亦能为人作书，惟平日颇嗤其摆架子，或郑君后来亦有所闻，因不复道耳。

　　北大堕落至此，殊可叹息，若将标语各增一字，作"五四失精神"，"时代在前面"，则较切矣。兄蛰伏古城，情状自能推度，但我以为此亦不必侘傺，大可以趁此时候，深研一种学问，古学可，新学亦可，既足自慰，将来亦仍有用也。

评北大联语，并称"堕落，当可启人深省"。

> 自述生存环境及写作状况。此等不自由，当为攻击鲁迅之"好斗"（或曰有失"风度"）的"自由主义者"所不能不面对者。

投稿于《自由谈》，久已不能，他处颇有函索者，但多别有作用，故不应。《申报月刊》[21]上尚能发表，盖当局对于出版者之交情，非对于我之宽典，但执笔之际，避实就虚，顾彼忌此，实在气闷，早欲不作，而与编者是旧相识，情商理喻，遂至今尚必写出少许。现状为我有生以来所未尝见，三十年来，年相若与年少于我一半者，相识之中，真已所存无几，因悲而愤，遂往往自视亦如轻尘，然亦偶自摄卫，以免为亲者所叹而仇者所快。明年颇欲稍屏琐事不作，专事创作或研究文学史，然能否亦殊未可必耳。

专此布复，并颂

时绥。

豫　顿首　十二月廿七夜

五[22]

伯简兄：

十六日信已到。过沪乞惠临，厦门似无出产品，故无所需也。北平学生游行[23]，所遭与前数次无异，闻之惨然，此照例之饰终大典耳。上海学生，则长跪于府前[24]，此真教育之效，可羞甚于陨亡。

> 学生为求与政府对话，竟至于下跪。鲁迅评云："可羞甚于陨亡。"此为教育羞，亦为政治羞；为当局羞，亦为学子羞也。

南阳杨君[25]，已寄拓本六十五幅来，纸墨俱佳，大约此后尚有续寄。将来如有暇豫，当并旧藏选印也。

贱躯无恙,可释远念。

专此布复,并颂

时绥。

豫　顿首　十二月廿一夜

注　释

1　此信写于1927年。

2　诺贝尔赏金　即诺贝尔奖。以瑞典化学家和发明家诺贝尔(A.Nobe,1833—1896)的遗产设立的奖金,自1901年起在每年诺贝尔逝世纪念日颁发关于科学、文学及和平事业的奖金。1927年瑞典探测家斯文海定来华考察,与刘半农商定,拟提名鲁迅为诺贝尔奖候选人,并由刘半农托台静农写信探询鲁迅个人意见。

3　陈焕章(1881—1933)　字重远,广东高要人。留学美国,获博士学位,著有《孔门理财学》。辛亥革命后组织孔教会,任会长。

4　此信写于1932年。

5　郑君　指郑振铎。

6　域外奇书,沙中残楮　指当时国内外陆续发现的失传已久的我国古籍。

7　《中国文学史》　指《插图本中国文学史》,郑振铎著,1932年12月北平朴社出版。

8　《梅花梦》　应为《梅花梦传奇》,戏曲,清代毗陵陈森著。

9　《梅花梦传奇》　应为《梅花梦》,清末张道刊本。

10　食菽而已　见《孟子·告子下》:"交闻文王十尺,汤九尺,今交九尺四寸以长，食粟而已，如何则可？"

11　此信写于1933年。

12　**大衍**　这里指五十岁。《周易·系辞》："大衍之数五十。"

13　**投我琼瑶**　语出《诗经·木瓜》："投我以木桃，报之以琼瑶，匪报也，永以为好也。"

14　**霁兄**　指李霁野。

15　**立人先生大作**　立人，即韦丛芜（1905—1978），作家，翻译家。韦素园之弟，未名社成员。1931年曾在天津河北女子师范学院任教，1933年后，投靠国民党，任霍邱县长等职。作品有《君山》《合作同盟》，译作有陀思妥耶夫斯基的《穷人》《罪与罚》，斯威夫特的《格列佛游记》等。这里说他的大作，是指当时在南京印行的《合作同盟》。

16　此信写于1933年。

17　**写序之事**　指鲁迅、郑振铎作《〈北平笺谱〉序》，拟请魏建功书写。

18　**容某**　指容庚。

19　**金公**　指钱玄同。

20　**国家博士**　指刘半农。

21　**《申报月刊》**　国际时事综合性刊物，1932年创刊于上海。

22　此信写于1935年。

23　**北平学生游行**　指一二·九运动。1931年日本侵略军占领中国东北以后，接着进攻华北，1935年下半年控制了察哈尔，并指使汉奸殷汝耕在冀东成立傀儡政权。国民党政府也准备成立"冀察政务委员会"，以适应日趋严重的形势需要。12月9日，北平学生六千余人举行游行示威，要求停止内战，一致对外。国民党政府出动军警镇压，打伤和逮捕了许多学生。次日，北平各校学生宣布罢课。16日，学生和市民一万余人再度举行示威游行，迫使"冀察政务委员会"延期成立。全国各地学生相继举行集会游行,各界人士纷纷成立救国会,形成全国抗日爱国运动的高潮。

24　长跪于府前　　上海学生为声援北平学生游行,在国民党市政府前下跪请愿。1935年12月21日《申报》刊出有关的新闻照片。

25　杨君　　指杨廷宾,河南南阳人。当时在南阳女中任教。

致章廷谦[1]

矛尘兄：

　　廿五日来信，今天收到。梯子之论[2]，是极确的，对于此一节，我也曾熟虑，倘使后起诸公，真能由此爬得较高，则我之被踏，又何足惜。中国之可作梯子者，其实除我之外，也无几了。所以我十年以来，帮未名社，帮狂飙社，帮朝花社，而无不或失败，或受欺，但愿有英俊出于中国之心，终于未死，所以此次又应青年之请，除自由同盟外，又加入左翼作家连盟[3]，于会场中，一览了荟萃于上海的革命作家，然而以我看来，皆茄花色，于是不佞势又不得不有作梯子之险，但还怕他们尚未必能爬梯子也。哀哉！

　　果然，有几种报章，又对我大施攻击，自然是人身攻击，和前两年"革命文学家"攻击我之方法并同，不过这回是"罪孽深重，祸延"孩子，计海婴生后只半岁，而南北报章，加以嘲骂者已有六七次了。如此敌人，不足介意，所以我仍要从事译作，再做一

> 人梯之论。

> 此信距"左联"成立不足一个月，已对众盟友有相当警觉，可谓"知人"。

年。我并不笑你的"懦怯和没出息",想望休息之心,我亦时时有之,不过一近旋涡,自然愈卷愈紧,或者且能卷入中心,握笔十年,所得的是疲劳与可笑的胜利与无进步,而又下台不得,殊可慨也。

> 预想卷入"旋涡"中心,"下台不得",正是几年后在"左联"中的境遇。对于一个战士来说,这境遇是一种宿命。

蔡先生确是一个很念旧知的人,倘其北行,兄自不妨同去,但世事万变,他此刻大约又未必去了罢。至于北京,刺戟也未必多于杭州,据我所见,则昔之称为战士者,今已蓄意险仄,或则气息奄奄,甚至举止言语,皆非常庸鄙可笑,与为伍则难堪,与战斗则不得,归根结蒂,令人如陷泥坑中。但北方风景,是伟大的,倘不至于日见其荒凉,实较适于居住。

> "五四"知识群体扫描。

徐夫人[4]出典,我不知道,手头又无书可查。以意度之,也许是男子而女名者。不知人名之中,可有徐负(负=妇),倘有,则大概便是此人了。

乔峰将上海情形告知北京,不知何意,他对我亦未言及此事。但常常慨叹保持饭碗之难,并言八道弯事情之多,一有事情,便呼令北去,动止两难,至于失眠云云。今有此举,岂有什么决心乎。要之北京(尤其是八道弯)上海,情形大不相同,皇帝气之积习,终必至于不能和洋场居民相安,因为目击流离,渐失长治久安之念,一有压迫,很容易视所谓"平安"者如敝屣也。

例如卖文生活,上海情形即大不同,流浪之徒,每较安居者为好。这也是去年"革命文学"所以兴盛

致章廷谦　301

的原因。我因偶作梯子,现已不能住在寓里[5](但信寄寓中,此时仍可收到),而译稿[6]每千字十元,却已有人豫约去了,但后来之兴衰,则自然仍当视实力和压迫之度矣。

迅　启上　三月二十七夜书于或一屋顶房中[7]

斐君兄及小燕弟均此致候不另。

注　释

1　此信写于1930年。

2　梯子之论　当时有人议论鲁迅参加发起中国自由运动大同盟,难免被人利用做踏脚的"梯子"。收信人曾在信中将这种议论告诉鲁迅。

3　左翼作家连盟　即中国左翼作家联盟。

4　徐夫人　战国时赵国人。见《史记·刺客列传》,其中有"得赵人徐夫人匕首"的记载。

5　不能住在寓里　鲁迅参加发起组织中国自由运动大同盟后,国民党浙江省党部呈请通缉"堕落文人鲁迅等",因于3月19日离寓暂避。

6　译稿　指苏联雅柯夫列夫的长篇小说《十月》译稿。后由上海神州国光社出版。

7　或一屋顶房中　鲁迅当时避居的内山书店阁楼。

致韦素园[1]

素园兄：

昨看见由舍弟转给景宋的信，知道这回的谣言[2]，至于广播北方，致使兄为之忧虑，不胜感荷。上月十七日，上海确似曾拘捕数十人，但我并不详知，此地的大报，也至今未曾登载。后看见小报，才知道有我被拘在内，这时已在数日之后了。然而通信社却已通电全国，使我也成了被拘的人。

其实我自到上海以来，无时不被攻击，每年也总有几回谣言，不过这一回造得较大，这是有一些人，希望我如此的幻想。这些人大抵便是所谓"文学家"，如长虹一样，以我为"绊脚石"[3]，以为将我除去，他们的文章便光焰万丈了。其实是并不然的。文学史上，我没有见过用阴谋除去了文学上的敌手，便成为文豪的人。

上海文坛。

但在中国，却确是谣言也足以谋害人的，所以我近来搬了一处地方。景宋也安好的，但忙于照看小孩。我好像未曾通知过,我们有了一个男孩,已一岁另四个月,他生后不满两月之内,就被"文学家"在报上骂了两三回,但他却不受影响,颇壮健。

我新近印了一本Gladkov的《Zement》的插画[4],计十幅,大约不久可由未名社转寄兄看。又已将Fadejev[5]的《毁灭》（Razgrom）译完,拟即付印。中国的做人虽然很难,我的敌人（鬼鬼祟祟的）也太多,但我若存在一日,终当为文艺尽力,试看新的文艺和在压制者保护之下的狗屁文艺,谁先成为烟埃。并希兄也好好地保养,早日痊愈,无论如何,将来总归是我们的。

迅 上 二月二日
景宋附笔问候

注　释

1　此信写于1931年。

2　谣言　关于鲁迅被捕的谣言,1931年1月21日天津《大公报》曾刊出《鲁迅在沪被捕,现拘押捕房》的消息。

3　"绊脚石"　高长虹在《狂飙》周刊第10期发表《走到出版界·琐记两则》,攻击鲁迅说:"挟其历史的势力,而倒卧在青年的脚下以行其绊脚石式的开倒车的狡计。"

4　Gladkov的《Zement》的插画　即德国木刻家凯尔·梅斐尔德（C.Meffert）为革拉特珂夫的《士敏土》所作的插图。鲁迅自费复制，题为《梅斐尔德木刻士敏土之图》，并撰写序言，于1931年2月以"三闲书屋"名义出版。

5　Fadejev　法捷耶夫。

致黎烈文[1]

一

烈文先生：

　　顷奉到三日惠函。《自由谈》已于昨今两日，各寄一篇[2]，谅已先此而到。有人中伤，本亦意中事，但近来作文，避忌已甚，有时如骨鲠在喉，不得不吐，遂亦不免为人所憎。后当更加婉约其辞，惟文章势必至流于荏弱，而干犯豪贵，虑亦仍所不免。希先生择可登者登之，如有被人扣留，则易以他稿，而将原稿见还，仆倘有言谈，仍当写寄，决不以偶一不登而放笔也。此复，即请
著安。

　　　　　　　　迅　启上　五月四日晚

多所避忌，婉约其辞，此正施特劳斯之所谓"隐晦写作"者也。

作文难，编辑亦难。对编辑极尽迁就之意，深知同一境遇故也。

二[3]

烈文先生：

晚间曾寄寸函，夜里又做一篇[4]，原想嬉皮笑脸，而仍剑拔弩张，倘不洗心，殊难革面，真是呜呼噫嘻，如何是好。换一笔名，图掩人目，恐亦无补。今姑且寄奉，可用与否，一听酌定，希万勿客气也。

此上，即请

著安。

　　　　　　　干　顿首　五月四夜

> 一个本质主义者的悲喜剧。

三[5]

烈文先生：

惠函收到。向来不看《时事新报》[6]，今晨才去搜得一看，又见有汤增敭[7]启事，亦在攻击曾某[8]，此辈之中，似有一小风波[9]，连崔万秋[10]在内，但非局外人所知耳。

我与中国新文人相周旋者十余年，颇觉得以古怪者为多，而漂聚于上海者，实尤为古怪，造谣生事，害人卖友，几乎视若当然，而最可怕的是动辄要你生命。但倘遇此辈，第一切戒愤怒，不必与之针锋相对，只须付之一笑，徐徐扑之。吾乡之下劣无赖，与人打架，好用粪帚，足令勇士却步，张公资平之战

> 上海文人群像。

> 虽云"切戒愤怒"，无奈生就"横眉"，故遇挑战，往往按捺不住，为此费去精力颇不少，殊可惜也。

致黎烈文　307

法，实亦此类也，看《自由谈》所发表的几篇批评，皆太忠厚。

附奉文一篇[11]，可用否希酌夺。不久尚当作一篇[12]，因张公启事中之"我是坐不改名，行不改姓的人，纵令有时用其他笔名，但所发表文字，均自负责"数语，亦尚有文章可做也。此复，即颂
著祺

家干　顿首　七月八日

四[13]

烈文先生：

昨得大札后，匆复一笺，谅已达。《大晚报》[14]与我有夙仇，且勿论，最不该的是我的稿件不能在《自由谈》上发表时，他们欣欣然大加以嘲笑[15]。后来，一面登载柳丝（即杨邨人）之《新儒林外史》[16]，一面崔万秋君又给我信，谓如有辨驳，亦可登载。虽意在振兴《火炬》，情亦可原，但亦未免太视人为低能儿，此次亦同一手段，故仍不欲与其发生关系也。

曾大少[17]真太脆弱，而启事尤可笑，谓文坛污秽，所以退出，简直与《伊索寓言》所记，狐吃不到葡萄，乃诋之为酸同一方法。但恐怕他仍要回来的，中国人健忘，半年六月之后，就依然一个纯正的文学家了。至于张公[18]，则伎俩高出万倍，即使加以猛烈之攻击，也决不会倒，他方法甚多，变化如意，近四年中，忽而普罗，忽而民主，忽而民族，尚在人记忆中，然此反复，于彼何损。文章的战斗，大家用笔，始有胜负可分，倘一面另用阴谋，即不成为战斗，而况专持粪帚乎？然此公实已道尽途穷，此后非带些吧儿与无赖气息，殊不足以再

有刊物上（刊物上耳，非文学上也）的生命。

做编辑一定是受气的，但为"赌气"计，且为于读者有所贡献计，只得忍受。略为平和，本亦一法，然而仍不免攻击，因为攻击之来，与内容其实是无甚关系的。新文人大抵有"天才"气，故脾气甚大，北京上海皆然，但上海者又加以贪滑，认真编辑，必苦于应付，我在北京见一编辑，亦新文人，积稿盈几，未尝一看，骂信蝟集，亦不为奇，久而久之，投稿者无法可想，遂皆大败，怨恨之极，但有时寄一信，内画生殖器，上题此公之名而已。此种战法，虽皆神奇，但我辈恐不能学也。

附上稿一篇[19]，可用与否，仍希裁夺。专此，顺请

暑安。

干　顿首　七月十四日

关于文坛的漫画。

注　释

1　此信写于1933年。

2　各寄一篇　分别为《文章与题目》《新药》。

3　此信写于1933年。

4　又做一篇　指《多难之月》。

5　此信写于1933年。

6　《时事新报》　初名《时事报》,1907年12月于上海创刊。1911年5月改名《时事新报》,1949年5月停刊。

7　汤增敡　《草野》半月刊编者之一。1933年7月6日《时事新报》载《汤增敡启事》,否认曾今可说他"曾与某君同往校对××周刊",称之为"造谣"。

8　曾某　指曾今可(1901—1971),江西泰和人,曾创办《新时代月刊》。

9　小风波　指发生在曾今可、崔万秋、汤增敡之间的一场风波。可参看《伪自由书·后记》。

10　崔万秋　山东观城人,参加国民党复兴社,曾主编《大晚报》文艺副刊《火炬》。

11　奉文一篇　指《别一个窃火者》。后收入《准风月谈》。

12　当作一篇　指《豪语的折扣》。后收入《准风月谈》。

13　此信写于1933年。

14　《大晚报》　1932年2月在上海创刊,创办人张竹平。1949年5月停刊。

15　大加以嘲笑　指1933年6月11日《大晚报·火炬》载法鲁的《到底要不要自由》一文,对鲁迅等进行攻击一事。可参看《伪自由书·后记》。

16　《新儒林外史》　载1933年6月7日《大晚报·火炬》。可参看《伪自由书·后记》。

17　曾大少　指曾今可。下文说的"启事",是指他1933年7月9日在《时事新报》上刊登的启事。可参看《伪自由书·后记》。

18　张公　指张资平。

19　稿一篇　指《智识过剩》。后收入《准风月谈》。

致王志之[1]

郑朱[2]皆合作,甚好。我以为我们[3]的态度还是缓和些的好。其实有一些人,即使并无大帮助,却并不怀着恶意,目前决不是敌人,倘若疾声厉色,拒人于千里之外,倒是我们的损失,也姑且不要太求全,因为求全责备,则有些人便远避了,坏一点的就来迎合,作违心之论,这样,就不但不会有好文章,而且也是假朋友了。

静农久无信来,寄了书去,也无回信,殊不知其消极的原因,但恐怕还是为去年的事[4]罢。我的意见,以为还是放置一时,不要去督促。疲劳的人,不可再加重,否则,他就更加疲乏。过一些时,他会恢复的。

第二期[5]既非我写些东西不可,日内当寄上一点。雁君见面时当一问。第一期诚然有些"太板",但加入的人们一多,就会活泼的。

反对"左联"的关门主义倾向。

对人"不要太求全",疲劳的人则"不可再加重",可见鲁迅善于体察人情的地方。

注　释

1　此信写于1933年。信的首尾为收信人略去。
2　郑朱　郑,指郑振铎。朱,指朱自清(1898—1948),字佩弦,作家、学者。江苏东海人。文学研究会成员,当时任清华大学中国文学系主任。著有散文集《背影》等。
3　我们　指"左联"方面。
4　去年的事　指台静农1932年12月12日在北京被国民党逮捕事。
5　第二期　指《文学杂志》第二期。

致曹聚仁

一[1]

聚仁先生：

惠书敬悉。近来的事，其实也未尝比明末更坏，不过交通既广，智识大增，所以手段也比较的绵密而且恶辣。然而明末有些士大夫，曾捧魏忠贤入孔庙，被以衮冕，现在却还不至此，我但于胡公适之之侃侃而谈[2]，有些不觉为之颜厚有忸怩耳。但是，如此公者，何代蔑有哉。

渔仲亭林[3]诸公，我以为今人已无从企及，此时代不同，环境所致，亦无可奈何。中国学问，待从新整理者甚多，即如历史，就该另编一部。古人告诉我们唐如何盛，明如何佳，其实唐室大有胡气，明则无赖儿郎，此种物件，都须褫其华衮，示人本相，庶青年不再乌烟瘴气，莫名其妙。其他如社会史，艺术史，赌博史，娼妓史，文祸史都未有人著手。然而又怎

> 论胡适。指出"为此公者，何代蔑有"，说明胡适的观念是西化的，人格是本土的、传统士人式的，却没有"渔仲亭林诸公"的操守。

> 关于中国学问。

能著手?居今之世,纵使在决堤灌水,飞机掷弹范围之外,也难得数年粮食,一屋图书。我数年前,曾拟编中国字体变迁史及文学史稿各一部,先从作长编入手,但即此长编,已成难事,剪取欤,无此许多书,赴图书馆抄录欤,上海就没有图书馆,即有之,一人无此精力与时光,请书记[4]又有欠薪之惧,所以直到现在,还是空谈。现在做人,似乎只能随时随手做点有益于人之事,倘其不能,就做些利己而不损人之事,又不能,则做些损人利己之事。只有损人而不利己的事,我是反对的,如强盗之放火是也。

关于做人之道。

知识分子以外,现在是不能有作家的,戈理基虽称非知识阶级出身,其实他看的书很不少,中国文字如此之难,工农何从看起,所以新的文学,只能希望于好的青年。十余年来,我所遇见的文学青年真也不少了,而希奇古怪的居多。最大的通病,是以为因为自己是青年,所以最可贵,最不错的,待到被人驳得无话可说的时候,他就说是因为青年,当然不免有错误,该当原谅的了。而变化也真来得快,三四年中,三翻四覆的,你看有多少。

论文学青年。

古之师道,实在也太尊,我对此颇有反感。我以为师如荒谬,不妨叛之,但师如非罪而遭冤,却不可乘机下石,以图快敌人之意而自救。太炎先生曾教我小学,后来因为我主张白话,不敢再去见他了,后来他主张投壶,心窃非之,但当国民党要没收他的几间

论师道。

破屋,我实不能向当局作媚笑。以后如相见,仍当执礼甚恭(而太炎先生对于弟子,向来也绝无傲态,和蔼若朋友然),自以为师弟之道,如此已可矣。

今之青年,似乎比我们青年时代的青年精明,而有些也更重目前之益,为了一点小利,而反噬构陷,真有大出于意料之外者,历来所身受之事,真是一言难尽,但我是总如野兽一样,受了伤,就回头钻入草莽,舐掉血迹,至多也不过呻吟几声的。只是现在却因为年纪渐大,精力就衰,世故也愈深,所以渐在回避了。

> 自述同青年的关系。

自首之辈,当分别论之,别国的硬汉比中国多,也因为别国的淫刑不及中国的缘故。我曾查欧洲先前虐杀耶稣教徒[5]的记录,其残虐实不及中国,有至死不屈者,史上在姓名之前就冠一"圣"字了。中国青年之至死不屈者,亦常有之,但皆秘不发表。不能受刑至死,就非卖友不可,于是坚卓者无不灭亡,游移者愈益堕落,长此以往,将使中国无一好人,倘中国而终亡,操此策者为之也。

> 论酷刑在中国。

此复,并颂

著祺

鲁迅 启上 六月十八夜。

致曹聚仁　315

一[6]

聚仁先生：

继杨杏佛而该死之榜，的确有之，但弄笔之徒，列名其上者实不过六七人，而竟至于天下骚然，鸡飞狗走者内智识阶级之怕死者半，盖怕死亦一种智识耳，孔子所谓知命者不立于岩墙之下也[7]。而若干文虻（古本作氓），趁势造谣，各处恫吓者亦半。一声失火，大家乱窜，塞住大门，踏死数十，故已有之，今一人也不踏死，则智识阶级之故也。是大可夸，丑云乎哉？

《涛声》至今尚存，实在令人觉得古怪，我以为当是文简而旨隐，未能为大家所解，因而侦探们亦不甚解之故，八月大寿，当本此旨作一点祝辞[8]。

近来只写点杂感，亦不过所谓陈言，但均早被书店约去，此外之欠债尚多，以致无可想法，只能俟之异日耳。

此复，并颂

时绥。

鲁迅　启上　七月十一日

论知识阶级。

三[9]

聚仁先生：

　　惠函顷奉到。《南腔北调集》于月初托书局付邮，而今日始寄到，作事之慢，令人咋舌。多伤感情调，乃知识分子之常，我亦大有此病，或此生终不能改；杨邨人却无之，此公实是一无赖子，无真情，亦无真相也。

　　习西医大须记忆，基础科学等，至少四年，然尚不过一毛坯，此后非多年练习不可。我学理论两年后，持听诊器试听人们之胸，健者病者，其声如一，大不如书上所记之了然。今幸放弃，免于杀人，而不幸又成文氓，或不免被杀。倘当崩溃之际，竟尚幸存，当乞红背心[10]扫上海马路耳。

　　周作人自寿诗[11]，诚有讽世之意，然此种微辞已为今之青年所不憭，群公相和，则多近于肉麻，于是火上添油，遽成众矢之的，而不作此等攻击文字，此外近日亦无可言。此亦"古已有之"，文人美女，必负亡国之责，近似亦有人觉国之将亡，已在卸责于清流或舆论矣[12]。

　　专此布复，即请
道安。

　　　　　　　　　　迅　顿首　四月卅日。

旁注：
肯定知识分子的"伤感情调"。

实乃为周作人的"讽世之意"辩，非为周作人本人辩也。

反对把兴亡的责任转嫁给知识界或舆论界，目标仍然在于针对权势者。

四[13]

聚仁先生：

我对于大众语的问题[14]，一向未曾研究，所以即使下问，也说不出什么来。现在但将得来信后，这才想起的意见，略述于下——

一、有划分新阶段，提倡起来的必要的。对于白话和国语，先不要一味"继承"，只是择取。

二、秀才想造反，一中举人，便打官话了。

三、最要紧的是大众至少能够看。倘不然，即使造出一种"大众语文"来，也还是特殊阶级的独占工具。

四、先建设多元的大众语文，然后看着情形，再谋集中，或竟不集中。

五、现在答不出。

我看这事情复杂，艰难得很。一面要研究，推行罗马字拼音；一面要教育大众，先使他们能够看；一面是这班提倡者先来写作一下。逐渐使大众自能写作，这大众语才真的成了大众语。

但现在真是哗啦哗啦。有些论者，简直是狗才，借大众语以打击白话的，因为他们知道大众语的起来还不在目前，所以要趁机会先将为害显然的白话打倒。[15]至于建立大众语，他们是不来的。

> 大众语当以大众为本位，但又必须教育大众，这才是真正的启蒙者的立场。

> 反对激进主义掩盖下的保守主义（复古主义）。

中国语拉丁化；到大众中去学习，采用方言；以至要大众自己来写作，都不错。但迫在目前的明后天，怎样办？我想，也必须有一批人，立刻试作浅显的文章，一面是试验，一面看对于将来的大众语有无好处。并且要支持欧化式的文章，但要区别这种文章，是故意胡闹，还是为了立论的精密，不得不如此。

> 强调实践的意义。

照现在的情形看来，倘不小心，便要弄到大众语无结果，白话文遭毒打，那么，剩下来的是什么呢？

草此布复，顺请

道安。

迅　上　七月二十九日

五[16]

聚仁先生：

十一日信，十三才收到。昨天我没有去，虽然并非"兄弟素不吃饭"[17]，但实在有些怕宴会。办小刊物[18]，我的意见是不要帖大广告，却不妨卖好货色；编辑要独裁，"一个和尚挑水吃，两个和尚抬水吃，三个和尚无水吃"，是中国人的老毛病，而这回却有了两种上述的病根，书坊老板代编辑打算盘，道不同，必无是处，将来大约不容易办。但是，我说过做文章，文章当然是做的。

> 论编辑。所谓"编辑独裁"，是强调办刊物须贯彻个人意志；同人刊物亦如此，同道故也。不能由"书坊老板"代打算盘，"道不同，必无是处"。

关于大众语问题,我因为素无研究,对个人不妨发表私见,公开则有一点踌躇,因为不豫备公开的,所以信笔乱写,没有顾到各方面,容易引出岔子。我这人又是容易引出岔子的人,后来有一些人会由些[此]改骂鲁迅而忘记了大众语。上海有些这样的"革命"的青年,由此显示其"革命",而一方面又可以取悦于某方。这并不是我的神经过敏,"如鱼饮水,冷暖自知"[19],一箭之来,我是明白来意的。但如先生一定要发表,那么,两封都发表也可以,但有一句"狗才"云云,我忘了原文了,请代改为"客观上替敌人缴械"的意思,以免无谓的纠葛。

> 关于"革命"的青年。

语堂是我的老朋友,我应以朋友待之,当《人间世》还未出世,《论语》已很无聊时,曾经竭了我的诚意,写一封信,劝他放弃这玩意儿,我并不主张他去革命,拚死,只劝他译些英国文学名作,以他的英文程度,不但译本于今有用,在将来恐怕也有用的。他回我的信是说,这些事等他老了再说。这时我才悟到我的意见,在语堂看来是暮气,但我至今还自信是良言,要他于中国有益,要他在中国存留,并非要他消灭。他能更急进,那当然很好,但我看是决不会的,我决不出难题给别人做。不过另外也无话可说了。

> 从对林语堂的态度看鲁迅的交友之道。

看近来的《论语》之类,语堂在牛角尖里,虽愤愤不平,却更钻得滋滋有味,以我的微力,是拉他不出来的。至于陶徐,那是林门的颜曾[20],不及夫子远甚远甚,但也更无法可想了。

专复即请

道安。

> 迅　顿首　八月十三日

六[21]

聚仁先生:

十七日信当日到。官威莫测,即使无论如何圆通,也难办的,因为中国的事,此退一步,而彼不进者极少,大抵反进两步,非力批其颊,彼决不止步也。我说中国人非中庸者,亦因见此等事太多之故。

论中国官僚。

《蹇安五记》[22]见赠,谢谢。但纸用仿中国纸,为精印本之一小缺点。我亦非中庸者,时而为极端国粹派,以为印古色古香书,必须用古式纸,以机器制造者斥之,犹之泡中国绿茶之不可用咖啡杯也。

此复,即请

撰安。

> 迅　顿首　一月十七晚。

致徐先生一笺,乞便中转交为感。又及。

七[23]

聚仁先生：

三日八日的信，都已收到；《芒种》三期也读过了，我觉得这回比第二期活泼些。广收外稿，可以打破单调，是很好的，但看稿却是苦事，有些也许要动笔校改一点，那么，仍得有许多工夫化费在那上面，于编者是有损的。

那一篇文章[24]，因为不能一直写下去，又难以逞心而谈，真弄得虎头蛇尾，开初原想大发议论，但几天以后，竟急急的结束了。那些维持现状的先生们，貌似平和，实乃进步的大害。最可笑的是他们对于已经错定的，无可如何，毫无改革之意，只在防患未然，不许"新错"，而又保护"旧错"，这岂不可笑。

老先生们保存现状，连在黑屋子开一个窗也不肯，还有种种不可开的理由，但倘有人要来连屋顶也掀掉它，他这才魂飞魄散，设法调解，折中之后，许开一个窗，但总在伺机想把它塞起来。

《集外集》二校还没有到，但我想可以不必等我看过，这才打纸板了，还是快点印出的好，否则，邮件往来，又是许多日子。我在再版《引玉集》，因此重排序文，往往来来，从去年底到现在，才算办妥，足足四个月。一个人活五六十岁，在中国实在做不出什么事来（但，英雄除外），古人之想成仙，或者也是不得已的。

《集外集》付装订时，可否给我留十本不切边的。我是十年前的毛边[25]党，至今脾气还没有改。但如麻烦，那就算了，而且装订作也未必肯听，他们是反对毛边的。

陈先生[26]的漫画，望寄给我。他日印杂感集时，也许可以把它印出来，所流传的四个编辑室，并希见示为幸。

专此布复，并请
著安。

迅　上　四月十日

八[27]

聚仁先生：

奉惠函后，记得昨曾答复一信，顷又得十九日手书，蒙以详情见告。我看这不过是一点小事情[28]，一过也就罢了。

我不会误会先生。自己年纪大了，但也曾年青过，所以明白青年的不顾前后，激烈的热情，也了解中年的怀着同情，却又不能不有所顾虑的苦心孤诣。现在的许多论客，多说我会发脾气，其实我觉得自己倒是从来没有因为一点小事情，就成友或成仇的人。我还不少几十年的老朋友，要点就在彼此略小节而取

> 知人论世。

> 交友之道："略小节而取其大。"

其大。

《海燕》虽然是文艺刊物，但我看前途的荆棘是很多的，大原因并不在内容，而在作者。说内容没有什么，就可以平安，那是不能求之于现在的中国的事。其实，捕房的特别注意这刊物，是大有可笑的理由的。

专此奉复，并颂

著安

迅 上 二月二十一日

别一笺乞转交。

注　释

1　此信写于1933年。

2　胡公适之之侃侃而谈　指胡适反对中国民权保障同盟总会要求"立即无条件的释放一切政治犯"的态度而言。胡适1933年2月19日在《独立评论》周刊发表《民权的保障》一文，认为"这不是保障民权，这是对一个政府要求革命的自由权"。他说："一个政府要存在，自然不能不制裁一切推翻政府或反抗政府的行动。"又说："我们观察今日参加这个民权保障运动的人的言论，不能不感觉他们似乎犯了一个大毛病，就是把民权保障的问题完全看作政治的问题，而不看作法律的问题，这是错误的。"胡适曾担任该同盟北平分会主席，后被开除。

3　渔仲，即郑樵（1103—1162），福建莆田人，宋代史学家。著有《通志》《夹漈遗稿》等。亭林，即顾炎武。

4　书记　旧称办理文书或从事缮写工作的人员。

5　欧洲先前虐杀耶稣教徒　发生在公元29年前后,欧洲的耶稣教徒常遭虐杀,或被钉十字架,或被杀被焚,或被投向演技场、剧场喂狮子等。

6　此信写于1933年。

7　"知命者不立于岩墙之下"　语出《孟子·尽心篇》。

8　祝辞　即《祝〈涛声〉》。

9　此信写于1934年。

10　红背心　当时上海租界清洁工穿的"号衣"。

11　周作人自寿诗　载1934年4月《人间世》第1期。题为《偶作打油诗二首》,诗云:"前世出家今在家,不将袍子换袈裟。街头终日听谈鬼,窗下通年学画蛇。古去无端玩古董,闲来随分种胡麻。旁人若问其中意,且到寒斋吃苦茶。""半是儒家半释家,光头更不著袈裟。中年意趣窗前草,外道生涯洞里蛇。徒羡低头咬大蒜,未妨拍桌拾芝麻。谈狐说鬼寻常事,只欠工夫吃讲茶。"该诗发表后,《申报·自由谈》《人言周刊》等报刊相继发表批评文章。

12　有人卸责于清流或舆论　1933年12月《汗血月刊》第2卷第3期发表署名"本俊"的《明代士大夫之矫激卑下及其误国的罪恶》一文,其中说:"明代士大夫因为陷于卑下无耻,所以便致附和宦官乱政,因为流于虚矫偏激,便造成剧烈的党争,贻误抗清之大计,结果明朝社稷,便告颠覆;民族史上又添上沉痛之一页。"

13　此信写于1934年。

14　大众语的问题　1934年5月,汪懋祖在南京《时代公论》周刊发表《禁习文言与强令读经》一文,鼓吹文言,并提倡读经。吴研因著文加以反驳,因此引发关于文言与白话的论战。与此同时,《申报·自由谈》先后刊出陈子展和陈望道的文章,提出有关语文改革的大众语问题,随后各报刊又展开了关于大众语问题的讨论。

7月25日,《社会月报》编者曹聚仁发信征求关于大众语的意见,其中提出五个问题:"一、大众语文的运动,当然继承着白话文运动国语运动而来的;究竟在现在,有没有划分新阶段,提倡大众语的必要?二、白话文运动为什么会停滞下来?为什么新文人(五四运动以后的文人)隐隐都有复古的倾向?三、白话文成为特殊阶级(知识分子)的独占工具,和一般民众并不发生关涉;究竟如何方能使白话文成为大众的工具?四、大众语文的建设,还是先定了标准的一元国语,逐渐推广,使方言渐渐消灭?还是先就各大区的方言,建设多元的大众语文,逐渐集中以造成一元的国语?五、大众语文的作品,用什么方式去写成?民众所惯用的方式,我们如何弃取?"

15 狗才借大众语以打击白话 《申报·谈言》在1934年6月发表了多篇攻击白话的文章,如说"'白话文'中正潜伏着封建意识的妖孽,和含蓄着帝国主义毒素";"目前提倡建设大众语,是必然的要把文言文跟白话文完全抛弃"云云。

16 此信写于1934年。

17 "兄弟素不吃饭" 据传为北洋政府内务总长屈映光的话。《屈映光纪事》载:"映光前年赴京觐见,有友某招其晚餐,映光复书谢之曰弟向不吃饭,更不吃晚饭云云,京内外传为笑柄。"

18 小刊物 指曹聚仁与徐懋庸合作创办的《芒种》半月刊。

19 "如鱼饮水,冷暖自知" 语出北宋僧人道言《传灯录·蒙山道明》:"如人饮水,冷暖自知。"南宋岳珂《桯史》中又有"如鱼饮水,冷暖自知"的话。

20 陶徐,指陶亢德和徐订。林,林语堂。颜曾,指孔子的学生颜回和曾参,这里喻作忠实的门生。

21　此信写于1935年。

22　《寒安五记》　骈文小说，计有《玄玄记》《拾书记》《拾书后记》《归燕记》《锁骨记》五种。1935年上海汉文正楷印书局印行。

23　此信写于1935年。

24　那一篇文章　指《从别字说开去》。

25　毛边　书籍装订时不切边，称毛边。

26　陈先生　指陈光宗，浙江温州人。他的漫画，是指1934年秋画的一张鲁迅漫画像。胡今虚曾把这张漫画先后寄给《文学》《太白》《漫画与生活》和《芒种》，即下文说的"四个编辑室"，均被当局禁止刊用。

27　此信写于1936年。

28　一点小事情　指有关《海燕》出版发行一事。《海燕》创刊后，当局借口未署发行人而横加干涉，编者为使出版顺利进行，征得曹聚仁的同意，在第二期印上"发行人曹聚仁"等字样。出版后，曹聚仁怕承担责任，在1936年2月22日《申报》登出《曹聚仁否认海燕发行人启事》。

致林语堂[1]

语堂先生：

顷奉到来札并稿。前函令打油，至今未有，盖打油亦须能有打油之心情，而今何如者。重重压迫，令人已不能喘气，除呻吟叫号而外，能有他乎？

不准人开一开口，则《论语》虽专谈虫二[2]，恐亦难，盖虫二亦有谈得讨厌与否之别也。天王[3]已无一枝笔，仅有手枪，则凡执笔人，自属全是眼中之钉，难乎免于今之世矣。

专复，并请

道安。

　　　　　　　　　　迅　顿首　六月夜

尊夫人前并此请安。

一种压迫、两种文学：或嬉皮笑脸，或呻吟叫号。

"盖虫二亦有谈得讨厌与否之别也"，内含劝讽之意。

独裁者无须用笔，仅有手枪则可。

注　释

1　此信写于1933年。

2　虫二　指"風月",由"風月无边"化出。

3　天王　犹大王,指政府当局。

致榴花社[1]

榴花艺社[2]诸君：

> 十一日信及《榴花》第一期，今天都已收到。征求木刻，恐怕很难，因为木版邮寄，麻烦得很。而且此地盛行白色恐怖，仅仅主张保障民权之杨杏佛先生，且于前日遭了暗杀，闻在计画杀害者尚有十余人[3]。我也不能公然走路，所以和别人极难会面，商量一切。但如作有小品文，则当寄上。
>
> 新文艺之在太原，还在开垦时代，作品似以浅显为宜，也不要激烈，这是必须察看环境和时候的。别处不明情形，或者要评为灰色也难说，但可以置之不理，万勿贪一种虚名，而反致不能出版。战斗当首先守住营垒，若专一冲锋，而反遭覆灭，乃无谋之勇，非真勇也。
>
> 此复，并颂
> 时绥。

鲁迅　六月二十日

（自述个人处境。）

（创作必须顾及"环境和时候"，其实这也是生存第一的观点；倘要评论，亦当顾及创作所面对的具体的时空条件。）

注　释

1　此信写于1933年。

2　榴花艺社　木刻艺术团体。1933年春由唐诃等发起,成立于太原,曾出版《榴花》周刊。

3　计画杀害者尚有十余人　指1933年7月14日《中国论坛》第3卷第8期所载蓝衣社6月15日发出的《钩命单》,该社计划杀害者除杨铨外,尚有"陈绍禹(王明)、秦邦宪(博古)、胡汉民、李宗仁、方振武、吉鸿昌、鲁迅、茅盾"等五十二人。

致胡今虚[1]

今虚先生：

你给我的七月三日的信，我是八月一日收到的，我现在就是通信也不大便当。

你说我最近二三年来，沈声而且隐藏，这是不确的，事实也许正相反。不过环境和先前不同，我连改名发表文章，也还受吧儿的告密[2]，倘不是"不痛不痒，痛煞痒煞"的文章，我恐怕你也看不见的。《三闲集》之后，还有一本《二心集》，不知道见过没有，这也许比较好一点。

《三闲集》里所说的骂[3]，是事实，别处我不知道，上海确是的，这当然是一部分，然而连住在我寓里的学生[4]，也因而憎恶我，说因为住在我寓里，他的朋友都看他不起了。我要回避，是决非太过的，我至今还相信并非太过。即使今年竟与曾今可同流，我也毫没有忏悔我的所说的意思。

好的青年，自然有的，我亲见他们遇害，亲见他

自述环境、生活与写作。

们受苦,如果没有这些人,我真可以"息息肩"了。现在所做的虽只是些无聊事,但人也只有人的本领,一部分人以为非必要者,一部分人却以为必要的。而且两手也只能做这些事,学术文章要参考书,小说也须能往各处走动,考察,但现在我所处的境遇,都不能。

我很感谢你对于我的希望,只要能力所及,我自然想做的。不过处境不同,彼此不能知道底细,所以你信中所说,我也很有些地方不能承认。这须身临其境,才可明白,用笔是一时说不清楚的。但也没有说清的必要,就此收场罢。

> 上文说回避"并非太过",这里说"没有说清的必要",都是单身鏖战者的一种特殊心理。

此复,并颂

进步

迅　上　八月一夜

注　释

1　此信写于1933年。

　　胡今虚,浙江温州人,当时在温州任报纸编辑,并和同乡陈光宗组织"动荡文艺研究会",编辑发行《动荡文艺》。1949年后,曾在泥土社任编辑,业余从事鲁迅研究工作,著有《鲁迅作品及其他》。

2　吧儿的告密　可参看《伪自由书·不通两种》。

3　《三闲集》里所说的骂　可参看该文集的《序言》。

4　我寓里的学生　指廖立峨。

致陶亢德[1]

一[2]

亢德先生：

蒙示甚感。其实两者亦无甚冲突，倘有人骂，当一任其骂，或回骂之。

又其实，错与被骂，在中国现在，并不相干。错未必被骂，被骂者未必便错。凡枭首示众者，岂尽"汉奸"也欤哉。

专复并颂

著安。

鲁迅 上 十月十八夜。

推背图式。

二[3]

亢德先生：

大札与《人间世》两本，顷同时拜领，讽诵一过，诚令人有萧然出尘之想，然此时此境，此作者们，而得此作品等，固亦意中事也。语堂先生及先生盛意，嘱勿藏拙，甚感甚感。惟搏战十年，筋力伤惫，因此颇有所悟，决计自今年起，倘非素有关系之刊物，皆不加入，藉得余暇，可袖手倚壁，看大师辈打太极拳，或夭矫如撮空，或团转如摸地，静观自得，虽小品文之危机临于目睫，亦不思动矣。幸谅其懒散为企。

答以《人间世》式小品文之笔调，婉拒此等幽默文字之写作。

此复，即请

著安。

迅　顿首　四月七日

注　释

1　陶亢德　浙江绍兴人。当时为《论语》半月刊编辑，后又编辑《宇宙风》《人间世》等。抗战时沦为汉奸。

2　此信写于1933年。

3　此信写于1934年。

致魏猛克[1]

一[2]

猛克先生：

三日的来信收到了，适值还完了一批笔债，所以想来写几句。

大约因为我们的年龄，环境……不同之故罢，我们还很隔膜。譬如回信，其实我也常有失写的，或者以为不必复，或者失掉了住址，或者偶然搁下终于忘记了，或者对于质问，本想查考一番再答，而被别事岔开，从此搁笔的也有。那些发信者，恐怕在以为我是以"大文学家"自居的，和你的意见一定并不一样。

你疑心萧[3]有些虚伪，我没有异议。但我也没有在中外古今的名人中，发见能够确保决无虚伪的人，所以对于人，我以为只能随时取其一段一节。这回我的为萧辩护[4]，事情并不久远，还很明明白白的：起于他在香港大学的讲演[5]。这学校是十足奴隶式教育的

知人论世之一：关于萧伯纳，攻击抑或辩护？

学校,然而向来没有人能去投一个爆弹,去投了的,只有他。但上海的报纸,有些却因此憎恶他了,所以我必须给以支持,因为在这时候,来攻击萧,就是帮助奴隶教育。假如我们设立一个"肚子饿了怎么办"的题目,拖出古人来质问罢,倘说"肚子饿了应该争食吃",则即使这人是秦桧,我赞成他,倘说"应该打嘴巴",那就是岳飞,也必须反对。如果诸葛亮出来说明,道是"吃食不过要发生温热,现在打起嘴巴来,因为摩擦,也有温热发生,所以等于吃饭",则我们必须撕掉他假科学的面子,先前的品行如何,是不必计算的。

所以对于萧的言论,侮辱他个人与否是不成问题的,要注意的是我们为社会的战斗上的利害。

其次,是关于高尔基。许多青年,也像你一样,从世界上各种名人的身上寻出各种美点来,想我来照样学。但这是难的,一个人那里能做得到这么好。况且你很明白,我和他是不一样的,就是你所举的他那些美点,虽然根据于记载,我也有些怀疑。照一个人的精力,时间和事务比例起来,是做不了这许多的,所以我疑心他有书记,以及几个助手。我只有自己一个人,写此信时,是夜一点半了。

至于那一张插图[6],一目了然,那两个字是另一位文学家的手笔,其实是和那图也相称的,我觉得倒也无损于原意。我的身子,我以为画得太胖,而又太

> 知人论世之二:关于高尔基。一个人身上不可能集中各种美点。

高,我那里及得高尔基的一半。文艺家的比较是极容易的,作品就是铁证,没法游移。

你说,以我"的地位,不便参加一个幼稚的团体的战斗",那是观察得不确的。我和青年们合作过许多回,虽然都没有好结果,但事实上却曾参加过。不过那都是文学团体,我比较的知道一点。若在美术的刊物上,我没有投过文章,只是有时迫于朋友的希望,也曾写过几篇小序之类,无知妄作,现在想起来还很不舒服。

自然,我不是木石,倘有人给我一拳,我有时也会还他一脚的,但我的不"再来开口"[7],却并非因为你的文章,我想撕掉别人给我贴起来的名不符实的"百科全书"的假招帖。

但仔细分析起来,恐怕关于你的大作的,也有一点。这请你不要误解,以为是为了"地位"的关系,即使是猫狗之类,你倘给以打击之后,它也会避开一点的,我也常对于青年,避到僻静区处去。

艺术的重要,我并没有忘记,不过做事是要分工的,所以我祝你们的刊物从速出来,我极愿意先看看战斗的青年的战斗。

此复,并颂

时绥。

鲁迅　启上。六月五日夜。

一[8]

××先生:

七日信收到。古人之"铁线描",在人物虽不用器械,但到屋宇之类,是利用器械的,我看是一枝界尺,还有一枝半圆的木杆,将这靠住毛笔，紧紧捏住，换了界尺划过去，便既不弯曲，又无粗细了，这种图，谓之"界画"。

学吴友如画的危险，是在只取了他的油滑，他印《画报》[9]，每月大约要画四五十张，都是用药水画在特种的纸张上，直接上石的，不用照相。因为多画，所以后来就油滑了，但可取的是他观察的精细，不过也只以洋场上的事情为限，对于农村就不行。他的沫流是会文堂所出小说插画的画家。至于叶灵凤先生，倒是自以为中国的Beardsley[10]的，但他们两人都在上海混，都染了流氓气，所以见得有相似之处了。

新的艺术，没有一种是无根无蒂，突然发生的，总承受着先前的遗产，有几位青年以为采用便是投降，那是他们将"采用"与"模仿"并为一谈了。中国及日本画入欧洲，被人采取，便发生了"印象派"[11]，有谁说印象派是中国画的俘虏呢？专学欧洲已有定评的新艺术，那倒不过是模仿。"达达派"[12]是装鬼脸，未来派[13]也只是想以"奇"惊人，虽然新，但我们只要看Mayakovsky[14]的失败（他也画过许多画），便是前车之鉴。既是采用，当然要有条件，例如为流行计，特别取了低级趣味之点，那不消说是不对的，这就是采取了坏处。必须令人能懂，而又有益，也还是艺术，才对。《毛哥哥》虽然失败，但人们是看得懂的；陈静生[15]先生的连环图画，我很用心的看，但老实说起来，却很费思索之力，而往往还不

艺术的传统、继承（采用）与模仿。

论新艺术、"达达派"、未来派、马雅可夫斯基。

反对流行艺术中的低级趣味。

艺术必须令人能懂，有益，又不失为艺术。

致魏猛克 339

能解。我想，能够一目了然的人，恐怕是不多的。

报上能够讨论，很好，不过我并无什么多意见。

我不能画，但学过两年解剖学，画过许多死尸的图，因此略知身体四肢的比例，这回给他[16]加上皮肤，穿上衣服，结果还是死板板的。脸孔的模样，是从戏剧上看来，而此公的脸相，也实在容易画，况且也没有人能说是像或不像。倘是"人"，我就不能画了。

此复，即颂

时绥。

迅 上 四月九夜

注 释

1 **魏猛克** 1911年生于湖南长沙。1930年进上海美专，1934年加入"左联"，1935年春赴日留学。在东京，发起成立中国左联东京支部并任书记，创办《杂文》（后改为《质文》）。1937年回国，任《北平新报·文艺·周刊》编辑。抗战期间，先后在长沙、武汉、昆明等地从事抗日救亡宣传。1949年后，在多所大学任教。1953年起，任湖南省文联主席。

2 本信最初发表于1933年6月上海《论语》第19期，排在魏猛克的"来信"之后，题为《两封通信》。后收入《集外集拾遗补编》，题为《通信（复魏猛克）》，魏猛克信附后。编入本书时，为统一体例，删去原题及魏猛克来信。

3 萧 即萧伯纳。

4 **我的为萧辩护** 指在1933年2月17日《申报·自由谈》发表的《萧伯纳颂》一文。后改题《颂萧》，编入《伪自由书》。

5 他在香港大学的讲演　指萧伯纳于1933年2月13日在香港大学所作的讲演。

6 那一张插图　指魏猛克的漫画《鲁迅与高尔基》。下文"那两个字"，是指李青崖题写的"俨然"二字，于1933年6月在《论语》上发表。

7 "再来开口"　鲁迅发表《萧伯纳颂》一文后，魏猛克曾在他编辑的小报上发表文章，嘲笑鲁迅是从"坟"里爬出来欢迎萧伯纳的。后来魏猛克等举办美术展览会，写信表示希望得到鲁迅的支持，鲁迅复信说，自己不是学美术的，如果"再来开口"，就比从"坟"里爬出来还可笑。

8 此信写于1934年。

9 《画报》　指《点石斋画报》。

10 Beardsley　毕亚兹莱（1872—1898）。

11 "印象派"　19世纪后期产生于法国的一种画派。该派提倡在阳光下直接描绘景物，追求光色变化的效果，强调瞬间印象。

12 "达达派"　也称达达主义，是第一次世界大战期间流行于瑞士、法国、美国的一个艺术流派。"达达"本是法语中幼儿语言的"马"，取作文艺派别的名称，表示"毫无意义""无所谓"。它对文化传统、现实生活、艺术规律及思想价值采取极端的否定态度，致力表现矛盾、荒诞、不合逻辑的事物，反映了战时青年一代的苦闷心理和急于寻找出路的精神状态。

13 未来派　又称未来主义，是20世纪初产生于意大利的一种艺术流派，后流行于欧洲各国，尤其是俄国。它否定过去一切传统，强调表现现代的机械文明，追求"速度的美"和"力量"。

14 Mayakovsky　即马雅可夫斯基（1893—1930），苏联诗人，未来主义的代表人物之一。作品富于独创性、讽刺性和打击的力量，后自杀身死。著有长诗《列宁》《好》等。

15 陈静生　当时的连环画作者。

16 他　指《朝花夕拾·后记》中所作的插图"无常"。

致杨霁云[1]

——[2]

霁云先生:

惠示收到,并剪报,甚感。《小说林》中的旧文章,恐怕是很难找到的了。我因为向学科学,所以喜欢科学小说,但年青时自作聪明,不肯直译,回想起来真是悔之已晚。那时又译过一部《北极探险记》[3],叙事用文言,对话用白话,托蒋观云先生绍介于商务印书馆,不料不但不收,编辑者还将我大骂一通,说是译法荒谬。后来寄来寄去,终于没有人要,而且稿子也不见了,这一部书,好像至今没有人检去出版过。

张资平式和吕不韦[4]式,我看有些不同,张只为利,吕却为名。

名和利当然分不开,但吕氏是为名的成分多一点。近来如哈同[5]之印《艺术丛编》和佛经,刘翰怡之刻古书,养遗老,是近于吕不韦式的。而张式气味,却还要恶劣。

汉奸头衔,是早有人送过我的,大约七八年前,爱罗先珂君从中国到德国,说了些中国的黑暗,北洋军阀的黑暗。那时上海报上就有一篇文章，说是他之宣传，受之于我，而我则因为女人是日本人，所以给日本人出力云云。这些手段，千年以前，百年以前，十年以前，都是这一套。叭儿们何尝知道什么是民族主义，又何尝想到民族，只要一吠有骨头吃，便吠影吠声了。其实，假使我真做了汉奸，则它们的主子就要来握手，它们还敢开口吗？

说"叭儿"。

集一部《围剿十年》[6]，加以考证：一、作者的真姓名和变化史；二、其文章的策略和用意……等，大约于后来的读者，也许不无益处。但恐怕也不多，因为自己或同时人，较知底细，所以容易了然，后人则未曾身历其境，即如隔靴搔痒。譬如小孩子，未曾被火所灼，你若告诉他火灼是怎样的感觉，他到底莫名其妙。我有时也和外国人谈起，在中国不久的，大约不相信天地间会有这等事，他们以为是在听《天方夜谈》。所以应否编印，竟也未能决定。

文学、时代、环境与感觉的变迁。

二则，这类的文章，向来大约很多，有我曾见过的，也有没有见过的，那见过的一部分，后来也随手散弃，不知所在了。大约这种文章，在身受者，最初是会愤懑的，后来经验一多，就不大措意，也更无愤懑或苦痛。我想，这就是菲洲黑奴虽日受鞭挞，还能活下去的原因。这些（以前的）人身攻击的文字中，有卢冀野[7]作，有郭沫若的化名之作[8]，先生一定又大吃一惊了罢，但是，人们是往往这样的。

以"黑奴"自喻。

烈文先生不做编辑，为他自己设想，倒干净，

《自由谈》是难以办好的。梓生[9]原亦相识,但他来接办,真也爱莫能助。我不投稿已经很久了,有一个常用化名,爱引佛经的,常有人疑心就是我,其实是别一人[10]。

此复即颂

时绥。

迅　上　五月十五日

一一[11]

霁云先生:

惠示谨悉。刘翰怡听说是到北京去了。前见其所刻书目,真是"杂乱无章",有用书亦不多,但有些书,则非傻公子如此公者,是不会刻的,所以他还不是毫无益处的人物。

未印之拙作,竟有如此之多,殊出意外,但以别种化名,发表于《语丝》,《新青年》,《晨报副刊》而后来删去未印者,恐怕还不少;记得《语丝》第一年的头几期中,有一篇仿徐志摩诗而骂之的文章[12],也是我作,此后志摩便怒而不再投稿,盖亦为他人所不知。又,在香港有一篇演说:《老调子已经唱完》,因为失去了稿子,也未收入,但报上是登载过的。

至于《鲁迅在广东》中的讲演,则记得很坏,大抵和原意很不同,我也未加以订正,希　先生都不要它。

登了我的第一篇小说之处,恐怕不是《小说月报》,倘恽铁樵未曾办过《小说林》,则批评的老师,也许是包天笑[13]之类。这一个社,曾出过一本《侠女奴》[14](《天方夜谈》中之一段)及《黄金虫》[15]

（A.Poe[16]作），其实是周作人所译，那时他在南京水师学堂做学生，我那一篇也由他寄去的，时候盖在宣统初。现商务印书馆的书[17]，没有《侠女奴》，则这社大半该是小说林社了。

看看明末的野史，觉得现今之围剿法，也并不更厉害，前几月的《汗血月刊》上有一篇文章，大骂明末士大夫之"矫激卑下"，加以亡国之罪，则手段之相像，他们自己也觉得的。自然，辑印起来，可知也未始不可以作后来者的借鉴。但读者不察，往往以为这些是个人的事情，不加注意，或则反谓我"太凶"。我的杂感集中，《华盖集》及《续编》中文，虽大抵和个人斗争，但实为公仇，决非私怨，而销数独少，足见读者的判断，亦幼稚者居多也。

平生所作事，决不能如来示之誉，但自问数十年来，于自己保存之外，也时时想到中国，想到将来，愿为大家出一点微力，却可以自白的。倘再与叭儿较，则心力更多白费，故《围剿十年》或当于暇日作之。

专此布复，顺颂
时绥。

迅　启上　五月廿二日

再北新似未有叭儿混入，但他们懒散不堪，有版而不印，适有联华[18]要我帮忙，遂移与之，尚非全部也。到内山无定时，如见访，最好于三四日前给我一

经常提及明末历史。

独郁达夫高度评价《华盖集》及《续编》，以为最富于战斗的热意；瞿秋白对其中的私人论战的典型意义，也曾给予充分的肯定。

自白："时时想到中国，想到将来，愿为大家出一点微力。"

信,指明日期,时间,我当按时往候,其时间以下午为佳。 又及

三[19]

霁云先生:

二日函收到。叭儿无穷之虑,在理论上是对的,正如一人开口发声,空气振动,虽渐远渐微,而凡有空气之处,终必振动下去。然而,究竟渐远渐微了。中国的文坛上,人渣本来多。近十年中,有些青年,不乐科学,便学文学;不会作文,便学美术,而又不肯练画,则留长头发,放大领结完事,真是乌烟瘴气。假使中国全是这类人,实在怕不免于糟。但社会里还有别的方面,会从旁给文坛以影响;试看社会现状,已岌岌不可终日,则叭儿们也正是岌岌不可终日的。它们那里有一点自信心,连做狗也不忠实。一有变化,它们就另换一副面目。但此时倒比现在险,它们一定非常激烈了,不过那时一定有人出而战斗,因为它们的故事,大家是明白的。何以明白,就因为得之现在的经验,所以现在的情形,对于将来并非只是损。至于费去了许多牺牲,那是无可免的,但自然愈少愈好,我的一向主张"壕堑战",就为此。

记得清朝末年,也一样的有叭儿,但本领没有现在的那么好。可是革命者的本领也大起来了,那时的

评中国文坛。

讲革命，简直像儿戏一样。

《新社会半月刊》[20]曾经看过几期，那缺点是"平庸"，令人看了之后，觉得并无所得，当然不能引人注意。来信所述的方针[21]，我以为是可以的，要站出来，也只能如此。但有一种可叹的事，是读者的感觉，往往还是叭儿灵。叭儿明白了，他们还不懂，甚而至于连讥刺，反话，也不懂。现在的青年，似乎所注意的范围，大抵很狭小，这却比文坛上之多叭儿更可虑。然而也顾不得许多，只好照自己所定的做。至于碰壁而或休息，那是当然的，也必要的。

办起来的时候，我可以投稿，不过未必能每期都有。我的名字，也还是改换好，否则，无论文章的内容如何，一定立刻要出事情，于刊物未免不合算。

《引玉集》并不如来函所推想的风行，需要这样的书的，是穷学生居多，但那有二百五十个，况且有些人是我都送过了。至于有钱的青年，他不需要这样的东西。但德国版画集，我还想计划出版，那些都是大幅，所以印起来，书必加大，幅数也多，因此资本必须加几倍，现在所踌躇的就是这一层。

我常常坐在内山书店里，看看中国人的买书，觉得可叹的现象也不少。例如罢，倘有大批的关于日本的书（日本人自己做的）买去了，不久便有《日本研究》之类出版；近来，则常有青年在寻关于法西主义的书。制造家来买书的，想寻些记载着秘诀的小

文中多说"叭儿"。

册子,其实那有这样的东西。画家呢,凡是资料,必须加以研究,融化,才可以应用的好书,大抵弃而不顾,他们最喜欢可以生吞活剥的绘画,或图案,或广告画,以及只有一本的什么"大观"。一本书,怎么会"大观"呢,他们是不想的。其甚者,则翻书一通之后,书并不买,而将其中的几张彩色画撕去了。

现在我在收集中国青年作家的木刻,想以二十幅印成一本,名曰《木刻纪程》,留下来,看明年的作品有无进步。这回只印一百本,大约需要者也不过如此而已。

此上,即颂

时绥。

迅　顿首　六月三夜

四[22]

霁云先生:

六日函收到。杂志原稿既然先须检查,则作文便不易,至多,也只能登《自由谈》那样的文章了。政府帮闲们的大作,既然无人要看,他们便只好压迫别人,使别人也一样的奄奄无生气,这就是自己站不起,就拖倒别人的办法。倘用聚仁先生出面编辑,他们大约会更加注意的。

来信所述的忧虑,当然也有其可能,然而也未必一定实现。因为正如来信所说,中国的事,大抵是由于外铄的,所以世界无大变动,中国也不见得单独全局变动,待到能变动时,帝国主义必已凋落,不复有收买的主人了。然而若干叭儿,忽然转向,又挂新招牌以自利,一面遮掩实情，以欺骗世界的事，却未必会没有。这除却与之战斗以外，更无别法。这样的战斗，是要继续得很久的。所以当今急务之一，是在养成勇敢而明白的斗士，我向来即常常注意于这一点，虽然人微言轻，终无效果。

专此布复，即颂
时绥。

迅　上　六月九夜

> 世界无大变动，中国则不会有单独的全局性变动。这是鲁迅对中国社会的本质的看法，以及对未来改革的预见。

> 当今要务在于培养战士。

五[23]

霁云先生：

十四十五两函，顷同时收到。在北平共讲五次，手头存有记录者只有二篇[24]，都记得很不确，不能用，今姑寄上一阅。还有两回是上车之前讲的，一为《文艺与武力》[25]，其一，则连题目也忘记了[26]。其时官员已深恶我，所以也许报上不再登载讲演大略。

帮闲文学实在是一种紧要的研究，那时烦忙，原想回上海后再记一遍的，不料回沪后也一直没有做，现在是情随事迁，做的意思都不起来了，所以那《五讲三嘘集》也许将永远不过一个名目。

来函所说的印法，纸张，我都同意；稿子似乎只要新加的给我看一看就好，前回已经看过的一部分，可以不必寄我了。如有版税，给我一半，我也同意，

> 指出"帮闲文学"是一种紧要的研究，惜乎整理者及研究者至今寥寥，以至于竟没有。

大约我如不取其半,先生也一定不肯干休的。至于我因此费力,却并无其事,不必用心的事情,比较的不会令人疲劳。但近来却又休息了几天,那是因为在一天里写了四五千字,自己真也觉得精神体力,大不如前了,很想到乡下去,连报章都不看,玩它一年半载,然而新近已有国民服役条例27,倘捉我去修公路,那就未免比作文更费力了,这真叫作跼天蹐地。

前信提出了一篇《〈爱罗先珂童话集〉序》,后来一想,是不应当收的,因为那童话也几乎全是我的翻译。

东北文风,确在非常恭顺而且献媚,听说报上论文,十之九是以"王道政治"28作结的。又曾见官厅给编辑的通知,谓凡有挑剔贫富,说述斗争的文章,皆与"王道"不合,此后无须送检云云,不过官气倒不及我们这里的霸道政治之十足。但有一件事,好像我们这里的智识者们确是明白起来了,这是可以乐观的。对于什么言论自由的通电29,不是除胡适之外,没有人来附和或补充么?这真真好极妙极。

专此布复,顺颂

旅安。

迅　顿首　十二月十六日

六

霁云先生:

十七日信收到。那两篇讲演,我决计不要它,因为离实际太远。大约记者不甚懂我的话,而且意见也不同,所以我以为要紧的,他却不记或者当作笑话。《革命文学……》则有几句简直和我的话相反,更其要不得了。这两个题目，确是紧要，我还想改作一遍。

《关于红的笑》我手头有，今寄奉，似乎不必重抄，只要用印本付排就好了，这种口角文字，犯不上为它费工夫。但这次重看了一遍，觉得这位鹤西[31]先生，真也太不光明磊落。

叭儿之类，是不足惧的，最可怕的确是口是心非的所谓"战友"，因为防不胜防。例如绍伯[32]之流，我至今还不明白他是什么意思。为了防后方，我就得横站，不能正对敌人，而且瞻前顾后，格外费力。身体不好，倒是年龄关系，和他们不相干，不过我有时确也愤慨，觉得枉费许多气力，用在正经事上，成绩可以好得多。

"叭儿"不足惧，"战友"防不胜防。

"横站"：一面正对敌人，一面防备后方。倘敌人不复存在时，后方很可能便变作了前方，此即后来所传的毛泽东回答罗稷南问题的根据所在乎？

中国乡村和小城市，现在恐无可去之处，我还是喜欢北京，单是那一个图书馆，就可以给我许多便利。但这也只是一个梦想，安分守己如冯友兰，且要被逮，可以推知其它了。所以暂时大约也不能移动。

先生前信说回家要略迟；我的序拟于二十四为止寄出，想来是来得及的罢。

专此布达，即请

旅安。

　　　　　迅　上　十二月十八日

七[33]

霁云先生：

昨得来信后，匆匆奉复，忘了一事未答，即悼柔石诗[34]，我以为不必收入了，因为这篇文章已在《南腔北调集》中，不能再算"集外"，《哭范爱农》诗虽曾在《朝花夕拾》中说过，但非全篇，故当又作别论。

来信于我的诗，奖誉太过。其实我于旧诗素未研究，胡说八道而已。我以为一切好诗，到唐已被做完，此后倘非能翻出如来掌心之"齐天太圣"[35]，大可不必动手，然而言行不能一致，有时也诌几句，自省殊亦可笑。玉谿生[36]清词丽句，何敢比肩，而用典太多，则为我所不满，林公庚白[37]之论，亦非知言；惟《晨报》[38]上之一切讥嘲，则正与彼辈伎俩相合耳。

此布，即请

旅安。

迅　上　二十日

八[39]

霁云先生：

顷收到二月二日大札。《集外集》止抽去十篇，

论旧诗。

诚为"天恩高厚",但旧诗如此明白,却一首也不删,则终不免"呆鸟"之讥。阮大铖虽奸佞,还能作《燕子笺》之类[40],而今之叭儿及其主人,则连小才也没有,"一代不如一代",盖不独人类为然也。

文字请此辈去检查,本是犯不上的事情,但商店为营业起见,也不能深责,只好一面听其检查,不如意,则自行重印耳。《启事》及《来信》,自己可以检得,但《革命文学……》[41]改正稿,希于便中寄下。近又在《新潮》上发见通信一则[42],此外当还有,拟索性在印杂文时补入。

被删去五分之四的,即《病后杂谈》,文学社因为只存一头,遂不登,但我是不以悬头为耻的,即去要求登载,现已在二月号《文学》上登出来了。后来又做了一篇,系讲清初删禁中国人文章的事情,其手段大抵和现在相同。这回审查诸公,却自己不删削了,加了许多记号,要作者或编辑改定,我即删了一点,仍不满足,不说抽去,也不说可登,吞吞吐吐,可笑之至。终于由徐伯䜣[昕][43]手执铅笔,照官意改正,总算通过了,大约三月号之《文学》上可以登出来。禁止,则禁止耳,但此辈竟连这一点骨气也没有,事实上还是删改,而自己竟不肯负删改的责任,要算是作者或编辑改的。俟此文发表及《集外集》出版后,资料已足,我就可以作杂文后记[44]了。

今年上海爆竹声特别旺盛,足见复古之一斑。舍

关于书报检查制度。

间是向不过年的,不问新旧,但今年却亦借口新年,烹酒煮肉,且买花炮,夜则放之,盖终年被迫被困,苦得够了,人亦何苦不暂时吃一通乎。况且新生活[45]自有有力之政府主持,我辈小百姓,大可不必凑趣,自寻枯槁之道也,想先生当亦以为然的。专此布复,并颂

䜩禧。

迅　启上　二月四夜

九[46]

霁云先生:

惠示诵悉。腹疾已愈否?为念。

集中国文字狱史料,此举极紧要,大约起源古矣。清朝之狱,往往亦始于汉人之告密,此事又将于不远之日见之。

近来因译《死魂灵》,并写短文打杂,什么事也无片段。翻译已止,但文集尚未编,出版恐不能望之书局,因为他们要不危险而又能赚钱者,我的东西,是不合格的。

国事至此,始云"保障正当舆论"[47],"正当"二字,加得真真聪明,但即使真给保障,这代价可谓大极了。

关于我的记载,虽未见,但记得有人提起过,常

> 从根本上怀疑和否定一个非法独裁政府的法律。

州报上，一定是从沪报转载的，请不必觅寄。此种技俩，为中国所独有，殊可耻。但因可耻之事，世间不以为奇，故诬蔑遂亦失效，充其极致，不过欲人以我为小人，然而今之巍巍者，正非君子也。倘遇真小人，他们将磕头之不暇矣。

> 君子小人辨。

上海已见冰。贱躯如常，可告慰也。

专此布达，并颂

文安。

迅　顿首　十二月十九日

十[48]

霁云先生：

二十四日函收到。我这次所生的，的确是肺病，而且是大家所畏惧的肺结核，我们结交至少已经有二十多年了，其间发过四五回，但我不大喜欢嚷病，也颇漠视生命，淡然处之，所以也几乎没有人知道。这一回，是为了年龄关系，没有先前那样的容易制止和恢复了，又加以肋膜病，遂至缠绵了三个多月，还不能停止服药。但也许就可停止了罢。

是的，文字工作，和这病最不相宜，我今年自知体弱，也写得很少，想摆脱一切，休息若干时，专此翻译糊口。不料还是发病，而且正因为不入协会[49]，群仙就大布围剿阵，徐懋庸也明知我不久之前，病得要死,却雄赳赳首先打上门来也。

他的变化,倒不足奇。前些时,是他自己大碰钉子的时候,所以觉得我的"人格好",现在却已是文艺家协会理事,《文学界》[50]编辑,还有"实际解决"[51]之力,不但自己手里捏着钉子,而且也许是别人的棺材钉了,居移气,养移体[52],现在之觉得我"不对","可笑","助长恶劣的倾向","若偶像然",原是不足为异的。

其实,写这信的虽是他一个,却代表着某一群,试一细读,看那口气,即可了然。因此我以为更有公开答复之必要。倘只我们彼此个人间事,无关大局,则何必在刊物上喋喋哉。先生虑此事"徒费精力",实不尽然,投一光辉,可使伏在大纛荫下的群魔嘴脸毕现,试看近日上海小报之类,此种效验,已极昭然,他们到底将在大家的眼前露出本相。

《版画集》[53]在病中印成,照顾殊不能周到,印数又少,不久便尽,书店也不存一本了,无以奉寄,甚歉。

专此布复,并请
暑安。

鲁迅 八月廿八日。

再:现医师不许我见客和多谈,倘略愈,则拟转地疗养数星期,所以在十月以前,大约不能相晤:此可惜事也。

> 本信所述为"左联"后期"内战"的情形。

注　释

1　杨霁云　1910年生于江苏常州。大学毕业后在上海正风文学院任教，曾向曹聚仁编辑的杂志投稿，并由曹聚仁介绍认识鲁迅。1949年后，参加鲁迅著作编刊社工作，一直从事鲁迅遗著的整理编辑工作。已故。

2　此信写于1934年。

3　《北极探险记》　未详。

4　吕不韦（？—前235）　战国时卫国濮阳（今河南）人，原为巨贾，后任相国。曾沽名招致食客三千人，令编著《吕氏春秋》。

5　哈同（S.A.Hardoon，1847—1931）　英国籍犹太人。1874年来华，开办哈同洋行，是上海最大的房地产商。他曾出资刊印《艺术丛编》；又印《大藏经》，共1916部，8416卷，以上海频伽精舍名义出版。

6　《围剿十年》　鲁迅拟编的文集，后未完成。

7　卢冀野（1905—1951）　原名卢前，南京人，当时任国民党政府教育部标准教科书审查委员、中央大学教授。他曾在《中央日报·青白》发表《茶座琐语》，诬蔑中伤鲁迅。

8　郭沫若的化名之作　即郭沫若化名杜荃所作的《文艺战线上的封建余孽》一文。

9　梓生　即张梓生。

10　别一人　指徐诗荃。

11　此信写于1934年。

12　指《"音乐"？》

13　包天笑（1876—1973）　名公毅，字朗孙，江苏吴县（今苏州）人，鸳鸯蝴蝶派主要作家之一。

14　《侠女奴》　即《阿里巴巴和四十大盗》。

15　《黄金虫》　即《玉虫缘》。

16　A.Poe　爱伦·坡。

17　指《小说月报丛书》。

18　联华　即联华书局。鲁迅曾将《南腔北调集》《准风月谈》等交该书局出版。

19　此信写于1934年。

20　《新社会半月刊》　综合性刊物，俞颂华等编辑，1931年7月于上海创刊。

21　来信所述的方针　据收信人回忆，指革新《新社会半月刊》的计划，后未进行。

22　此信写于1934年。

23　此信写于1934年。

24　指《帮忙文学与帮闲文学》和《革命文学与遵命文学》二篇。

25　《文艺与武力》　鲁迅1932年11月28日在北平中国大学的讲演。

26　指《再论"第三种人"》，是鲁迅1932年11月27日在北京师范大学的讲演。

27　国民服役条例　1934年12月2日，蒋介石以"养成劳作习惯，促进建设事业，振发奉公观念"为名，向苏、浙、皖等十六省发出"应即分别规定人民服工役之办法"的通电，其中有"征工筑路"的内容，并明言"为今日最急之务"，"凡规定应服工役之人，概须亲自应征，不得纵容规避"等。

28　"王道政治"　1932年3月8日，伪满洲国"执政"溥仪发表《执政宣言》说："今吾立国，以道德仁爱为主，除去种族之见，国际之争，王道乐土，当可见诸事实。"1934年3月1日，伪满洲帝国成立，他又在《即位诏书》中说："永远尊重王道政治，绝不变更。"

29　言论自由的通电　指1934年11月27日汪精卫、蒋介石发表致全国的《通电》,声称"人民及社会团体间,依法享有言论结社之自由,但使不以武力及暴动为背景,则政府必当予以保障,而不加以防制"等。12月9日,胡适即在天津《大公报》上发表《汪蒋通电里提起的自由》一文,表示说"我们对于这个原则,当然是完全赞成的",并说《通电》用"'不以武力及暴动为背景'一语,比宪法草案里用'依法'和'非依法律'一类字样,清楚多了"。

30 此信写于1934年。

31 鹤西 即程侃声,湖北人。他于1929年4月在《华北日报》副刊上发表《关于红笑》一文,指摘梅川所译《红的笑》抄袭了他的译本。

32 绍伯 即田汉。

33 此信写于1934年。

34 悼柔石诗 指《为了忘却的记念》一文中的七律("惯于长夜过春时……")。

35 "齐天太圣" 原作"齐天大圣",即小说《西游记》中的孙悟空。

36 玉谿生 李商隐(约813—约858),唐代诗人。字义山,号玉谿生。怀州河内(今河南沁阳)人。开成进士,曾任秘书省校书郎、县尉及东川节度使判官等职。因受牛李党争影响,备受排挤,潦倒终身。擅长近体,构思精密,精致婉曲,多所寄托。著有《李义山诗集》,后人又辑有《樊南文集》及《补编》。

37 林庚白(1897—1941) 诗人。福建闽侯人,曾任国民党南京市政府参事和立法院立法委员等职。他在上海《晨报》发表《子楼诗词话》,第十三则评论鲁迅悼柔石诗说:"缁衣句,殆以鲁迅常御和服,纪实而云耳";"'梦里依稀慈母泪'之句,以诗论固佳,然吾侪士大夫阶级之意识与情绪,盖不自觉其流露,'布尔什维克'无是也。"

38 《晨报》　潘公展主办，1932年4月7日于上海创刊。

39 此信写于1935年。

40 阮大铖（约1587—约1646）　明末怀宁（今属安徽）人，万历进士，天启时依附魏忠贤，挟嫌打击东林党、复社成员。后降清。所作传奇多种，《燕子笺》是其中的一种。

41 《革命文学……》　应为《帮忙文学与帮闲文学》。

42 通信一则　指《对于〈新潮〉一部分的意见》。

43 徐伯昕　江苏常州人，当时任上海生活书店经理。

44 杂文后记　指《且介亭杂文·附记》。

45 新生活　指"新生活运动"。1934年2月19日，蒋介石在南昌提出"新生活运动"，称之为"社会建设"，鼓吹以"礼义廉耻"为"生活准则"，强调"生活军事化"，把传统道德与法西斯主义的纪律与忠诚结合起来；并成立"新生活运动促进会"，自任会长，强令全国推行，历时多年。

46 此信写于1935年。

47 "保障正当舆论"　1935年12月，国民党五届一中全会通过"请政府通令全国切实保障正当舆论"的决议。

48 此信写于1936年。

49 协会　指中国文艺家协会。

50 《文学界》　月刊，署名周渊编辑，1936年6月创刊，同年9月停刊。

51 "实际解决"　此句及下文引语，均为徐懋庸1936年8月1日致鲁迅信中的话。

52 居移气，养移体　语见《孟子·尽心篇》。

53 《版画集》　即《凯绥·珂勒惠支版画选集》。

致郑振铎

一[1]

西谛先生：

　　五月二十八日信，今日午后收到。去年底，先生不是说过，《十竹斋笺谱》文求堂云已售出了么？前日有内山书店店员从东京来，他说他见过，是在的，但文求老头子[2]惜而不卖，他以为还可以得重价。又见文求今年书目，则书名不列在内，他盖藏起来，当作宝贝了。我们的翻刻一出，可使此宝落价。

　　但我们的同胞，真也刻的慢，其悠悠然之态，固足令人佩服，然一生中也就做不了多少事，无怪古人之要修仙，盖非此则不能多看书也。年内先印两种，极好。旧纸及毛边，最好是不用，盖印行之意，广布者其一，久存者其二，所以纸张须求其耐久。倘办得到，不如用黄罗纹纸，买此种书者必非精穷人，每本贵数毛当不足以馁其气。又闻有染成颜色，成为旧纸

"赶快做"。

之状者,倘染工不贵而所用颜料不至蚀纸使脆,则宣纸似亦可用耳。

另选百二十张以制普及版,也是最要紧的事,这些画,青年作家真应该看看了。看近日作品,于古时衣服什器无论矣,即画现在的事,衣服器具,也错误甚多,好像诸公于裸体模特儿之外,都未留心观察,然而裸体画仍不佳。本月之《东方杂志》(卅一卷十一号)上有常书鸿[3]所作之《裸女》,看去仿佛当胸有特大之乳房一枚,倘是真的人,如此者是不常见的。盖中国艺术家,一向喜欢介绍欧洲十九世纪末之怪画,一怪,即便于胡为,于是畸形怪相,遂弥漫于画苑。而别一派,则以为凡革命艺术,都应该大刀阔斧,乱砍乱劈,凶眼睛,大拳头,不然,即是贵族。我这回之印《引玉集》,大半是在供此派诸公之参考的,其中多少认真,精密,那有仗着"天才",一挥而就的作品,倘有影响,则幸也。

《引玉集》印三百部,序跋是在上海排好,打了纸板寄去的(但他们竟颠倒了两页),印,纸,装订,连运费在内,共三百二十元(合中国钱),但印中国木刻,恐怕不行。《引玉集》原图,本多小块,所以书不妨小,这回却至少非加大三分之一不可,加大的印价,日前已去函问,得复后当通知。大约每本六十图,则当需二元,百二十图分两本,成本当在四元至三元半,售价至少也得定五元了。

> 中国的艺术:一为"怪画",二为"革命艺术",均不足取。

投稿家非投稿不可，而所见又不多，得一小题，便即大做，而且往往反复不已。《桂公塘》事[4]即其一，我以为大可置之不理，此种辩论，废时失业，实不如闲坐也。近来时被攻击，惯而安之，纵令诬我以可死之罪，亦不想置辩，而至今亦终未死，可见与此辈讲理，乃反而上当耳。例如乡下顽童，常以纸上画一乌龟，贴于人之背上，最好是毫不理睬，若认真与他们辩论自己之非乌龟，岂非空费口舌。

"毫不理睬"，此亦一种战法也。

小品文本身本无功过，今之被人诟病，实因过事张扬，本不能诗者争作打油诗；凡袁宏道李日华[5]文，则誉为字字佳妙，于是而反感随起。总之，装腔作势，是这回的大病根。其实，文人作文，农人掘锄，本是平平常常，若照相之际，文人偏要装作粗人，玩什么"荷锄带笠图"，农夫则在柳下捧一本书，装作"深柳读书图"之类，就要令人肉麻。现已非晋，或明，而《论语》及《人间世》作者，必欲作飘逸闲放语，此其所以难也。

现代小品文之弊，同"革命文学"一样，病根仍在于超时代（"现已非晋"）；"装腔作势"，病象而已。

但章之攻林[6]，则别有故，章编《人言》[7]，而林辞编辑，自办刊物，故深恨之，仍因利益而已，且章颇恶劣，因我在外国发表文章，而以军事裁判暗示当局[8]者，亦此人也。居此已近五年，文坛之堕落，实为前此所未见，好像也不能再堕落了。

文坛的堕落。

本月《文学》已见，内容极充实，有许多是可以藉此明白中国人的思想根柢的。顷读《清代文字狱

> "中国人似并不悟自己之为奴",真可慨叹。

档》第八本,见有山西秀才欲娶二表妹不得,乃上书于乾隆,请其出力,结果几乎杀头。真像明清之际的佳人才子小说,惜结末大不相同耳。清时,许多中国人似并不悟自己之为奴,一叹。

专此布达,即请

著安。

迅　顿首　六月二日夜。

二[9]

西谛先生:

六月十八日函及《十竹斋笺谱》样张,今天都收到。《笺谱》刻的很好,大张的山水及近于写意的花卉,尤佳。此书最好是赶年内出版,而在九或十月中,先出珂罗版印者一种。我想,购买者的经济力,也应顾及,如每月出一种,六种在明年六月以内出全,则大多数人力不能及,所以最好是平均两月出一种,使爱好者有回旋的余地。

对于纸张,我是外行,近来上海有一种"特别宣",较厚,但我看并不好,砑亦无用,因为它的本质粗。夹贡有时会离开,自不可用。我在上海所见的,除上述二种外,仅有单宣,夹宣(或云即夹贡),玉版宣,煮硾了。杭州有一种"六吉",较薄,上海未见。我看其实是《北平笺谱》那样的真宣，也已经可以了。明朝那样的棉纸，我没有见过新制的。

前函说的《美术别集》[10]中的《水浒图》[11]，非老莲作，乃别一明人本，而日本翻刻者，老莲之图，我一张也未见过。周子兢[12]也不知其人，未知是否蔡先生的亲戚？倘是，则可以探听其所在。我想，现在大可以就已有者先行出版；《水浒图》及《博古页子》，页数较多，将来得到时，可以单行的。

至于为青年着想的普及版，我以为印明本插画是不够的，因为明人所作的图，惟明事或不误，一到古衣冠，也还是靠不住，武梁祠画象中之商周时故事画，大约也如此。或者，不如（一）选取汉石刻中画象之清晰者，晋唐人物画（如顾凯之[13]《女史箴图》之类），直至明朝之《圣谕像解》[14]（西安有刻本）等，加以说明；（二）再选六朝及唐之土俑，托善画者用线条描下（但此种描手，中国现时难得，则只好用照相），而一一加以说明。青年心粗者多，不加说明，往往连细看一下，想一想也不肯，真是费力。但位高望重如李毅士教授，其作《长恨歌画意》，也不过将梅兰芳放在广东大旅馆中，而道士则穿着八卦衣，如戏文中之诸葛亮，则于青年又何责焉呢？日本人之画中国故事，还不至于此。

六月号之《文学》出后，此地尚无骂声，但另有一种脾气，是专做小题，与并非真正之敌寻衅。此本

"身边批评家"：专做小题，不看"大敌"。

> 多年之老脾气,现在复发了,很有些人为此不平,但亦无以慰之,而这些批评家之病亦难治。他们斥小说家写"身边琐事",而不悟自己在做"身边批评",较远之大敌,不看见,不提起的。但(!),此地之小品文风潮,也真真可厌,一切期刊,都小品化,既小品矣,而又唠叨,又无思想,乏味之至。语堂学圣叹一流之文,似日见陷没,然颇沾沾自喜,病亦难治也。

> 骂别人不革命,便是革命者,则自己不做事,而骂别人的事做得不好,自然便是更做事者。若与此辈理论,可以被牵连到白费唇舌,一事无成,也就是白活一世,于己于人,都无益处。我现在得了妙法,是谣言不辩,诬蔑不洗,只管自己做事,而顺便中,则偶刺之。他们横竖就要消灭的,然而刺之者,所以偶使不舒服,亦略有报复之意云尔。

> 《十竹斋笺谱》刻工之钱,当于月底月初汇上一部分。

> 专此布复,即请

道安。

隼 上 六月廿一日

寄茅兄函,顷已送去了。 又及

二十世纪三十年代小品文风潮:唠叨、乏味,且无思想。

评林语堂。

自述处世"妙法"。

三[15]

西谛先生：

　　四夜信收到。记得去年年底，生活书店曾将排好之校样一张送给我，问有无误字，即日为之改正二处，寄还了他。此即《十竹斋》广告，计算起来，该是来得及印上的，而竟无有，真不知何故。和商人交涉，常有此等事，有时是因为模模胡胡，有时却别有用意，而其意殊不可测（《译文》在同一书店所出的别种刊物上去登广告，亦常被抽去），只得听之，而另行延长豫约期间，或卖特价耳。

　　在同一版上，涂以各种颜色，我想是两种颜色接合之处，总不免有些混合的，因为两面俱湿，必至于交沁。倘若界限分明，那就恐怕还是印好几回，不过板却不妨只有一块，只是用笔分涂几回罢了。我有一张贵州的花纸（新年卖给人玩的），看它的设色法，乃是用纸版数块，各将应有某色之处镂空，压在纸上，再用某色在空处乱搽，数次而毕。又曾见E.Munch[16]之两色木版，乃此版本可以挖成两块，分别涂色之后，拼起来再印的。大约所谓采色版画之印法，恐怕还不止这几种。

　　营植排挤，本是三根[17]惟一之特长，我曾领教过两回，令人如穿湿布衫，虽不至于气绝，却浑身不舒服，所以避之惟恐不速。但他先前的历史，是排尽异

关于顾颉刚。

己之后，特长无可施之处。即又以施之他们之同人，所以当他统一之时，亦即倒败之始。但现在既为月[18]光所照，则情形又当不同，大约当更绵长，更恶辣，而三根究非其族类，事成后也非藏则烹[19]的。此公在厦门趋奉校长[20]，颜膝可怜，迨异己去后，而校长又薄其为人，终于下安于位，殊可笑也。现在尚有若干明白学生，固然尚可小住，但与月孽争，学生是一定失败的，他们孜孜不倦，无所不为，我亦曾在北京领教过，觉得他们之凶悍阴险，远在三根先生之上。和此辈相处一两年，即能幸存，也还是有损无益的，因为所见所闻，决不会有有益身心之事，犹之专读《论语》或《人间世》一两年，而欲不变为废料，亦殊不可得也。但萌退志是可以不必的，我亦尚在看看人间世，不过总有一天，是终于要"一走了之"的，现在是这样的世界。

偶看明末野史，觉现在的士大夫和那时之相像，真令人不得不惊。年底做了一篇关于明末的随笔，去登《文学》（第一期），并无放肆之处，然而竟被删去了五分之四，只剩了一个头，我要求将这头在第二期登出，聊以示众而已。上海情形，发狂正不下于北平。青年好游戏，请游戏罢。其实中国何尝有真正的党徒，随风转舵，二十余年矣，可曾见有人为他的首领拚命？将来的狂热的扮别的伟人者，什九正是现在的扮 Herr Hitler[21] 的人。穆公木天也反正了，他与另三人作一献上之报告，毁左翼惟恐不至，和先前之激昂慷慨，判若两人，但我深怕他有一天又会激烈起来，判我辈之印古董以重罪也。（穆公们之献文，是登在秘密刊物里的，不知怎的为日本人所得，译载在《支那研究资料》上了，遂使我们局外人亦得欣赏。他说：某翼中有两个太上皇，亦即傀儡，乃我与仲方[22]。其实这种意见，他大约蓄之已久，不过不到时候，没有说出来。然则尚未显出原形之所谓"朋友"也者，岂不可怕？）

S君[23]是明白的。有几个外国人之爱中国，远胜于有些同胞自己，这真足叫人伤心。我们自己也还有好青年，但不知在此世界，究竟可以剩下几个？我正在译童话[24]，拟付《译文》，亦尚存希望于将来耳，呜呼！

专此布达，即请
著安。

　　　　　　　　迅　顿首　一月八夜。

四[25]

西谛先生：

昨复一函，想已达。顷得六日信，备悉种种。长于营植排挤者，必大嫉妒，如果不是他们的一伙，则虽闭门不问外事，也还是要遭嫉视的。阮大铖还会作

"尚存希望于将来"。

《燕子笺》,而此辈则并无此种伎俩,退化之状,彰彰明矣。

先生如离开北平,亦大可惜,因北平究为文化旧都,继古开今之事,尚大有可为者在也。许君[26]处已去函问,得复后,当即转达。许君人甚诚实,而缺机变,我看他现在所付以重任之人物,亦即将来翻脸不相识之敌人。大约将来非被彼辈所侵入,则亦当被排去,不过现在尚非其时耳。

南方当然不会不黑暗,但状态颇与北方不同。我不明教育界情形,至于文坛,则龌龊琐鄙,真足令人失笑。有救人之英雄,亦有杀人之英雄,世上通例,但有作文之文学家,而又有禁人作文之"文学家",则似中国所独有也。脸皮之厚,世上无两,尚足与之理论乎。

顷见《文学季刊》,以为先生所揭士大夫与商人之争[27],真是洞见隐密,记得元人曲中,刺商人之貌为风雅之作,似尚多也,皆士人败后之扯淡耳。

专此布达,即请

著安。

迅 顿首 一月九夜

知人。

论世。

注　释

1　此信写于1934年。

2　文求老头子　指日本一家书店文求堂的店主田中庆太郎。

3　常书鸿　浙江杭州人，美术家。

4　《桂公塘》事　《桂公塘》，郭源新（郑振铎）著，是根据文天祥《指南录》内容写成的历史小说。1934年4月在《文学》月刊发表后，《新垒》文艺月刊主编李焰生署名马儿连续发表评论，攻击左翼作家作品，抱怨"民族主义文学"没有产生好作品的同时，推举它为"真正的民族文艺，国家文艺"。

5　李日华（1565—1635）　明代文学家。字君实，浙江嘉兴人。著有《紫桃轩杂缀》《味水轩日记》等。

6　章之攻林　由林语堂退出《人言》另办《人间世》而引起的一场论战。章，章克标；林，林语堂。当时《申报·自由谈》曾刊载《人言》周刊编辑章克标等与林语堂之间的通信，林语堂在信中即指责《人言》等刊物攻击《人间世》。

7　《人言》　综合性周刊，郭明（邵洵美）、章克标等编辑，1934年2月创刊于上海。

8　以军事裁判暗示当局　1934年3月《人言》周刊译载了鲁迅在日本《改造》月刊发表的三则短评（即《关于中国的两三件事》）中的《监狱》一则，题作《谈监狱》。在译者附白、译者识及编者注中，攻击鲁迅的文章是"托庇于外人威权之下的论调"，并以"军事裁判"暗示当局。可参看《准风月谈·后记》。

9　此信写于1934年。

10　《美术别集》　指《世界美术全集（别卷）》。

11 《水浒图》 即《水浒图赞》,明代杜堇作。

12 周子竞 原名周仁,江苏江宁人,蔡元培的内弟。当时任国民党中央研究院工程研究所所长。

13 顾凯之 即顾恺之(约345—406),东晋画家。字长康,晋陵无锡(今江苏无锡)人。多才艺,工诗赋书法,尤精绘画,多作人物肖像及神仙、佛像、禽兽、山水等。《女史箴图》是他的代表作之一。著有《论画》等。

14 《圣谕像解》 根据康熙九年(1670)颁布的十六条"上谕"配图和解说的书,清代梁延年编,共二十卷。文中称"明朝",乃属误记。

15 此信写于1935年。

16 E.Munch 蒙克(1863—1944),挪威油画家、版画家。他的画多以生命、死亡、恋爱、恐怖和寂寞为题材,用对比鲜明的线条和色块、简括夸张的造型,表现强烈的感受和情绪,是德国和中欧的表现主义绘画的先驱和代表。

17 三根 指顾颉刚。

18 月 指新月派。

19 非藏则烹 语出《史记·越王勾践世家》:"飞鸟尽,良弓藏;狡兔死,走狗烹。"

20 校长 指厦门大学校长林文庆。

21 Herr Hitler 德语,希特勒先生。

22 仲方 即沈雁冰(茅盾)。

23 S君 指斯诺。

24 童话 指《表》。

25 此信写于1935年。

26 许君 指许寿裳,当时任北平女子文理学院院长。

27 指郑振铎的《论元人所写士子商人妓女间的三角恋爱剧》一文,载于1934年12月《文学季刊》第1卷第4期。

致徐懋庸

——[1]

懋庸先生：

十九日信收到。《新语林》[2]第二期的文章很难说，日前本在草一篇小文[3]，也是关于清代禁书的，后来因发胃病，孩子又伤风，放下了，到月底不知如何，倘能做成，当奉上。闲斋[4]尚无稿来，但有较长之稿一篇在我这里，叫作《攻徐专著》，《自由谈》不要登。其实，对于 先生，是没有什么恶意的，我想，就在自己所编的刊物上登出来，倒也有趣，明天当挂号寄上，倘不要，还我就好了。

《动向》近来的态度，是老病复发，五六年前，有些刊物，一向就这样。有些小说家写"身边琐事"，而反对这种小说的批评家，却忘记了自己在攻击身边朋友。有人在称快的。但这病很不容易医。

不过，我看先生的文章（如最近在《人间世》上的），大抵是在作防御战。这事受损很不小。我以为应该对于那些批评，完全放开，而自己看书，自己作论，不必和那些批评针锋相对。否则，终日为此事烦劳，能使自己没有进步。批评者的眼界是小的，所以他不能在大处落墨，如果受其影响，那就是自己的眼界也给他们收小了。假使攻击者多，而一一应付，那真能因此白活一世，于自己，于社会，都无益处。

论林语堂。　但这也须自己有正当的主见，如语堂先生，我看他的作品，实在好像因反感而在沈沦下去。

《引玉集》的图[5]要采用，那当然是可以的。乔峰的文章，见面时当转达，但他每天的时间，和精力一并都卖给了商务印书馆，我看也未必有多少工夫能写文章。我和闲斋的稿费，托他也不好（他几乎没有精神管理琐事了），还是请先生代收，便中给我，迟些时是不要紧的。

此布，即颂

时绥。

迅　上　六月二十一日

因时间尚早，来得及寄挂号信，故将闲斋（＝区区）稿附上了。　又及。

一六

懋庸先生：

今天得信，才知道先生尚在上海，先前我以为是到乡下去了。暂时"消沈"一下，也好的，算是休息休息，有了力气，自然会不"消沈"的，疲劳了还是做，必至于乏力而后已，我憎恶那些拿了鞭子，专门鞭扑别人的人们。

笔记恐怕也不见得稳当，因为无论做什么东西，气息总不会改的。见闻也有，但想起来也大抵无聊的居多，自以为可写的，又一定通不过，一时真也决不下，看将来再说罢。

《春牛图》[7]我没有，也不知道何处可买，现今在禁用阴历[8]，恐怕未必有买处罢。

此复，即颂

冬安。

迅　顿首　一月十七夜

> 不指名地批评了周扬之类，明确表示对于"左联"工作的态度。

注　释

1　此信写于1934年。

2　《新语林》　文艺半月刊，徐懋庸主编。1934年7月创刊。

3　小文　指《买〈小学大全〉记》。

4　闲斋　即徐诗荃。

5　指徐懋庸拟用《引玉集》中的作品作为《新语林》的封面画。

6　此信写于1935年。

7　《春牛图》　旧时历书印有芒种和耕牛图，故也代指历书。

8　禁用阴历　国民党当局曾于1929年10月发布通令，规定从1930年1月1日起，"适用国历（公历）"，不得"附用阴历"。

致刘炜明[1]

一[2]

炜明先生：

　　十五日惠函收到。一个人处在沈闷的时代，是容易喜欢看古书的，作为研究，看看也不要紧，不过深入之后，就容易受其浸润，和现代离开。

　　我请先生不要寄钱来。一则，因为我琐事多，容易忘记，疏忽；二则，近来虽也化名作文，但并不多，而且印出来时，常被检查官删削，弄得不成样子，不足观了。倘有单行本印出时，当寄上，不值几个钱，无须还我的。

　　《二心集》我是将版权卖给书店的，被禁之后，书店便又去请检查，结果是被删去三分之二以上，听说他们还要印，改名《拾零集》，不过其中已无可看的东西，是一定的。

　　现在当局的做事，只有压迫，破坏，他们那里还

可读作先前关于"少看中国书"的一个补注。

书报检查制度。

想到将来。在文学方面,被压迫的那里只我一人,青年作家,吃苦的多得很,但是没有人知道。上海所出刊物,凡有进步性的,也均被删削摧残,大抵办不〔下〕去。这种残酷的办法,一面固然出于当局的意志,一面也因检查官的报私仇,因为有些想做"文学家"而不成的人们,现在有许多是做了秘密的检查官了,他们恨不得将他们的敌手一网打尽。

星洲[3]也非言论自由之地,大约报纸上的消息,是不会确于上海的,邮寄费事,还是不必给我罢。

专此布复,即颂

时绥。

鲁迅 十一月二十八夜。

一[4]

炜明先生:

十二日的信,早收到了;《星洲日报》[5]也收到了一期,内容也并不比上海的报章减色,谢谢。《二心集》总算找到了一本,是杭州的书店卖剩在那里的,下午已托书店和我新印的一本短评[6],一同挂号寄上,但不知能收到否。此种书籍,请先生万不要寄书款来,因为我从书店拿来,以作者的缘故,是并不化钱的。

中国的事情,说起来真是一言难尽。从明年起,我想不再在期刊上投稿了。上半年曾在《自由谈》(《申报》)上作文,后来编辑换掉了,便不再投

> 鲁迅的写作环境,并不如攻击者所说的那般优游自在,相反是无时不存在压迫的。

稿；改寄《动向》（《中华日报》），而这副刊明年一月一日起就停刊。大约凡是主张改革的文章，现在几乎不能发表，甚至于还带累刊物。所以在日报上，我已经没有发表的地方。至于期刊，我给写稿的是《文学》，《太白》，《读书生活》7，《漫画生活》8等，有时用真名，有时用公汗，但这些刊物，就是常受压迫的刊物，能出到几期，很说不定的。出版的那几本，也大抵被删削得不成样子。

今年设立的书报检查处，很有些"文学家"在那里面做官，他们虽然不会做文章，却会禁文章，真禁得什么话也不能说。现在我如果用真名，那是不要紧的，他们只将文章大删一通，删得连骨子也没有；我新近给明年的《文学》写了一篇随笔，约七八千字，但给他们只删剩了一千余字，不能用了。而且办事也不一律，就如那一本《拾零集》，是中央删剩，准许发卖的，但运到杭州去，却仍被没收，他们的理由是：这里特别禁止。

黑暗之极，无理可说，我自有生以来，第一次遇见。但我是还要反抗的。从明年起，我想用点功，索性来做整本的书，压迫禁止，当然仍不能免，但总可以不给他们删削了。

专此布复，并颂

时绥。

迅　上　十二月三十一夜。

> 做"整本的书"出版，即可免于报刊之厄乎？倘是意识形态控制之手段绵密，当不会如此"优容"。"第一次遇见"，便说"黑暗之极"；即如三一八惨案时，见几十个学生群众被杀，便说是"最黑暗的一天"，殊不知此后的黑暗数倍于前。大约也正是为此，书简中"悲愤"之语，时时可见。

注　释

1　刘炜明　广东大埔人。当时在新加坡经商,是鲁迅作品的读者。

2　此信写于1934年。

3　星洲　即新加坡。

4　此信写于1934年。

5　《星洲日报》　新加坡出版的一种中文报纸,1929年创办。

6　一本短评　指《准风月谈》。

7　《读书生活》　综合性半月刊,李公朴等编,1934年11月创刊。

8　《漫画生活》　载有漫画和杂文的月刊,吴朗西、黄士英等编,1934年9月创刊。

致萧军、萧红

一[1]

刘吟先生：

两信均收到。我知道我们见面之后，是会使你们悲哀的，我想，你们单看我的文章，不会料到我已这么衰老。但这是自然的法则，无可如何。其实，我的体子并不算坏，十六七岁就单身在外面混，混了三十年，这费力可就不小；但没有生过大病或卧床数十天，不过精力总觉得不及先前了，一个人过了五十岁，总不免如此。

中国是古国，历史长了，花样也多，情形复杂，做人也特别难，我觉得别的国度里，处世法总还要简单，所以每个人可以有工夫做些事，在中国，则单是为生活，就要化去生命的几乎全部。尤其是那些诬陷的方法，真是出人意外，譬如对于我的许多谣言，其

中国之"文学家"。

实大部分是所谓"文学家"造的，有什么仇呢，至多不过是文章上的冲突，有些是一向毫无关系，他不过造着好玩，去年他们还称我为"汉奸"，说我替日本政府做侦探[2]。我骂他时，他们又说我器量小。

> "自己营垒里的蛀虫"最可怕。

单是一些无聊事，就会化去许多力气。但，敌人是不足惧的，最可怕的是自己营垒里的蛀虫，许多事都败在他们手里。因此，就有时会使我感到寂寞。但我是还要照先前那样做事的，虽然现在精力不及先前了，也因学问所限，不能慰青年们的渴望，然而我毫无退缩之意。

《两地书》其实并不像所谓"情书"，一者因为我们通信之初，实在并未有什么关于后来的豫料的；二则年龄，境遇，都已倾向了沈静方面，所以决不会显出什么热烈。冷静，在两人之间，是有缺点的，但打闹，也有弊病，不过，倘能立刻互相谅解，那也不妨。至于孩子，偶然看看是有趣的，但养起来，整天在一起，却真是麻烦得很。

你们目下不能工作，就是静不下，一个人离开故土，到一处生地方，还不发生关系，就是还没有在这土里下根，很容易有这一种情境。一个作者，离开本国后，即永不会写文章了，是常有的事。我到上海后，即做不出小说来，而上海这地方，真也不能叫人和他亲热。我看你们的现在的这种焦躁的心情，不可使它发展起来，最好是常到外面去走走，看看社会上的情形,以及各种人们的脸。

以下答问——

1.我的孩子叫海婴,但他大起来,自己要改的,他的爸爸,就连姓都改掉了。阿菩是我的第三个兄弟的女儿。

2.会³是开成的,费了许多力;各种消息,报上都不肯登,所以在中国很少人知道。结果并不算坏,各代表回国后都有报告,使世界上更明瞭了中国的实情。我加入的。

3.《君山》我这里没有。

4.《母亲》⁴也没有。这书是被禁止的,但我可以托人去找一找。《没落》⁵我未见过。

5.《两地书》我想东北是有的,北新书局在寄去。

6.我其实是不喝酒的;只在疲劳或愤慨的时候,有时喝一点,现在是绝对不喝了,不过会客的时候,是例外。说我怎样爱喝酒,也是"文学家"造的谣。

7.关于脑膜炎的事,日子已经经过许久了,我看不必去更正了罢。

我们有了孩子以后,景宋几乎和笔绝交了,要她改稿子,她是不敢当的。但倘能出版,则错字和不妥处,我当负责改正。

你说文化团体,都在停滞——无政府状态中……,一点不错。议论是有的,但大抵是唱高调,其实唱高调就是官僚主义。我的确常常感到焦烦,

"独战的悲哀"。

但力所能做的,就做,而又常常有"独战"的悲哀。不料有些朋友们,却斥责我懒,不做事;他们昂头天外,评论之后,不知那里去了。

来信上说到用我这里拿去的钱时,觉得刺痛,这是不必要的。我固然不收一个俄国的卢布,日本的金圆,但因出版界上的资格关系,稿费总比青年作家来得容易,里面并没有青年作家的稿费那样的汗水的——用用毫不要紧。而且这些小事,万不可放在心上,否则,人就容易神经衰弱,陷入忧郁了。

来信又愤怒于他们之迫害我。这是不足为奇的,他们还能做什么别的?我究竟还要说话。你看老百姓一声不响,将汗血贡献出来,自己弄到无衣无食,他们不是还要老百姓的性命吗?

此复,即请

俪安。

迅 上 十二月六日

再: 有《桃色的云》及《小约翰》,是我十年前所译,现在再版印出来了,你们两位要看吗?望告诉我。 又及

> 仁爱之心,
> 无所不至。

> 对于受迫害的态度。

一六

刘吟先生：

八夜信收到。我的病倒是好起来了，胃口已略开，大约可以渐渐恢复。童话两本，已托书店寄上，内附译文两本[7]，大约你们两位也没有看过，顺便带上。《竖琴》上的序文[8]，后来被检查官删掉了，这是初版，所以还有着。你看，他们连这几句话也不准我们说。

如果那边还有官力以外的报，那么，关于"脑膜炎"的话，用"文艺通信"的形式去说明，也是好的。为了这谣言，我记得我曾写过几十封正误信，化掉邮费两块多。

中华书局译世界文学的事，早已过去了，没有实行。其实，他们是本不想实行的，即使开首会译几部，也早已暗中定着某人包办，没有陌生人的份儿。现在蒋[9]死了，说本想托蒋译，假如活着，也不会托他译的，因为一托他，真的译出来，岂不大糟？那时他们到我这里来打听靖华的通信地址，说要托他，我知道他们不过玩把戏，拒绝了。现在呢，所谓"世界文学名著"，简直不提了。

名人，阔人，商人……常常玩这一种把戏，开出一个大题目来，热闹热闹，以见他们之热心。未经世

> 出版成了名人、阔人、商人们的把戏。

致萧军、萧红　385

故的青年,不知底细,就常常上他们的当;碰顶子还是小事,有时简直连性命也会送掉,我就知道不少这种卖血的名人的姓名。我自己现在虽然说得好像深通世故,但近年就上了神州国光社的当,他们与我订立合同,托我找十二个人,各译苏联名作一种,出了几本,不要了,有合同也无用,我只好又磕头礼拜,各去回断,靖华住得远,不及回复,已经译成,只好我自己付版税,又设法付印,这就是《铁流》,但这书的印本一大半和纸版,后来又被别一书局[10]骗去了。

那时的会[11],是在陆上开的,不是船里,出席的大约二三十人,会开完,人是不缺一个的都走出的,但似乎也有人后来给他们弄去了,因为近来的捕,杀,秘密的居多,别人无从知道。爱罗先珂却没有死,听说是在做翻译,但有人寄信去,却又没有回信来。

义军[12]的记载看过了,这样的才可以称为战士,真叫我似的弄笔的人惭愧。我觉得文人的性质,是颇不好的,因为他智识思想,都较为复杂,而且处在可以东倒西歪的地位,所以坚定的人是不多的。现在文坛的无政府情形,当然很不好,而且坏于此的恐怕也还有,但我看这情形是不至于长久的。分裂,高谈,故作激烈等等,四五年前也曾有过这现象,左联起来,将这压下去了,但病根未除,又添了新分子,于是现在老病就复发。但空谈之类,是谈不久,也谈不出什么来的,它终必被事实的镜子照出原形,拖出尾

论文人。

巴而去。倘用文章来斗争，当然更好，但这种刊物不能出版，所以只好慢慢的用事实来克服。

其实，左联开始的基础就不大好，因为那时没有现在似的压迫，所以有些人以为一经加入，就可以称为前进，而又并无大危险的，不料压迫来了，就逃走了一批。这还不算坏，有的竟至于反而卖消息去了。人少倒不要紧，只要质地好，而现在连这也做不到。好的也常有，但不是经验少，就是身体不强健（因为生活大抵是苦的），这于战斗是有妨碍的。但是，被压迫的时候，大抵有这现象，我看是不足悲观的。

关于左联。

卖性的事，我无所闻，但想起来是能有的；对付女性，南方官大约也比北方残酷，血债多得很。

此复，即请

俪安。

迅 上 十二月十夜。

三[13]

刘
吟　先生：

廿四日信收到，二十日信也收到的。我没有生病，只因为这几天忙一点，所以没有就写回信。

周女士[14]她们所弄的戏剧组，我并不知道底细，但我看是没什么的，不打紧。不过此后所遇的人们多起来,彼此都难以明白真相,说话不如小心些,最好是多听人们说,自己少说话,要说,就多说些闲谈。

《准风月谈》尚未公开发卖,也不再公开,但他必要成为禁书。所谓上海的文学家们,也很有些可怕的,他们会因一点小利,要别人的性命。但自然是无聊的,并不可怕的居多,但却讨厌得很,恰如虱子跳蚤一样,常常会暗中咬你几个疙瘩,虽然不算大事,你总得搔一下了。这种人物,还是不和他们认识好。我最讨厌江南才子,扭扭捏捏,没有人气,不像人样,现在虽然大抵改穿洋服了,内容也并不两样。其实上海本地人倒并不坏的,只是各处坏种,多跑到上海来作恶,所以上海便成为下流之地了。

《母亲》久被禁止,这一部是托书坊里的伙计寻来的,不知道他是怎么一个线索。日前做了一篇随笔到文学社去卖钱,七千字,检查官给我删掉了四分之三,只剩一个脑袋,不值钱了。吟太太的小说,我想不至于此,如果删掉几段,那么,就任它删掉几段,第一步是只要印出来。

这几天真有点闷气。检查官吏们公开的说,他们只看内容,不问作者是谁,即不和个人为难的意思。有些出版家知道了这话,以为"公平"真是出现了,就要我用旧名子[字]做文章,推也推不掉。其实他们是阴谋,遇见我的文章,就删削一通,使你不成样子,印出去时,读者不知底细,以为我发了昏了。如果只是些无关痛痒的话,那是通得过的,不过,这有什么意思呢?

今年不再写信了,等着搬后的新地址。

专此布复,即颂

俪安。

豫　上　十二月二十六夜

四[15]

刘先生:
吟

二日的信,四日收到了,知道已经搬了房子,好极好极,但搬来搬去,不出拉都路,正如我总在北四川路兜圈子一样。有大草地可看,在上海要算新年幸福,我生在乡下,住了北京,看惯广大的土地了,初到上海,真如被装进鸽子笼一样,两三年才习惯。新年三天,译了六千字童话[16],想不用难字,话也比较的容易懂,不料竟比做古文还难,每天弄到半夜,睡了还做乱梦,那里还会记得妈妈,跑到北平去呢?

删改文章的事,是必须给它发表开去的,但也犯不上制成锌板。他们的丑史多得很,他们那里有一点羞。怕羞,也不去干这样的勾当了,他们自己也并不当人看。

吟太太究竟是太太,观察没有咱们爷们的精确仔细。少说话或多说闲谈,怎么会是耗子躲猫的方法呢?我就没有见过猫整天的在咪咪的叫的,除了春天的或一时期之外。猫比老鼠还要沈默。春天又作别论,因为它们另有目的。平日,它总是静静的听着声音,伺机搏击,这是猛兽的方法。自然,它决不和耗子讲闲话的,但耗子也不和猫讲闲话。

你所遇见的人,是不会说我怎样坏的,敌对或侮蔑的意思,我相信也没有。不过"太不留情面"的批评是绝对的不足为训的。如果已经开始笔战了,为什么要留情面?留情面是中国文人最大的毛病。他以为自己笔下留情,将来失败了,敌人也会留情面。殊不知那时他是决不留情面的。做几句不痛不痒的文章,还是不做好。

而且现在的批评家,对于"骂"字也用得非常之模胡。由我说起来,倘说良家女子是婊子,这是"骂",说婊子是婊子,就不是骂。我指明了有些人的本相,或是婊子,或是叭儿,它们却真的是婊子或叭儿,所以也决不是"骂"。但论者却一概谓之"骂",岂不哀哉。

至于检查官现在这副本领,是毫不足怪的,他们也只有这种本领。但想到所谓文学家者,原是应该自己会做文章的,他们却只会禁别人的文章,真不免好笑。但现在正是这样的时候,不是救国的非英雄,而卖国的倒是英雄吗?

考察上海一下,是很好的事,但我举不出相宜的同伴,恐怕还是自己看看好罢,大约通过一两回,是没有什么的。不过工人区域里却不宜去,那里狗多,有点情形不同的人走过,恐怕它就会注意。

近来文字的压迫更严,短文也几乎无处发表了。看看去年所作的东西,又有了短评和杂论各一本[17],想在今年内印它出来,而新的文章,就不再做,这几年真也够吃力了。近几时我想看看古书,再来做点什么书,把那些坏种的祖坟刨一下。

过了一年,孩子大了一岁,但我也大了一岁,这么下去,恐怕我就要打不过他,革命也就要临头了。这真是叫作怎么好。

专此布达,并请
俪安

迅 上 广附笔问候 一月四日

五[18]

刘军　先生:
悄吟

来信早收到;小说稿已看过了,都做得好的——不是客气话——充满着热情,和只玩些技巧的所谓"作家"的作品大两样。今天已将悄吟太太的那一篇寄给《太白》。余两篇让我想一想,择一个相宜的地方,文学社暂不能寄了,因为先前的两篇,我就寄给他们的,现在还没有回信。

至于你要给《火炬》的那篇,我看不必寄去,一定登不出来的,不如暂留在我处,看有无什么机会发

> 二十世纪三十年代有关鲁迅的"汉奸"一说,至今已隔数十年,居然还有人相信且热心传播,真可慨叹!

表;不过即使发表,我恐怕中国人也很难看见的。虽然隔一道关,但情形也未必会两样。前几天大家过年,报纸停刊,从袁世凯那时起,卖国就在这时候,这方法留传至今,我看是关内也在爆竹声中葬送了。你记得去年各报上登过一篇《敌乎,友乎?》的文章吗?做的是徐树铮的儿子[19],现代阔人的代言人,他竟连日本是友是敌都怀疑起来了,怀疑的结果,才决定是"友"。将来恐怕还会有一篇"友乎,主乎?"要登出来。今年就要将"一二八""九一八"的纪念取消,报上登载的减少学校假期,就是这件事,不过他们说话改头换面,使大家不觉得。"友"之敌,就是自己之敌,要代"友"讨伐的,所以我看此后的中国报,将不准对日本说一句什么话。

> 论中国历史。

中国向来的历史上,凡一朝要完的时候,总是自己动手,先前本国的较好的人,物,都打扫干净,给新主子可以不费力量的进来。现在也毫不两样,本国的狗,比洋狗更清楚中国的情形,手段更加巧妙。

> 帮助权力者暗杀青年的心,此为文界之大腐败者。

来信说近来觉得落寞,这心情是能有的,原因就在在上海还是一个陌生人,没有生下根去。但这样的社会里,怎么生根呢,除非和他们一同腐败;如果和较好的朋友在一起,那么,他们也正是落寞的人,被缚住了手脚的。文界的腐败,和武界也并不两样,你如果较清楚上海以至北京的情形,就知道有一群蛆虫,在怎样挂着好看的招牌,在帮助权力者暗杀青年的心,使中国完结得无声无臭。

我也时时感到寂寞,常常想改掉文学买卖,不做了,并且离开上海。不过这是暂时的愤慨,结果大约还是这样的干下去,到真的干不来了的时候。

海婴是好的,但捣乱得可以,现在是专门在打仗,可见世界是一时不会平和的。请客大约尚无把握,因为要请,就要吃得好,否则,不如不请,这是我和悄吟太太主张不同的地方。但是,什么时候来请罢。

此请

俪安。

$\qquad$ 豫 上 二月九日

再:那两篇小说的署名[20],要改一下,因为在俄有一个萧三,在文学上很活动,现在即使多一个"郎"字,狗们也即刻以为就是他的。改什么呢?等来信照办。 又及。

六[21]

刘军兄:
悄吟

十日信十三才收到,不知道怎的这么慢。你所发见的两点,我看是对的;至于说我的话可对呢,我决不定。使我自己说起来,我大约是"姑息"的一方面,但我知道若在战斗的时候,非常有害,所以应该改正。不过这和"判断力"大有关系,力强,所做便

> 自认为倾向于"姑息"的一方面,此当大出人意料者。

不错,力一弱,即容易陷于怀疑,什么也不能做了。"父爱"也一样的,倘不加判断,一味从严,也可以冤死了好子弟。

> 南北人比较。

所谓"野气",大约即是指和上海一般人的言动不同之点,黄大约看惯了上海的"作家",所以觉得你有些特别。其实,中国的人们,不但南北,每省也有些不同的;你大约还看不出江苏和浙江人的不同来。但江浙人自己能看出,我还能看出浙西人和浙东人的不同。普通大抵以和自己不同的人为古怪,这成见,必须跑过许多路,见过许多人,才能够消除。由我看来,大约北人爽直,而失之粗,南人文雅,而失之伪。粗自然比伪好。但习惯成自然,南边人总以像自己家乡那样的曲曲折折为合乎道理。你还没有见过所谓大家子弟,那真是要讨厌死人的。

> 论"野气"。

> "世故"谈。

这"野气"要不要故意改它呢?我看不要故意改。但如上海住得久了,受环境的影响,是略略会有些变化的,除非不和社会接触。但是,装假固然不好,处处坦白,也不成,这要看是什么时候。和朋友谈心,不必留心,但和敌人对面,却必须刻刻防备。我们和朋友在一起,可以脱掉衣服,但上阵要穿甲。您记得《三国志演义》上的许褚赤膊上阵么?中了好几箭。金圣叹批道:谁叫你赤膊?

> 论中国文坛。文人与商人无异。反"赤膊"。

所谓文坛,其实也如此(因为文人也是中国人,不见得就和商人之类两样),鬼魅多得很,不过这些人,你还没有遇见。如果遇见,是要提防,不能赤膊的。好在现在已经认识几个人了,以后关于不知道其底细的人,可以问问叶他们,比较的便当。

《八月》我还没有看,要到二十边,一定有工夫来看了。近来还是为了许多琐事,加以小说选好,又弄翻译。《死魂灵》很难译,我轻率的答应了下来,每天译不多,又非如期交卷不可,真好像做苦工,日子不好过,幸而明天可完了,只有二万字,却足足化了十二天。

虽是江南,雪水也应该融流的,但不知怎的,去年竟没有下雪,这也并不是常有的事。许是去年阴历年底就想来的,因寓中走不开而止。现在孩子更捣乱了,本月内母亲又要到上海,一个担子,挑的是一老一小,怎么办呢?

金人的译文看过了,文笔很不差,一篇寄给了良友,一篇想交给《译文》。

专此布复,并请

俪安。

豫　上　三月十三夜。

七[22]

刘军
　　兄:
悄吟

十六日信早收到。今年北四川路是流行感冒特别的多,从上星期以来,寓中不病的只有许一个人了,但她今天说没有气力;我最先病,但也最先好,今天是同平常一样了。

帮朋友的忙,帮到后来,只忙了自己,这是常常要遇到的。您的朋友既入大学,必是智识分子,那他一定有道理,如"情面说"之类。我的经验,是人来要我帮忙的,他用"互助论",一到不用,或要攻击我了,就用"进化论的生存竞争说";取去我的衣服,倘向他索还,他就说我是"个人主义",自私自利,吝啬得很。前后一对照,真令人要笑起来,但他却一本正经,说得一点也不自愧。

<small>论中国知识分子。</small>

我看中国有许多智识分子,嘴里用各种学说和道理,来粉饰自己的行为,其实却只顾自己一个的便利和舒服,凡有被他遇见的,都用作生活的材料,一路吃过去,像白蚁一样,而遗留下来的,却只是一条排泄的粪。社会上这样的东西一多,社会是要糟的。

我的文章,也许是《二心集》中比较锋利,因为后来又有了新经验,不高兴做了。敌人不足惧,最令人寒心而且灰心的,是友军中的从背后来的暗箭;受伤之后,同一营垒中的快意的笑脸。因此,倘受了伤,就得躲入深林,自己舐干,扎好,给谁也不知道。我以为这境遇,是可怕的。我倒没有什么灰心,

<small>自述在"左联"中的境遇。</small>

大抵休息一会,就仍然站起来,然而好像终竟也有影响,不但显于文章上,连自己也觉得近来还是"冷"的时候多了。

《樱花》闻已蒙检查老爷通过,署名不能改了。

前天看见《太白》广告,有两篇一同发表,不知道去拿了稿费没有?

《集外集》好像还没有出。

匆复并颂

俪祉。

豫　上。〔四月二十三日〕

近来北四川路邮局有了一个认识我的笔迹的人,凡有寄出书籍,倘是我写封面的,他就特别拆开来看,弄得一塌胡涂,但对于信札,好像还不这还〔样〕。呜呼,人面的狗,何其多乎!?　　又及。

注　释

1　此信写于1934年。

2　替日本政府做侦探　1934年5月6日上海《社会新闻》第7卷第12期发表署名思的《鲁迅愿作汉奸》的文章,其中诬蔑鲁迅"搜集其一年来诋毁政府之文字,编为《南腔北调集》,丐其老友内山完造介绍于日本情报局,果然一说便成,鲁迅所获稿费几及万元……乐于作汉奸矣"。

3　会　指世界反对帝国主义战争委员会组织的远东反战会议。1933年9月30日在上海秘密召开,到会的有英、法、比等国代表,主题是反对日本帝国主义侵略中国。鲁迅未曾到会,但被选为大会主席团名誉主席之一。

4　《母亲》　长篇小说,高尔基著,沈端先(夏衍)译。1929年10月上海大江书铺出版。

5　《没落》　即《阿尔达莫诺夫家的事业》,长篇小说,高尔基著,陈小航译。1932年8月神州国光社出版。

6　此信写于1934年。

7　**译本两本**　指《竖琴》和《一天的工作》。

8　**序文**　指《〈竖琴〉前记》。

9　**蒋**　指蒋光慈。

10　**别一书局**　指光华书局。

11　**那时的会**　指远东反战会议。

12　**义军**　指东北抗日义勇军。

13　此信写于1934年。

14　**周女士**　指周颖，聂绀弩夫人。戏剧组指左翼戏剧家联盟的戏剧供应社，专为演出提供服装和道具等。

15　此信写于1935年。

16　**童话**　指《表》。

17　指《花边文学》和《且介亭杂文》。

18　此信写于1935年。

19　**《敌乎，友乎？》**　此文副题为"中日关系的检讨"，连载于1935年1月26日至30日《申报》，徐道邻作。徐道邻，江苏萧县人，曾任国民党政府行政院政务处处长。徐树铮，亲日的北洋军阀。

20　萧军小说，原来署名为"萧三郎"。

21　此信写于1935年。

22　此信写于1935年。

致萧军

——1

萧军兄：

十八日信收到。那一篇译稿²，是很流畅的，不过这故事先就是流畅的故事，不及上一回的那篇沈闷³。那一篇我已经寄给《译文》了。

这回孩子给沸水烫伤，其实倒是太阔气了的缘故，并非没有人管，是有人而不管他。寓里原有一个管领他的老妈子，她这几天因为要去求神拜佛，访友探亲，便找了一个替工。那天是她们俩都在的，不过她以为有替工在，替工以为有她在，就两个都不管，任凭孩子奔进厨房去捣乱，弄伤了脚。孩子也太淘气，一不留意，他就乱钻，跑得很快，人家有时也实在追不上。痛一下子也好，我实在看得麻烦极了，痛的经验是应该有一点的，但我立刻给敷了药，恐怕也不怎么痛，现在肿已退，再有十天总可以走得路，只要好后没有疤痕，我的责任算是尽了。

这孩子也不受委屈，虽然还没有发明"屁股温冰法"（上海也无冰可温），但不肯吃饭之类的消极抵抗法，却已经有了的。这时我也

> 专叙孩子事，可谓不厌其详。

往往只好对他说几句好话，以息事宁人。我对别人就从来没有这样屈服过。如果我对父母能够这样，那就是一个孝子，可上"二十五孝"的了。

《准风月谈》已经卖完了，再版三四天内可以印好；《集外集》我还没有见过，大约还未出版罢，等我都有了，当通知你，并《南腔北调集》一并交付。先前还有一本《伪自由书》，您可有吗？

> 中国的家族制度。

这几天在给《译文》译东西，不久，我的母亲大约要来了，会令我连静静的写字的地方也没有。中国的家族制度，真是麻烦，就是一个人关系太多，许多时间都不是自己的。

因为静不下，就更不能写东西，至多，只好译一点什么，我的今年，大约也要成为"翻译年"的了。

专此布复，即请

俪安。

豫　上　三月十九夜

一二[4]

刘先生：

廿二信并书一包，均收到。又曾寄《新小说》一本，内有金人译文一篇[5]，不知收到否？寄给《文学》的稿子[6]，来信说要登，但九月来不及，须待十月，只得听之。良友也有信来，今附上。悄吟太太的稿子退回来了,他说"稍弱",也评的并不算错,便中拟交胡,拿到《妇女生活》[7]去看看,倘登不出,就只好搁起来了。

《死魂灵》作者的本领,确不差,不过究竟是旧作者,他常常要发一大套议论,而这些议论,可真是难译,把我窘的汗流浃背。这回所据的是德译本,而我的德文程度又差,错误一定不免,不过比起英译本的删节,日译本的错误更多来,也许好一点。至于《奥罗夫妇》[8]的译者,还是一位名人,但他大约太用力于交际了,翻译就不大高明。

我看用我去比外国的谁,是很难的,因为彼此的环境先不相同。契诃夫的想发财,是那时俄国的资本主义已发展了,而这时候,我正在封建社会里做少爷。看不起钱,也是那时的所谓"读书人家子弟"的通性。我的祖父是做官的,到父亲才穷下来,所以我其实是"破落户子弟",不过我很感谢我父亲的穷下来(他不会赚钱),使我因此明白了许多事情。因为我自己是这样的出身,明白底细,所以别的破落户子弟的装腔作势,和暴发户子弟之自鸣风雅,给我一解剖,他们便弄得一败涂地,我好像一个"战士"了。使我自己说,我大约也还是一个破落户,不过思想较新,也时常想到别人和将来,因此也比较的不十分自私自利而已。至于高尔基,那是伟大的,我看无人可比。

思想自述。

前一辈看后一辈,大抵要失望的,自然只好用"笑"对付。我的母亲是很爱我的,但同在一处,有些地方她也看不惯。意见不一样,没有好法子想。

又热起来,痱子也新生了,但没有先前厉害。孩子的幼稚园中,一共只有十多个人,所以还不十分混杂,其实也不过每天去关他四个钟头,好给我清净一下。不过我在担心,怕将来会知道他是谁的孩子。他现在还不知我的名字,一知道,是也许说出去的。

此复,即请

俪安。

豫　上　八月廿四日

三[9]

张兄:

八月卅日信收到。同日收到金人稿费单一纸,今代印附上。又收到良友公司通知信,说《新小说》停刊了,刚刚"革新",而且前几天编辑给我信,也毫无此种消息,而忽然"停刊",真有点奇怪。郑君平也辞歇了,你的那篇《军中》,便无着落。不知留有原稿否?但我尚当写信去问一问别人。

胡怀琛[10]的文章,都是些可说可不说的话,此人是专做此类文章的。《死灵魂》的原作,一定比译文好,就是德文译,也比中译好,有些形容辞之类,我

怀瞿秋白。

还安排不好，只好略去，不过比两种日本译本却较好，错误也较少。瞿若不死，译这种书是极相宜的，即此一端，即足判杀人者为罪大恶极。

孟[11]的性情，我看有点儿神经过敏，但我决计将金人的信寄给他，这是于他有益的。大家都没有恶意，我想，他该能看得出来。

卢森堡的东西，我一点也没有。

"土匪气"很好，何必克服它，但乱撞是不行的。跑跑也好，不过上海恐怕未必宜于练跑；满洲人住江南二百年，便连马也不会骑了，整天坐茶馆。我不爱江南。秀气是秀气的，但小气。听到苏州话，就令人肉麻。此种言语，将来必须下令禁止。

"土匪气"（"野气"）与江南气（"秀气"加"小气"）。

孩子有时是可爱的，但我怕他们，因为不能和他们为敌，一被缠，即无法可想，例如郭林卡[12]即是也。我对付自己的孩子，也十分吃力，总算已经送进幼稚园去了，每天清静半天。今年晒太阳不十分认真，并不很黑，身子长了些，却比春天瘦了，我看这是必然的，从早晨起来闹到晚上睡觉，中间不肯睡中觉，当然不会胖。

痱子又好了。

天马书店我曾经和他们有过交涉；开首还好，后来利害起来，而且不可靠了，书籍由他出版，他总不会放松的。

因为打杂，总不得清闲。《死魂灵》于前天才交卷,再一月,第一卷完了。第二卷是残稿,无甚趣味。

我们如略有暇,当于或一星期日去看你们。

此布,即颂

俪祉。

豫　上　九月一夜。

四[13]

刘兄:

一日的信收到两天了。对于《译文》停刊事,你好像很被激动,我倒不大如此,平生这样的事情遇见的多,麻木了,何况这还是小事情。但是,要战斗下去吗?当然,要战斗下去!无论它对面是什么。

黄先生当然以不出国为是,不过我不好劝阻他。一者,我不明白他一生的详细情形,二者,他也许自有更远大的志向,三者,我看他有点神经质,接连的紧张,是会生病的——他近来较瘦了——休息几天,和太太会会也好。

丛书和月刊,也当然,要出下去。丛书的出版处,已经接洽好了,月刊我主张找别处出版,所以还没有头绪。倘二者一处出版,则资本少的书店,会因此不能活动,两败俱伤。德国腓立大帝的"密集突击"[14],那时是会打胜仗的,不过用于现在,却不相

对青年友人的关爱之情。

一种既适应专制环境又适合独立行动的游击战术:散兵战、堑壕战、持久战。

宜，所以我所采取的战术，是：散兵战，堑壕战，持久战——不过我是步兵，和你炮兵的法子也许不见得一致。

《死魂灵》已于上月底交去第十一章译稿，第一部完了，此书我不想在《世界文库》上中止，这是对于读者的道德，但自然，一面也受人愚弄。不过世事要看总账，到得总结的时候，究竟还是他愚弄我呢，还是愚弄了自己呢，却不一定得很。至于第二部（原稿就是不完的）是否仍给他们登下去，我此时还没有决定。

现在正在赶译这书的附录和序文，连脖子也硬的不大能动了，大约二十前后可完，一面已在排印本文，到下月初，即可以出版。这恐怕就是丛书的第一本。

至于我的先前受人愚弄呢，那自然；但也不是第一次了，不过在他们还未露出原形，他们做事好像还于中国有益的时候，我是出力的。这是我历来做事的主意，根柢即在总账问题。即使第一次受骗了，第二次也有被骗的可能，我还是做，因为被人偷过一次，也不能疑心世界上全是偷儿，只好仍旧打杂。但自然，得了真赃实据之后，又是一回事了。

那天晚上，他们开了一个会[15]，也来找我，是对付黄先生的，这时我才看出了资本家及其帮闲们的原形，那专横，卑劣和小气，竟大出于我的意料之外，

"要看总账"。

思想自述。

我自己想,虽然许多人都说我多疑,冷酷,然而我的推测人,实在太倾于好的方面了,他们自己表现出来时,还要坏得远。

以下答家常话:

孩子到幼稚园去,还愿意,但我怕他说江苏话,江苏话少用N音结末,譬如"三",他们说See,"南",他们说Nee,我实在不爱听。他一去开,就接连的要去;礼拜天休息一天,第二天就想逃学——我看他也不像肯用功的人。

我们都好的,我比较的太少闲工夫,因此就有时发牢骚,至于生活书店事件,那倒没有什么,他们是不足道的,我们只要干自己的就好。

昨天到巴黎大戏院去看了《黄金湖》[16],很好,你们看了没有?下回是罗曼谛克的《暴帝情鸳》[17],恐怕也不坏,我与其看美国式的发财结婚影片,宁可看《天方夜谈》一流的怪片子。

专此布复,并颂

俪安。

豫　上　十月四日

"生活书店事件":针对"资本家及其帮闲"的斗争。

注　释

1　此信写于1935年。

2　指金人翻译的《滑稽故事》。

3　指金人翻译的《少年维特之烦恼》。

4　此信写于1935年。

5　指《滑稽故事》。

6　指《羊》。

7　《妇女生活》　综合性月刊。沈兹九编辑，1935年7月创刊，上海生活书店出版。

8　《奥罗夫妇》　即《奥罗夫夫妇》，中篇小说，高尔基著，周笕译，载《世界文库》第1册。

9　此信写于1935年。

10　胡怀琛（1886—1938）　字寄尘，安徽泾县人，鸳鸯蝴蝶派小说家之一。文章指《谈〈中国小说史略〉》，载于1935年8月25日上海《时事新报》。

11　孟　指孟十还，翻译家。原名斯根，曾留学苏联，1936年主编《作家》月刊。当时金人曾给他写信，指出他的译文中的某些错误。

12　郭林卡　童话《表》的主人公。

13　此信写于1935年。

14　腓立大帝　即普鲁士国王腓特烈二世（1712—1786），曾多次发动侵略战争。"密集突击"是他在战争中运用的一种战术。

15　他们开了一个会　他们，指生活书店的邹韬奋、胡愈之，以及在鲁迅看来对生活书店方面基本上采取纵容或姑息态度的茅盾、郑振铎、傅东华等人。1935年9月17日晚，生活书店在新亚酒店设宴，请鲁迅出席，席间突然提出撤掉《译文》编辑黄源，被鲁迅拒绝。

16　《黄金湖》　苏联影片。

17　《暴帝情鸳》　法国影片。

致赵家璧[1]

家璧先生：

早上寄奉一函，想已达览。我曾为《文学》明年第一号作随笔一篇[2]，约六千字，所讲是明末故事，引些古书，其中感慨之词，自不能免。今晚才知道被检查官删去四分之三，只存开首一千余字。由此看来，我即使讲盘古开天辟地神话，也必不能满他们之意，而我也确不能作使他们满意的文章。

我因此想到《中国新文学大系》。当送检所选小说时，因为不知何人所选，大约是决无问题的，但在送序论去时，便可发生问题。五四时代比明末近，我又不能做四平八稳，"今天天气，哈哈哈"到一万多字的文章，而且真也和群官的意见不能相同，那时想来就必要发生纠葛。我是不善于照他们的意见，改正文章，或另作一篇的，这时如另请他人，则小说系我所选，别人的意见，决不相同，一定要弄得无可措手。非书店白折费用，即我白费工夫，两者之一中，

图书审查制度往往因人废言，所以大凡异端人物无须审查而格杀勿论。

必伤其一。所以我决计不干这事了,索性开初就由一个不被他们所憎恶者出手,实在稳妥得多。检查官们虽宣言不论作者,只看内容,但这种心口如一的君子,恐不常有,即有,亦必不在检查官之中,他们要开一点玩笑是极容易的,我不想来中他们的诡计,我仍然要用硬功对付他们。

> 用"硬功"对付当局的态度。

这并非我三翻四覆,看实情实在也并不是杞忧,这是要请你谅察的。我还想,还有几个编辑者,恐怕那序文的通过也在可虑之列。

专此布达,即请

撰安。

迅　上　十二月廿五夜。

注　释

1　此信写于1934年。

　　赵家璧,作家,出版家。江苏松江(今属上海市)人。曾任上海良友图书印刷公司编辑。

2　随笔一篇　指《病后杂谈》。

致曹靖华

一[1]

汝珍兄：

去年除夕的信，今天收到了。和《译文》同寄的，就是郑君[2]所说的那本书[3]，我希望它们能够寄到。其中都是些短评，去年下半年在《申报》上发表的。末了有一篇后记，大略可见此地的黑暗。

上海出版界的情形，似与北平不同，北平印出的文章，有许多在这里是决不准用的；而且还有对书局的问题（就是个人对书局的感情），对人的问题，并不专在作品有无色采。我新近给一种期刊[4]作了一点短文[5]，是讲旧戏里的打脸的，毫无别种意思，但也被禁止了。他们的嘴就是法律，无理可说。所以凡是较进步的期刊，较有骨气的编辑，都非常困苦。今年恐怕要更坏，一切刊物，除胡说八道的官办东西和帮闲凑趣的"文学"杂志而外，较好[的]都要压迫得奄奄无

出版审查制度。

生气的。

《创作经验》[6]望抄毕即寄来,以便看机会介绍。

此地尚未下雪,而百业凋敝不堪,阴历年关,必有许多大铺倒闭的。弟病则已愈,似并无倒闭之意;上月给孩子吃鱼肝油,胖起来了;女人亦安好,可释远念。它嫂[7]平安,惟它兄仆仆道途,不知身体如何耳。此布,即请

冬安。

      弟豫 顿首 一月六夜。

一[8]

汝珍兄:

十一日信昨收到;小包收据,今日亦已送来,明日当可取得,谢谢。

农兄病已愈[9],甚可喜,此后当可健康矣。霁兄来信,亦略言及。

此地文艺界前年至去年上半之情形,弟在后记[10]中已言其大略。近更不行了,新书无可观者。拉甫列涅夫之一篇[11],已排入《译文》第五本中,被检查者抽去,此一本中,共被抽去四篇之多(删去一点者不算),稿遂不够,只得我们赶译补足。此为他们虐待异己法之一。使之疲于奔命,一也;使内无佳作,二也;使出版延期,因失读者信用,三也……这真是出

> 当时,中国出版审查制度之严厉,"是世界上所没有的"。

版界之大厄,我看是世界上所没有的。

但兄之译稿,仍可寄来,有便当随时探问,因为检查官对于出版者有私人之爱憎,所以此店不能出,彼店或能出的。或者索性加入更紧要之作,让我们来设法自行出版,因为现在官许之印本,必经检查,抽去紧要处,恰如无骨之人,毫无生气了。

这回《译文》中有一篇[12]是讲德国一个小学堂,不肯挂希氏照相的,不准登;有一篇[13]是十九世纪初之法人所作,内有说西班牙之多盗,是政府之故的,被删掉了。今之德国和昔之西班牙都不准提,还有什么可说呢?

近两年来,弟作短文不少。去年的有六十篇,想在今年印出,而今年则不做了。一固由于无处可登,即登,亦不能畅所欲言,最奇的是竟有同人而匿名加以攻击者[14]。子弹从背后来,真足令人悲愤,我想玩他一年了。

> "左联"处境乃腹背受敌。

此地至昨天始较冷,但室内亦尚有五十余度。寓中大小均安,请释念。此布,即请

冬安。

　　　　　　　　　　弟 豫　顿首　一月十五夜。

三[15]

汝珍兄：

二月一日信收到。那一种刊物，原是我们自己出版的，名《文学生活》，原是每人各赠一本，但这回印出来，却或赠或不赠，店里自然没有买，我也没有得到。我看以后是不印的了，因为有人以文字抗议那批评，倘续出，即非登此抗议不可，惟一的方法是不再出版——到处是用手段。

《准风月谈》一定是翻印的，只要错字少，于流通上倒也好；《南腔北调集》也有翻板。但这书我不想看，可不必寄来。今年我还想印杂文两本，都是去年做的，今年大约不能写的这么多了，就是极平常的文章，也常被抽去或删削，不痛快得很。又有暗箭，更是不痛快得很。

《城与年》的概略，是说明内容（书中事迹）的，拟用在木刻之前，使读者对于木刻插画更加了解。木刻画[16]想在四五月间付印，在五月以前写好，就好了。

农兄如位置还在，为什么不回去教书呢？我想去年的事情[17]，至今总算告一段落，此后大约不再会有什么问题的了（我虽然不明详情）。如果另找事情，即又换一新环境，又遇一批新的抢饭碗的人，不是更麻烦吗？碑帖单子已将留下的圈出，共十种，今将

出版审查制度是维持独裁专制统治的最恶劣的工具，它对中国文坛的摧残，成为鲁迅二十世纪三十年代书信中的重要内容。

致曹靖华 413

原单寄回。又霁兄也曾寄来拓片一次,留下一种,即"汉画象残石"四幅,价四元,这单子上没有。

这里的出版,一榻胡涂,有些"文学家"做了检查官,简直是胡闹。去年年底,有一个朋友收集我的旧文字,在印出的集子里所遗漏或删去的,钞了一本,名《集外集》,送去审查。结果有十篇不准印。最奇怪的是其中几篇系十年前的通信,那时不但并无现在之"国民政府",而且文字和政治也毫不相关。但有几首颇激烈的旧诗,他们却并不删去。

现在连译文也常被抽去或删削;连插画也常被抽去;连现在的希忒拉,十九世纪的西班牙政府也骂不得,否则——删去。

从去年以来,所谓"第三种人"的,竟露出了本相,他们帮着它的主人来压迫我们了,然而我们中的有几个人,却道是因为我攻击他们太厉害了,以至逼得他们如此。去年春天,有人[18]在《大晚报》上作文,说我的短评是买办意识,后来知道这文章其实是朋友做的,经许多人的质问,他答说已寄信给我解释,但这信我至今没有收到。到秋天,有人把我的一封信[19],在《社会月报》[20]上发表了,同报上又登有杨邨人的文章,于是又有一个朋友(即田君[21],兄见过的),化名绍伯,说我已与杨邨人合作,是调和派。被人诘问,他说这文章不是他做的。但经我公开的诘责时,他只得承认是自己所作。不过他说:这篇文章，是故意冤枉我的，为的是想我愤怒起来，去攻击杨邨人，不料竟回转来攻击他，真出于意料之外云云。这种战法，我真是想不到。他从背后打我一鞭，是要我生气，去打别人一鞭，现在我竟夺住了他的鞭子，他就"出于意料之外"了。从去年下半年来，我总觉有几个人倒和"第三种人"一气，恶意的在拿我做玩具。

> 谓"同人"与"第三种人"连成一气，恶意地把自己当"玩具"。

我终于莫名其妙，所以从今年起，我决计避开一点，我实在忍耐不住了。此外古怪事情还多。现在我在选一部别人的小说，这是应一个书店之托，解决吃饭问题的，三月间可完工。至于绍介文学和美术，我仍照旧的做。

但短评，恐怕不见得做了，虽然我明知道这是要紧的，我如不写，也未必另有人写。但怕不能了。一者，检查严，不容易登出；二则我实在憎恶那暗地里中伤我的人，我不如休息休息，看看他们的非买办的战斗。

> 出版审查与内部中伤的双重影响。

我们大家都好的。

专此布复，即请

春安。

弟 豫 上 二月七日

四[22]

汝珍兄：

> 十九日来信收到。我们都好的，但想起来，的确久不寄信了，惟一的原因是忙。从一月起，给一个书坊选一本小说，连序于二月十五交卷，接着是译《死灵》，到上月底，译了两章，这书很难译，弄得一身大汗，恐怕还是出力不讨好。这是为生计，然而钱却至今一个也不到手，不过我还有准备，不要紧的，请勿念。其次，是孩子大了起来，会闹了；别的琐事又多，会客，看稿子，绍介稿子，还得做些短文，真弄得一点闲工夫也没有，要到半夜里，才可以叹一口气，睡觉。但同人里，仍然有些婆婆妈妈，有些青年则写信骂我，说我毫不肯费神帮别人的忙。其实是照现在的情形，大约体力也就不能持久的了，况且还要用鞭子抽我不止，惟一的结果，只有倒毙。很想离开上海，但无处可去。

内忧外患，处境之艰难可知。

> 寄E的信，还来不及起稿子，过几天罢。弗的信我没有收到，当直接通知他。插画本《死灵》[23]，如不费事，望借我看一看。
>
> 今天托书店寄出杂志一包，是寄学校的。还有几本，日后再寄。
>
> 专此布复，并颂
>
> 春绥。

　　　　　　　　　　　　　　　　弟　豫　上　三月二十三日

五[24]

汝珍兄：

十八信收到。它事极确，上月弟曾得确信，然何能为。这在文化上的损失，真是无可比喻。许君[25]已南来，详情或当托其面谈。

许君人甚老实，但他对于人之贤不肖，却不甚了然。李某[26]卑鄙势利，弟深知之，不知何以授以重柄，但他对上司是别一种面目，亦不可知，故易为所欺也。许曾访我一次，未言钟点当有更动事，大约四五日后还当见面，当更嘱之。

弟一切如常，惟琐事太多，颇以为苦，所遇所闻，多非乐事，故心绪亦颇不舒服。上海之所谓"文人"，有些真是坏到出于意料之外，即人面狗心，恐亦不至于此，而居然摇笔作文，大发议论，不以为耻，社会上亦往往视为平常，真大怪事也。

三弟来信一纸，附上，希转交。

专此布达，即请

道安。

     弟豫　上　五月二十二夜。

> 从文化方面高度评价瞿秋白。

> 有感于上海文人之"坏"与社会反应之"怪"。

六[27]

汝珍兄：

十四日信早到，近因忙于译书，所以今日才复。

它兄文稿，很有几个人要把它集起来，但我们尚未商量。现代有他的两部[28]，须赎回，因为是豫支过板税的，此事我在单独进行。

中国事其实早在意中，热心人或杀或囚，早替他们收拾了，和宋明之末极像。但我以为哭是无益的，只好仍是有一分力，尽一分力，不必一时特别愤激，事后却又悠悠然。我看中国青年，大都有愤激一时的缺点，其实现在秉政的，就都是昔日所谓革命的青年也。

此地出板仍极困难，连译文也费事，中国是对内特别凶恶的。

E.君信非由VOKS[29]转。他的信头有地址，今抄在此纸后面。记得他有一个地址，还多几字，但现不在手头。兄看现在之地址如果不像会寄不到，就请代发，否则不如将信寄来，由我自发。

寄辰兄[30]一笺并稿费单，乞便中转交。我们都好，勿念。

此祝

平安

豫　上　六月廿四日

> 作为后死者的态度。

> "中国是对内特别凶恶的。"

七[31]

汝珍兄：

　　一月一日信收到。《城与年》说明，早收到了，但同时所寄的信一封，却没有，恐已失落。黄米已收到，谢谢；陈君[32]函约于八日上午再访我，拟与一谈。

　　北方学校事，此地毫无所知，总之不会平静，其实无论迁到那里，也决不会平安。我看外交不久就要没有问题，于是同心协力，整顿学风，学生又要吃苦了。此外，则后来之事，殊不可知，只能临时再定办法。

　　新月博士[33]常发谬论，都和官僚一鼻孔出气，南方已无人信之。

　　《译文》恐怕不能复刊。倘是少年读物[34]，我看是可以设法出版的，译成之后，望寄下。

　　上海今年过年，很静，大不如去年，内地穷了，洋人无血可吸，似乎也不甚兴高采烈。我们如常，勿念。我仍打杂，合计每年译作，近三四年几乎倍于先前，而有些英雄反说我不写文章，真令人觉得奇怪。

　　它嫂已有信来，到了那边了，我们正在为它兄印一译述文字的集子，第一本约三十万字，正在校对，夏初可成。前（去年）寄《文学百科辞典》两本，不知已到否？

　　专此布复，即请

春安。

　　　　　　　　　　弟　豫　上　一月五夜。

论胡适：
"和官僚一鼻孔出气。"

八[35]

汝珍兄：

　　插图本《41》,早已收到。能出版时,当插入。

　　三兄有信来,今转上。霁野回国了,昨天见过。但他说也许要回乡一看。

　　这里在弄作家协会,先前的友和敌,都站在同一阵图里了,内幕如何,不得而知,指挥的或云是茅与郑,其积极,乃为救《文学》也。我鉴于往日之给我的伤,拟不加入,但此必将又成一大罪状,听之而已。

　　近十年来,为文艺的事,实已用去不少精力,而结果是受伤。认真一点,略有信用,就大家来打击。去年田汉作文说我是调和派,我作文诘问,他函答道,因为我名誉好,乱说也无害的。后来他变成这样,我们的"战友"之一却为他辩护道,他有大计画,此刻不能定论。我真觉得不是巧人,在中国是很难存活的。

　　我们都好,我已复元了,但仍然忙。昨寄书两包,内有《作家》一本,新近出版。

　　今年各种刊物上,多刊高尔基像,此老今年忽然成为一切好好歹歹的东西的掩护旗子了。

　　《文学导报》颇空虚,但这么大,看起来伸着颈子真吃力。

后"左联"时期的文坛斗争。

"战友"的打击。

我设法印成了一本《死魂灵百图》[36]，Agin画，兄所给的十二幅，也附在后面，有厚纸的一种，还未装成，成后当寄上。

专此布达，即请

近安。

　　　　　　弟　豫　上　四月廿三夜。

九[37]

汝珍兄：

昨寄一信并《星花》版税，想已到。今得到十一日来函并插画题句[38]，每条拟只删存一两句，至于印法，则出一单行本子，仍用珂罗版，付印期约在六月，是先排好文字，打了纸版，和图画都寄到东京去。

《文学》之求复活，是在依靠一大题目；我因不加入文艺家协会（傅东华是主要的发起人），正在受一批人的攻击，说是破坏联合战线，但这类英雄，大抵是一现之后，马上不见了的。《文丛》二期已出，三期则集稿颇难；《作家》编者，也平和了起来，大抵在野时往往激烈，一得地位，便不免力欲保持，所以前途也难乐观。不过究竟还有战斗者在，所以此后即使已出版者灰色，也总有新的期刊起来的。

它兄集上卷已排完，皆译论，有七百页，日内即去印，大约七八月间可成；下卷刚付印，皆诗，剧，

期刊种种。

小说译本,几乎都发表过的,则无论如何,必须在本年内出版。这么一来,他的译文,总算有一结束了。

我的选集[39],实系出于它兄之手,序也是他作,因为那时他寓沪缺钱用,弄出来卖几个钱的。《作家》第一期中的一篇[40],原是他的集子上卷里的东西,因为集未出版,所以先印一下。这样子,我想,兄的疑团可以冰释了。

纪念事昨函已提及,我以为还不如我自己慢慢的来集印,因为一经书店的手,便惟利是图,弄得一塌胡涂了,虽然印出可以快一点。

上海还是冷。我琐事仍多,正在想设法摆脱一点。有些手执皮鞭,乱打苦工的背脊,自以为在革命的大人物,我深恶之,他其〔实〕是取了工头的立场而已。

日前无力,今日看医生,云是胃病,大约服药七八天,就要好起来了。妇孺均安,并希释念。

专此布复,即请

日安。

弟 豫　顿首　五月十五日

关于周扬:"手执皮鞭,乱打苦工的背脊,自以为在革命的大人物","取了工头的立场"。

十[41]

汝珍兄:

二十日信收到,并稿子。《百图》[42]纸面印了一千，绸面五百，大约年内总可售完，虽不赚钱，但可不至于赔本。

所说消息，全是谣言，此间倒无所闻，大约是北方造的，但不久一定要传过来的。

作家协会已改名为文艺家协会，其中热心者不多，大抵多数是敷衍，有些却想借此自利，或害人。我看是就要消沈，或变化的。新作家的刊物，一出锋头，就显病态，例如《作家》，已在开始排斥首先一同进军者，而自立于安全地位，真令人痛心，我看这种自私心太重的青年，将来也得整顿一下才好。

> 后"左联"文坛之变化种种。

能给肖兄知道固好，但头绪纷繁，从何说起呢？这是连听听也头痛的。

上海的所谓"文学家"，真是不成样子，只会玩小花样，不知其他。我真想做一篇文章，至少五六万字，把历来所受的闷气，都说出来，这其实也是留给将来的一点遗产。

> 关于将来的设想之一：说"闷气"。

如见陈君，乞转告：我只得到他的一封信；款不需用，不要放在心上。

这回又躺了近十天了，发热，医生还没有查出发热的原因，但我看总不是重病。不过这回医好以后，我可真要玩玩了。

专此布达，即请

日安。

弟 豫 顿首 五月二十三日

注　释

1　此信写于1935年。

2　郑君　指郑振铎。

3　那本书　指《准风月谈》。

4　一种期刊　指《生生》,文艺月刊,李辉英、朱荩园编辑,1935年2月创刊。

5　一点短文　指《脸谱臆测》。

6　《创作经验》　指《我怎样写作》的译稿。

7　它嫂　指杨之华。它兄指瞿秋白。

8　此信写于1935年。

9　农兄病已愈　指台静农被捕获释事。

10　后记　指《准风月谈·后记》。

11　指《我怎样写作》。

12　指《铁丁》,德国威丁塔克作,黎烈文译。希氏,指希特勒。

13　指《西班牙书简(第三信)》,法国梅里美作,黎烈文译。

14　同人匿名攻击事　指廖沫沙署名林默撰文说鲁迅的短评是"买办意识",以及田汉化名绍伯说鲁迅与杨邨人"调和"二事。二人均系"左联"成员,故称"同人"。可参看《花边文学·倒提》《且介亭杂文·附记》等。

15　此信写于1935年。

16　木刻画　指《城与年》的木刻插图。《城与年》,长篇小说,苏联费定著。其中亚历克舍夫作的木刻插图二十八幅,鲁迅拟单独印行,后未成。

17　去年的事情　指台静农被捕事。

18　指廖沫沙。

19　一封信　指《答曹聚仁先生信》。

20　《社会月报》　综合性期刊，陈灵犀编辑，1934年6月在上海创刊。

21　田君　即田汉。

22　此信写于1935年。

23　插画本《死灵》　这里指的是俄国画家梭可罗夫所作的《死魂灵》插图。

24　此信写于1935年。

25　许君　指许寿裳。

26　李某　即李季谷（1895—1968），原名李宗武，浙江绍兴人。当时任北平大学女子文理学院文史系主任。

27　此信写于1935年。

28　他的两部　指瞿秋白的两部译稿《高尔基论文选集》和《现实》。二稿曾由现代书局预支稿费二百元。它兄，即瞿秋白。

29　VOKS　即苏联对外文化协会。

30　辰兄　指台静农。

31　此信写于1936年。

32　陈君　指陈蜕（1909—1959），原名邹素寒，又名邹鲁风，辽宁辽阳人。当时以北平学联代表的身份，化名到上海参加全国学联的筹备工作，经曹靖华介绍认识鲁迅。

33　新月博士　指胡适。

34　指尚佩秋、曹靖华合译的《远方》，中篇小说，苏联盖达尔著。

35　此信写于1936年。

36　《死魂灵百图》　俄国阿庚绘，培尔那尔特斯基作的《死魂灵》木刻插图。鲁迅于1936年以三闲书屋名义出版。

37　此信写于1936年。

38　指《城与年》木刻插图中五幅图的题句。

39　我的选集　指《鲁迅杂感选集》，何凝（瞿秋白）编，1933年7月上海青光书局出版。

40　指《关于左拉》。

41　此信写于1936年。

42　《百图》　即《死魂灵百图》。

致李桦[1]

李桦先生：

　　先生十二月九日的信和两本木刻集[2]，是早经收到了的，但因为接连的生病，没有能够早日奉复，真是抱歉得很。我看先生的作品，总觉得《春郊小景集》和《罗浮集》最好，恐怕是为宋元以来的文人的山水画所涵养的结果罢。我以为宋末以后，除了山水，实在没有什么绘画，山水画的发达也到了绝顶，后人无以胜之，即使用了别的手法和工具，虽然可以见得新颖，却难于更加伟大，因为一方面也被题材所限制了。彩色木刻也是好的，但在中国，大约难以发达，因为没有鉴赏者。

　　来信说技巧修养是最大的问题，这是不错的，现在的许多青年艺术家，往往忽略了这一点。所以他的作品，表现不出所要表现的内容来。正如作文的人，因为不能修辞，于是也就不能达意。但是，如果内容的充实，不与技巧并进，是很容易陷入徒然玩弄技巧

论中国画。

内容与形式（技巧）的关系。

的深坑里去的。

这就到了先生所说的关于题材的问题。现在有许多人，以为应该表现国民的艰苦，国民的战斗，这自然并不错的，但如自己并不在这样的旋涡中，实在无法表现，假使以意为之，那就决不能真切，深刻，也就不成为艺术。所以我的意见，以为一个艺术家，只要表现他所经验的就好了，当然，书斋外面是应该走出去的，倘不在什么旋涡中，那么，只表现些所见的平常的社会状态也好。日本的浮世绘，何尝有什么大题目，但它的艺术价值却在的。如果社会状态不同了，那自然也就不固定在一点上。

至于怎样的是中国精神，我实在不知道。就绘画而论，六朝以来，就大受印度美术的影响，无所谓国画了；元人的水墨山水，或者可以说是国粹，但这是不必复兴，而且即使复兴起来，也不会发展的。所以我的意思，是以为倘参酌汉代的石刻画像，明清的书籍插画，并且留心民间所赏玩的所谓"年画"，和欧洲的新法融合起来，许能够创出一种更好的版画。

专此布复，并颂

时绥。

迅 上 二月四夜。

题材问题。艺术是经验的艺术。

论中国画和版画。

注 释

1　此信写于1935年。

　　李桦，版画家。1907年生于广州，1930年夏留学日本，九一八事变后回国。自学木刻，并组织现代版画会，开展新兴木刻运动。1949年后，一直在中央美术学院任教。有《李桦木刻选集》《西屋闲话》出版。

2　**两本木刻集**　指《少其版画集》和《张影木刻集》。

致胡风

一[1]

关于《铁流》与左琴科。重视"在场"。

来信收到。《铁流》之令人觉得有点空,我看是因为作者那时并未在场的缘故,虽然后来调查了一通,究竟和亲历不同,记得有人称之为"诗",其故可想。左勤克那样的创作法[2](见《译文》),是只能创作他那样的创作的。曹的译笔固然力薄,但大约不至就根本的使它变成欠切实。看看德译本,虽然句子较为精练,大体上也还是差不多。

关于《死魂灵》的翻译。

译果戈理,颇以为苦,每译两章,好像生一场病。德译本很清楚,有趣,但变成中文,而且还省去一点形容词,却仍旧累坠,无聊,连自己也要摇头,不愿再看。**翻译**也非易事。上田进的译本[3],现在才知道错误不少,而且往往将一句译成几句,近于解释,这办法,不错尚可,一错,可令人看得生气了。我这回的译本,虽然也蹩脚,却可以比日译本好一点。但德文译者大约是犹太人,凡骂犹太人的地方,他总译得隐藏一点,可笑。

《静静的顿河》[4]我看该是好的,虽然还未做完。日译本已有外村[5]的,现上田的也要出版了。

检易嘉[6]的一包稿子,有译出的高尔基《四十年》[7]的四五页,这真令人看得悲哀。

猛克来信,有关于韩侍桁的,今剪出附上。韩不但会打破人的饭碗,也许会更做出更大的事业来的罢。但我觉得我们的有些人,阵线其实倒和他及第三种人一致的,虽然并无连络,而精神实相通。猛又来逼我关于文学遗产的意见[8],我答以可就近看日本文的译作,比请教"前辈"好得多。其实在《文学》上,这问题还是附带的,现在丢开了当面的紧要的敌人,却专一要讨论枪的亮不亮(此说如果发表,一定又有人来辩文学遗产和枪之不同的),我觉得实在可以说是打岔。我觉得现在以袭击敌人为第一火,但此说似颇孤立。大约只要有几个人倒掉,文坛也统一了。

叶君[9]曾以私事约我谈过几次,这回是以公事约我谈话了,已连来两信,尚未复,因为我实在有些不愿意出门。我本是常常出门的,不过近来知道了我们的元帅[10]深居简出,只令别人出外奔跑,所以我也不如只在家里坐了。记得托尔斯泰的什么小说说过,小兵打仗,是不想到危险的,但一看见大将面前防弹的铁板,却就也想到了自己,心跳得不敢上前了。但如元

> 不满于周扬等人"打岔",以及意在"统一"文坛的行为。

> 关于"元帅"周扬。

帅以为生命价值,彼此不同,那我也无话可说,只好被打军棍。

消化不良,人总在瘦下去,医生要我不看书,不写字,不吸烟——三不主义,如何办得到呢?

《新文学大系》中的《小说二集》出版了,便中当奉送一本。

此布,即请

夏安

       豫　上　六月二十八日

此信是自己拆过的。　又及

一一[11]

十一日信收到。三郎的事情[12],我几乎可以无须思索,说出我的意见来,是:现在不必进去。最初的事,说起来话长了,不论它;就是近几年,我觉得还是在外围的人们里,出几个新作家,有一些新鲜的成绩,一到里面去,即酱在无聊的纠纷中,无声无息。以我自己而论,总觉得缚了一条铁索,有一个工头在背后用鞭子打我,无论我怎样起劲的做,也是打,而我回头去问自己的错处时,他却拱手客气的说,我做得好极了,他和我感情好极了,今天天气哈哈哈……。真常常令我手足无措,我不敢对别人说关于我们的话,对于外国人,我避而不谈,不得已时,就

对于"左联",鲁迅在前后期,以及对内和对外的说法颇不同,这是很可注意的。

撒谎。你看这是怎样的苦境？

我的这意见，从元帅看来，一定是罪状（但他和我的感情一定仍旧很好的），**但我确信我是对的。**将来通盘筹算起来，一定还是**我的计画成绩好**。现在元帅和"忏悔者"们的联络加紧（所以他们的话，在我们里面有大作用），进攻的阵线正在展开，真不知何时才见晴朗。倘使削弱外围的力量，那是真可以什么也没有的。

关于"左联"及周扬的评论。

龟井的文章[13]，立意的大部分是在给他们国内的人看的，当然不免有"借酒浇愁"的气味。其实，我的有些主张，是由许多青年的**血换来的**，他一看就看出来了，在我们里面却似乎无人注意，这真不能不"感慨系之"。李"天才"[14]正在和我通信，说他并非"那一伙"[15]，投稿是被拉，**我也回答过他几句**，但归根结蒂，我们恐怕总是弄不好的，目前也不过"今天天气哈哈哈——"而已。

我到过前清的皇宫，却未见过现任的皇宫[16]，现在又没有了拜见之荣，残念残念[17]。但其カワリノ[18]，河清要请客了，那时谈罢。**我们大约一定要做第二，第三……试试也好。**《木屑》[19]已算账，得钱十六元余，当于那时面交，残本只有三本了，望带二三十本来，我可以再交去发售。

今天要给《文学》做"论坛"[20]，明知不配做第二，第三，却仍得替状元捧场，一面又要顾及第三

种人,不能示弱,此所谓"哑子吃黄连"——有苦说不出也。专此布达,即请

"皇"安。

豫　上　九月十二日

注　释

1　此信写于1935年。

2　左勤克那样的创作法　左勤克,通译左琴科。他在《我怎样写作》一文中说:"我有两种工作方法。一种方法是什么时候有了灵感,什么时候我便以创作的冲动去写……第二种方法是当没有灵感的时候……我便以技术的训练去写。"

3　上田进(1907—1947)　日本翻译家。他翻译的《死魂灵》第一部,于1934年10月由日本科学社出版。

4　《静静的顿河》　长篇小说,苏联肖洛霍夫著,共四卷。

5　外村　即外村史郎(1891—1951),日本翻译家。

6　易嘉　即瞿秋白。

7　《四十年》　高尔基所著长篇小说《克里姆·萨姆金的一生》的副题,瞿秋白翻译了第一部第一章的开头部分。

8　1935年3月,胡风在《文学》第4卷第3号发表《蔼理斯的时代及其他》,其中附带谈及文学遗产问题。"左联"东京分盟编辑的《杂文》随即开辟"杂论"专栏就文学遗产问题展开讨论。《杂文》编者魏猛克为此函请鲁迅撰文表示意见。

9 叶君　指叶紫。

10 元帅　指周扬,当时任"左联"党团书记。

11 此信写于1935年。

12 三郎的事情　指萧军参加"左联"事。

13 龟井　即龟井胜一郎(1907—1966),日本文艺评论家。他的文章,指《鲁迅断想》,载日本《作品》杂志1935年9月号。

14 李"天才"　指李长之。他曾在《大自然的礼赞》中说"大自然永远爱护天才",故有此称。著有《鲁迅批判》。

15 "那一伙"　指当时编辑《星火》杂志的杜衡、杨邨人、韩侍桁等人。

16 现任的皇宫　因有人传说胡风的住宅布置得有如皇宫,这里故作调侃。

17 残念　日语,遗憾。

18 **カワリノ**　日语,取而代之。

19 《木屑》　即《木屑文丛》,文艺刊物,胡风编辑。1935年4月在上海创刊,仅出一期。

20 给《文学》做"论坛"　指写论"文人相轻"系列短评,均发表在《文学》的"文学论坛"栏内。

致唐英伟[1]

一[1]

英伟先生：

六月一日信早收到，《青空集》[2]也收到了。"先生"是现在的通称，和古代的"师"字不同，我看是不成问题的。

现在只要有人做一点事，总就另有人拿了大道理来非难的，例如问"木刻的最后的目的与价值"就是。这问题之不能答复，和不能答复"人的最后目的和价值"一样。但我想：人是进化的长索子上的一个环，木刻和其他的艺术也一样，它在这长路上尽着环子的任务，助成奋斗，向上，美化的诸种行动。至于木刻，人生，宇宙的最后究竟怎样呢，现在还没有人能够答复。也许永久，也许灭亡。但我们不能因为"也许灭亡"就不做，正如我们知道人的本身一定要死，却还要吃饭也。

"中间物"的观点。

但我看《青空集》³的刻法，是需要懂一点木刻的人，看起来才有意思的，对于美术没有训练的人，他不会懂。先生既习中国画，不知中国旧木刻，为大众所看惯的刻法中，有可以采取的没有？

> 关于木刻与传统技法。

P.Ettinger那里，我近已给他一封信，送纸的事，可以不必提了。

专此布复，即颂

时绥。

迅　上　六月廿九日

四

英伟先生：

十三日信并藏书票十张，顷已收到，谢谢。我的通信处，一向没有变更，去年的退回，不知道是怎么一回事。我想，也许是恰恰遇到新店员，尚未知道详情，就胡里胡涂的拒绝了。

中国的木刻，我看正临危机，这名目是普及了，却不明白详细，也没有范本和参考书，只好以意为之，所以很难进步。此后除多多绍介别国木刻外，真必须有一种全国木刻的杂志才好；但自全国木刻展览后，似乎作者都已松懈，有的是专印自己的专集，并不选择。

> 关于中国木刻的发展问题。

所以《木刻界》⁵的出版，是极有意义的。不过

> 坚持与官方对立的立场。

我还是不写文章好。因为官老爷痛恨我的一切,只看名字,不管内容,登载我的文字,我既为了顾全出版物的推行,句句小心,而结果仍于推销有碍,真是不值得。

专此布复,即请

教安。

迅　顿首　三月二十三日

注　释

1　唐英伟　广东潮安人。当时为广州美术专科学校学生,现代创作版画研究会成员。

2　此信写于1935年。

3　《青空集》　木刻作品集,唐英伟作,手印出版。

4　此信写于1936年。

5　《木刻界》　广州现代版画会于1936年4月15日创办的刊物。

致曹白

一[1]

曹白先生：

顷收到你的信并木刻一幅[2]，以技术而论，自然是还没有成熟的。

但我要保存这一幅画，一者是因为是遭过艰难的青年的作品，二是因为留着党老爷的蹄痕，三，则由此也纪念一点现在的黑暗和挣扎。

倘有机会，也想发表出来给他们看看。

专此布复，并颂

时绥。

      鲁迅　三月二十一日

顽绝。

二[3]

曹白先生：

三月卅日信并木刻，均收到，二十八日的也收到 5·4 的装饰画[4],可以过得去。要从我这里得到正确的批评是难的,因为我自己是外行。但据我看来,现在中国的木刻家,最不擅长的是木刻人物,其病根就在缺少基础工夫。因为木刻究竟是绘画,所以先要学好素描;此外,远近法的紧要不必说了,还有要紧的是明暗法。木刻只有白黑二色,光线一错,就一榻胡涂。现在常有学麦绥莱尔的,但你看,麦的明暗,是多么清楚。

从此进向文学和木刻,从我自己是作文的人说来,当然是很好的。假如我有所知道,问起来可以回答,也并不讨厌。不过我先得声明一下,有时是会长久没有回信的,这是因为被约期的投稿逼得太忙了,或是生了病,没力气写字了的时候。

《死魂灵百图》本月中旬可以出版(也许已经出版了,我不大清楚),但另有一种用纸较好的,却要出的较迟,这不过纸白而厚,版和印法却都一样。您可以不要急急的去买它,因为那时我有数十本入手,当分赠一本。不过这是极旧的木刻,即画家画了稿子,另一木刻者用疏密的线条,表出原画来,并非所谓"创作木刻",在现在,是没有可学之处的。

权力者的砍杀我,确是费尽心力,而且它们有叭儿狗,所以比北洋军阀更周密,更厉害。不过好像效力也并不大;一大批叭儿狗,现在已经自己露出了尾巴,沈下去了。

<small>俯首于青年,而傲视权力者及叭儿狗,信中可以并见。</small>

为了一张文学家的肖像,得了这样的罪[5],是大黑暗,也是大笑话,我想作一点短文,到外国去发表。所以希望你告诉我被捕的原因,年月,审判的情形,定罪的长短(二年四月?),但只要一点大略就够。

专此布复,即颂

时绥。

迅 上 四月一日

注　释

1　此信写于1936年。

2　木刻一幅　指《鲁迅像》。该画原拟参加1936年9月在上海举办的第一次全国木刻联合展览会,后被国民党上海市党部检查官禁止展出。

3　此信写于1936年。

4　5·4的装饰画　指曹白为纪念五四运动17周年而作的木刻装饰画。画面有"5·4"字样。

5　指曹白因刻《卢那察尔斯基像》被捕一事。可参看《写于深夜里》。

致李霁野[1]

霁野兄：

五月五日信并汇款，均收到无误。

我是不写自传也不热心于别人给我作传的[2]，因为一生太平凡，倘使这样的也可做传，那么，中国一下子可以有四万万部传记，真将塞破图书馆。我有许多小小的想头和言语，时时随风而逝，固然似乎可惜，但其实，亦不过小事情而已。

新近印成一部《死魂灵百图》，已托书店寄上，想不日可到。翻印此种书，在中国虽创举，惜印工殊不佳也。

专此布复，即颂

时绥。

> 迅 上 五月八日

从古到今，人们都热衷于树碑立传，伟大人物亦不能免。本信或可与致刘半农信（辞谢诺贝尔文学奖提名）合读，足见鲁迅的超伟大处，即始终坚守他的平民立场。

注　释

1　此信写于1936年。

2　据收信人回忆，当时他曾经建议鲁迅写一部自传或协助许广平写一部鲁迅传。

致王冶秋[1]

一[2]

冶秋兄：

五月一日函收到。此集[3]我至少还可以补上五六篇，其中有几篇是没有刊出过的；但我以为译序及《奔流》后记，可以删去（《展览会小引》，《祝〈涛声〉》，《"论语一年"》等，也不要）。稿挂号寄书店，不至失落；印行处我当探问，想必有人肯印的，但也许会要求删去若干篇，因为他们都胆子小。

我没有近照，最近的就是四五年前的，印来印去的那一张[4]。序文当写一点。

四月十一日的信，早收到了。年年想休息一下，而公事，私事，闲气之类，有增无减，不遑安息，不遑看书，弄得信也没工夫写。病总算是好了，但总是没气力，或者气力不够应付杂事；记性也坏起来。英

> 鲁迅在上海的十年搏战，一个很重要的方面是对付来自左翼的"英雄们"（从郭沫若到周扬，从"革命文学"到"两个口号"之争，从创造社到"左联"）；从思想史的角度看，这方面的文字遗产当更具启示意义。

雄们却不绝的来打击。近日这里在开作家协会，喊国防文学，我鉴于前车，没有加入，而英雄们即认此为破坏国家大计，甚至在集会上宣布我的罪状。我其实也真的可以什么也不做了，不做倒无罪。然而中国究竟也不是他们的，我也要住住，所以近来已作二文[5]反击，他们是空壳，大约不久就要消声匿迹的：这一流人，先前已经出了不少。

你所说的药方，是医气管炎的，我的气喘原因并不是炎，而是神经性的痉挛。要复发否，现在不可知。大约能休息和换地方，就可以好得多，不过我想来想去，没有地方可去。

这里还很冷，真奇。霁已回国，见过面，但现在不知道他是回乡，还是赴津了。

专此布复，并颂

时绥。

树　上　五月四夜。

一一[6]

冶秋兄：

八月廿六日的信早收到，而且给我美丽的画片，非常感谢。记得两个月以前罢，曾经很简单的写了几句寄上，现看来信，好像并未收到。

我至今没有离开上海，非为别的，只因为病状时好时坏，不能离开医生。现在还是常常发热，不知道何时可以见好，或者不救。北方我很爱住，但冬天气候干燥寒冷，于肺不宜，所以不能去。此外，也想不出相宜的地方，出国有种种困难，国内呢，处处荆天棘地。

上海不但天气不佳,文气也不像样。我的那篇文章[7]中,所举的还不过很少的一点。这里的有一种文学家,其实就是天津之所谓青皮,他们就专用造谣,恫吓,播弄手段张网,以罗致不知底细的文学青年,给自己造地位;作品呢,却并没有。真是惟以嗡嗡营营为能事。如徐懋庸,他横暴到忘其所以,竟用"实际解决"来恐吓我了,则对于别的青年,可想而知。他们自有一伙,狼狈为奸,把持着文学界,弄得乌烟瘴气。我病倘稍愈,还要给以暴露的,那么,中国文艺的前途庶几有救。现在他们在利用"小报"给我损害,可见其没出息。

珂勒惠支的画集只印了一百本,病中装成,不久,便取尽,卖完了,所以目前无法寄奉。近日文化生活出版社方谋用铜版复制,年内当可出书,那时当寄上。

静农在夏间过沪回家,从此便无消息,兄知其近况否?

专此布复,即颂

时绥。

树　上　九月十五日

令夫人令郎均吉。

> 指出"自有一伙,狼狈为奸",直接针对上海文学界的"把持"者;在当时,鲁迅对左翼文学运动中的集权主义(官僚主义)、集团主义、宗派主义等现象的危害性,已有深切的痛感。

注　释

1　王治秋　安徽霍邱人，文化工作者，著有《辛亥革命前的鲁迅先生》等。

2　此信写于1936年。

3　此集　指收信人拟编的《鲁迅序跋集》。

4　指鲁迅五十寿辰时所摄的一张照片。

5　二文　指《三月的租界》和《〈出关〉的"关"》。

6　此信写于1936年。

7　那篇文章　指《答徐懋庸并关于抗日统一战线问题》。

致时玳[1]

一[2]

时玳先生：

十五的信，二十五收到了，足足转了十天。作家协会已改名文艺家协会，发起人有种种。我看他们倒并不见得有很大的私人的企图，不过或则想由此出点名，或者想由此洗一个澡，或则竟不过敷衍面子，因为倘有人用大招牌来请做发起人，而竟拒绝，是会得到很大的罪名的，即如我即其一例。住在上海的人大抵聪明，就签上一个姓名，横竖他签了也什么不做，像不签一样。

我看你也还是加入的好，一个未经世故的青年，真可以被逼得发疯的。加入以后，倒未必有什么大麻烦，无非帮帮所谓指导者攻击某人，抬高某人，或者做点较费力的工作，以及听些谣言。国防文学的作品是不会有的，只不过攻打何人何派反对国防文学，罪

上海"作家"：签名与放冷箭。

大恶极。这样纠缠下去，一直弄到自己无聊，读者无聊，于是在无声无臭中完结。假使中途来了压迫，那么，指导的英雄一定首先销声匿迹，或者声明脱离，和小会员更不相干了。

冷箭是上海"作家"的特产，我有一大把拔在这里，现在在生病，俟愈后，要把它发表出来，给大家看看。即如最近，"作家协会"发起人之一在他所编的刊物上说我是"理想的奴才"，而别一发起人却在劝我入会；他们以为我不知道那一枝冷箭是谁射的。你可以和大家接触接触，就会明白的更多。

这爱放冷箭的病根，是在他们误以为做成一个作家，专靠计策，不靠作品的。所以一有一件大事，就想借此连络谁，打倒谁，把自己抬上去。殊不知这并无大效，因此在上海，竟很少能够支持三四年的作家。例如《作家》月刊，原是一个商办的东西，并非文学团体的机关志，它的盛衰，是和"国防文学"并无关系的，而他们竟看得如此之重，即可见其毫无眼光，也没有自信力。

《作家》既非机关志，即无所谓"分裂"，但我却有一点不满，因为他们只从营业上着想，竟不听我的抗议，一定要把我的作品放在第一篇。

我对于初接近我的青年，是不想到他"好""不好"的。如果已经"当做不好的人看待"，不是无须接近了吗？曹先生到我写信的这时候为止，好好的（但我真不知道有些人为什么喜欢造这种谣言）。活着，您放心罢。

专此布复，即请

日安。

鲁迅　五月二十五日

一[3]

时玳先生:

五日信收到。近三月来,我的确病的不轻,几乎死掉,后有转机,始渐愈,到三星期前,才能写一点字,但写得多,至今还要发热的。前一信我不记得见了没有,也许正在病中,别人没有给我看,也许那时衰弱得很,见过就忘记了。

《文艺工作者宣言》[4]不过是发表意见,并无组织或团体,宣言登出,事情就完,此后是各人自己的实践。有人赞成,自然很以为幸,不过并不用联络手段,有什么招揽扩大的野心,有人反对,那当然也是他们的自由,不问它怎么一回事。

《作家》收稿,是否必须名人介绍,我不知道;我在《作家》,也只是一个投稿者,更无所谓闹翻不闹翻。

我不久停止服药时,须同时减少看书写字,所以对于写作问题,是没法答复的。

临末,恕我直言:我觉得你所从朋友和报上得来的,多是些无关大体的无聊事,这是堕落文人的搬弄是非,只能令人变小,如果旅沪四五年,满脑不过装了这样的新闻,便只能成为像他们一样的人物,甚不值得。所以我希望你少管那些鬼鬼祟祟的文坛消息,多看译出的理论和作品。

> 大众媒介多关注人际关系、各种恩怨得失的纠缠,甚至帮忙着搬弄是非,确实可以令人变小。

匆复,并颂

时绥

迅　八月六日

注　释

1　时玳　当时的青年作者,生平不详。
2　此信写于1936年。
3　此信写于1936年。
4　《文艺工作者宣言》　即《中国文艺工作者宣言》,载1936年6月《作家》第1卷第3号。

致山本初枝

一[1]

奥様：大変御無沙汰致しました。別に忙しいと云ふ訳でもないが盆槍でブラブラして居るからこー云ふ結果になったのです。大昔、餓鬼が「ドロップス」をいただいて其の内容を食べて仕舞ひ、又別ものを入れて又食べて仕舞ひそう云ふ風に四五回、やりました。併し僕は今に御礼を申し上げます。実になまけなものです、御免下さい。此頃、何か書かうと頗る思って居りますが何も書けません。政府と其の犬達に罐詰にされて社会との接触は殆んど出来ませなんだ、其上小供は病気続き。住ひは北向だから小供に不適当かも知りません。併し転居する気も出ません。来年の春頃に又漂流しようかとも思って居ります。が、それもあてにならないかも知りません。小供は厄介なものだ。有ると色々な邪魔をします。あなたはどう思ひますか？僕はこの頃殆んど年中小供の為めに奔走して居ります。併し既にうんだのだから矢張り育てなければ成りません、つまりむくひですから憤慨もそーなかった。上海は不相変さびしい、内山書店には漫談はそう振はないが景気は私から見れば、ほかの店よりもよい様です、老板も忙しい。私の小説は井上紅梅氏に訳されて改造社から出版する様になりました。増田君は頗る意外にうたれたが私も頗る意外でありました。併し訳したいと云ふのだから私もいかんとは云へません。ここに於いて訳されました。あなたも屹度二元搾り取られるだろーが私の罪だと思はないで下さい、増田君が早くやったら善いのに。支那には上海は寒くなり、北京ではもう雪が降ったそうです。東京は如何がですか？私は殆んど東京の天気の有様をわすれて仕舞ひました。御主人様はまだ子守していますか？何時に活動しだしますか？私も子守をして居ります。そうすると御互に遇ふ事が出来ません。両方とも漂流し出したら何処かに遇ふ様になるのでありましょう。　草々頓首。

　　　　　　　　　　　　　　　魯迅　十一月七日よる一時

［译文］

　　夫人：久疏问候。虽说不见得太忙，但悠悠忽忽地闲躺着，也就成了这个结果。馋鬼收到的水果糖，早已吃光，盒子装进别的食品也吃光了，如此已四五次。可我现在才向你致谢，实在太懒，尚希见谅。近来，很想写点东西，可什么也不能写。政府及其鹰犬，把我们封锁起来，几与社会隔绝。加以孩子连续生病，也许寓所朝北，对孩子不适应罢。但并未打算迁居。说不定明春还要漂流。孩子是个累赘，有了孩子就有许多麻烦。你以为如何？近来我几乎终年为孩子奔忙。但既已生下，就要抚育。换言之，这是报应，也就无怨言了。上

> 被"封锁"的境遇。

海仍寂寞,内山书店的漫谈虽已不太热闹,但我看,生意似乎比别的店铺要好,老板也很忙。我的小说已经被井上红梅氏译出,将由改造社出版,使增田兄受到意外的打击,我也甚感意外。既然别人要翻译,我也不能说不行。就这样译出来。你也一定会被榨取两元钱²的。请你不要认为这是我的罪过。增田兄早点译出来就好了。在中国,上海已转冷,据说北京已下雪,东京如何?我几乎忘记了东京的气候。你先生还是在家看孩子吗?何时才出去活动?我也是在家看孩子。这样彼此也就不能见面了。倘使双方都出来漂流,也许会在某地相遇的。　　草草顿首

> 设想双方都出来漂流然后在某地相遇,可见想念之殷。

鲁迅　十一月七日夜一时

〔林林译〕

一二³

拝啓　御写真をいただいて有難う存じます。『明日』第四号も到着しました、作者達は不相変元気ですね。上海はもう暑くなり蚊が沢山出て時々僕を食ひ、今にも食はれて居ります。そうしてそばには内山夫人からもらったつつぢが咲いて居ります。苦中に楽ありとはこんな事でしょう。併し近頃支那式ファッショがはやり始めました。知人の中の一人は失

踪、一人は暗殺されました。まだ暗殺される可き人が随分あるでしょうけれど兎角僕は今まで生きて居ります。そうして生きて居る内には筆でそのピストルを答へるでしょう。只だ自由に内山書店へ行って漫談する事が出来なくなったから少し弱ります。行く事は行きますが隔日一度になりました。将来は夜でなければいけないかも知れません。併しこんな白色テロは駄目です。何時か又よすのでしょう。転居してから小供には随分いいようです、活潑になって顔色も黒くなりました。井上紅梅様が上海へ来ました。もう頗る酒を飲んでる様です。　草々頓首

　　　　　魯迅　拝呈　六月廿五夜
山本夫人几下

[译文]

　　拜启：玉照收到，谢谢。《明日》[4]第四期也到达。作者们锐气如故。上海已热，蚊虫颇多，经常咬我，现在还在咬。身旁内山夫人送给我的杜鹃正在开花。这也许就是所谓的苦中之乐。不过，近来中国式的法西斯开始流行了。朋友中已有一人失踪，一人遭暗杀[5]。此外，可能还有很多人要被暗杀，但不管怎么说，我还活着。只要我还活着，就要拿起笔，去回敬他们的手枪。只是不能自由地去内山书店漫谈，有

"中国式的法西斯"。

堂吉诃德：以笔回敬手枪。

些扫兴。去还是去的，不过是隔日一次。将来也许只有夜里才能去。但是，这种白色恐怖也无用。总有一天会停止的。搬家后孩子似乎很好，很活泼，肤色也变黑了。井上红梅先生已来上海，看样子喝了不少酒。　草草顿首

鲁迅　拜呈　六月廿五夜

山本夫人几下

［林林译］

三⁶

　　拜啓　御手紙いただきました。上海では暑くなり室内でも寒暖計九十度以上にのぼりましたけれども私共は元気です、子供も元気でさわいで居ます。正路君も暑休で大にいたづらをして居りましょう。日本は景色が美しくて何時も時々思ひ出しますけれども中々行けない様です。若し私が参りましたら上陸させないかも知りません。其上、私は今には支那を去る事が出来ません。暗殺で人を驚かせる事が出来るとますます暗殺者を増長します。彼等も私は青島へ逃げて仕舞ったとの謡言を拵らへて居ます。けれども私は上海に居なければなりません、そうして悪口を書きます。そうして印刷します。仕舞には遂にどちが滅亡するかを試験して見ましょう。併し用心はして居ます、内山書店にも滅多に行かない様になりました。暗殺者は家の中には這いって来ないでしょう、安心して下さい。此頃増田君

から手紙をもらひました、自分で書いた庭と書斎と子供の絵と一所に。漫談はしないが漫読をして居ると云ふので頗る呑気に暮して居る様です。其を見ると増田君の故郷の景色も非常に美しいと思ひます。今は望む本は未有りません、有ったら頼み申します。今度の住居は大変よいです。前に空地があるでしょう、雨が降ると蛙が盛に鳴きます、丁度いなかに居る様です、そうして犬も吠えて居ます、今はもう夜中二時です。　草々頓首

魯迅　上　七月十一日

山本夫人几下

[译文]

　　拜启：惠函奉悉。上海已热起来，即使室内，寒暑表也升到九十度以上，但我们都好，孩子也活泼地吵闹着。正路君也放了暑假，颇为顽皮罢？日本风景美，常常怀念，但看来很难成行。即使去，恐怕也不会让我登岸。而且我现在也不能离开中国。倘用暗杀就可以把人吓倒，暗杀者就会更跋扈起来。他们造谣，说我已逃到青岛[7]，我更非住在上海不可，并且写文章骂他们，还要出版，试看最后到底是谁灭亡。然而我在提防着，内山书店也难得去。暗杀者大概不会到家里来的，请勿念。最近收到增田君的信，和他自

可见处境的险恶。

不怕暗杀，"非住在上海不可。"

己画的庭院，书斋，以及孩子的画。虽不漫谈，却在漫读，似乎过得还挺悠闲。从画上看去，增田君故乡的景色也非常美。现在没有想要的书，需要时再拜托你。我这次的住处很好，前面有块空地，雨后蛙声大作，如在乡间，狗也在吠，现在已是午夜二时了。　草草顿首

鲁迅　上　七月十一日

山本夫人几下

［林林译］

四[8]

　　二三日涼しくなって居たが近頃は又熱くなりました。もう一度汗物を出す外仕方ありません。楊梅はもう済んだのです。増田一世の呑気さには頗る感心致しました。今度は何時東京へ来るか、解らないでしやう。田舎はしづかで気持がよいかも知らないけれど、刺戟が少ないから仕事も余りに出来ないです。けれども、此先生は「坊ちゃん」出身だから仕方ありません。周作人は頗る福々しい教授殿で周建人の兄です。同じ人ではありません。増田一世に送った写真は取った時に疲れて居たか知れません。経済の為めではなく、外の環境の為めです。私は生まれてから近頃の様な暗黒を見た事はなかった。網は密で犬は多い。悪ものになる様に奨励して居るから、たまらない。反抗しなければばらない。併し私はもう五十をこえたのだから残念です。私共の小供も大にいたづらです。矢張食べたくなると近づいて来、目的達すれば遊びに行く。そうして弟がないから、さびしいと不平を云ふて居ます。頗る偉大なる不平家です。つ

い二三日前に写真を取りました。出来上ったら一枚送ります、私のも。東京では別に必要な用はありませんが只神田区神保町二ノ一三に「ナウカ社」と云ふ本屋があります。その広告を見れば、ロシアの版画と絵葉書が売って居るさうでついでの時に一度、見て下さいませんか。若し『引玉集』の中の様な版画だったら少々買って下さい。絵葉書も絵画の複製なら矢張少し買って下さい、併し風景、建築などの写真であったら入りません。　草々

　　　　　　　　　　　鲁迅　上　七月三十日
山本夫人几下

[译文]

　　凉快了两三天，近又转热。没办法，只有再生一次痱子。杨梅已经完了。我很佩服增田一世的悠闲。他下次什么时候再来东京，我不知道。乡间清静，也许舒服一些；但刺激少，也就做不出什么事来。不过这位先生是"哥儿"出身，没有办法的。周作人是位颇有福相的教授先生，乃周建人之兄，并非一人。我赠给增田一世的照片，照的时候也许有些疲乏，并不是由于经济，而是其他环境的关系。我有生以来，从未见过近来这样的黑暗，网密犬多，奖励人们去当恶人，真是无法忍受。非反抗不可。遗憾的是，我已年过五十。我们的孩子也很淘气，仍是要吃的时

反抗黑暗的决心。

候就来了，达到目的以后就出去玩，还发牢骚，说没有弟弟，太寂寞了，是个颇伟大的不平家。两三天前给他照了相，等印好后，送你一张，此外还有我的。在东京别无要事，神田区神保町二之一三号有一家叫"科学社"的书店，据其广告，有俄国版画及明信片出售，便中请去看一下。倘有《引玉集》中那样的版画，请代为购买一些。如有绘画的明信片和复制的画片，亦请买一些，但不要风景或建筑物的照片。　草草

鲁迅　上　七月三十日

山本夫人几下

［林林译］

注　释

1　此信写于1932年。

2　当时井上红梅翻译的《鲁迅全集》定价两日元。

3　此信写于1933年。

4　《明日》　日本文学双月刊，1932年12月创刊。

5　指丁玲被秘密逮捕及杨铨遭暗杀。

6　此信写于1933年。

7　1933年7月3日，《社会新闻》第4卷第1期刊载署名道的《左翼作家纷纷离沪》一文，其中说鲁迅已逃到青岛。

8　此信写于1934年。

致増田渉[1]

　日中八十度内外は誠に浦山しい事、上海では又九十度以上、小生儀汗物を光栄なる反抗の看板として奮闘して居ます。

　『十竹斎箋譜』は凡そ五十余枚出来ました。中の四枚の見本を御目にかけます。全部二百八十枚程あるから何時完工するか解らず半分出れば前期予約として発売するつもりです。コフではいのちは頗るあぶない。私人の犬にならなければ自分の趣味をもつ人も、割合に一般の文化に関心するものも、右も左も反動として、いぢめます。一週前に同じ趣味をもつ北平に於ける友人二人つかまへられました。暫く立ったら古い絵本を翻刻する人もなくなるだろー。併し僕が生きて居れば何頁でも何時までもやって行きます。

　私も家内も達者です。アメバと海嬰とはもうサヨナラの様だが、そのかはり、海嬰奴は大に悪戯、つい二三日前に「こんなパパは、何んのパパだ！」と云ふ様な頗る反動的な宣言までも発表しました。困った事です。

　　　　　　　　　　　　　　　　　　　　　　　　迅　頓首

增田兄几下

御両親様、奥様、御嬢様及び坊ちゃんにもよろしく

[译文]

尊处白天在八十度内外，诚可羡。上海又是九十度以上，鄙人正以满身痱子，作为光荣的反抗招牌而奋斗着。

《十竹斋笺谱》已完成约五十余幅，现将其中四幅样张奉览。全部约二百八十幅，何时可成，尚不可知，俟半数完成后拟即开始预约，先予发卖。现在这里，生命是颇危险的。凡是不愿当私人的走狗，有自己兴趣的人，较为关心一般文化的人，不论左右都被看作反动，而受迫害。一星期前，北平有两个和我兴趣相同的朋友被捕[2]了。怕不久连翻刻旧画册的人都没有了，然而只要我还活着，不管做多少页，能做多久，总要做下去。

我与内子均好，阿米巴似已和海婴告别，但海婴这家伙却非常顽皮，两三日前竟发表了颇为反动的宣言，说："这种爸爸，什么爸爸！"真难办。

迅　顿首 [八月七日]

增田兄几下

令尊令堂、令夫人、令媛和宝宝均吉

[林林译]

旁注：环境险恶，奋斗不懈。

注　释

1　此信写于1934年。

2　两个朋友　指台静农和李霁野。